AF484082

INFLAMABLE

I

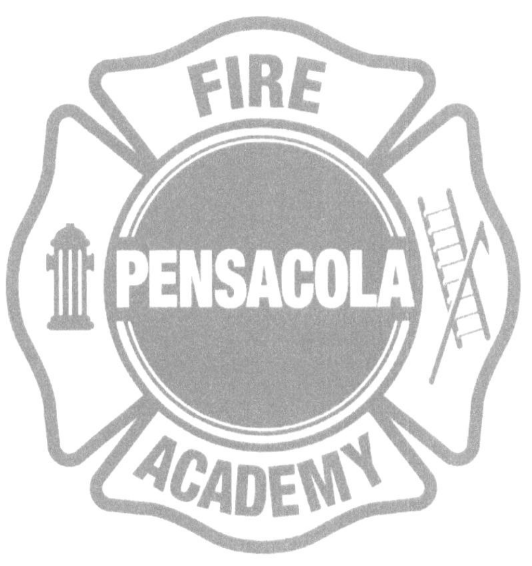

Eva M. Soler   Idoia Amo

Contenido

CAPÍTULO 1

—¿Te encuentras bien, Abby?

Ella se mordió el labio, sin dejar de sujetar el teléfono contra la oreja. Frente a ella, la pantalla donde había pensado escribir su siguiente artículo permanecía en blanco, y ya imaginaba que continuaría así el resto del día. Sobre todo, después de recibir la noticia que Scott acababa de comunicarle sin anestesia.

Aunque con educación, eso sí. La educación era muy importante de mantener para Scott.

—Bueno, no es que lo que me acabas de decir sea como para montar una fiesta, pero… tendré que aceptarlo, supongo.

—Lo siento.

Y parecía sentirlo, solo que no al mismo nivel que Abby. Que tu hijo de ocho años escogiera por segunda vez seguir viviendo con su padre en lugar de regresar a casa con ella no era un trago fácil de digerir, pero ¿qué podía decir?

Sí, había tenido esperanzas de que las cosas cambiaran, pero sabía que tenía que poner mucho más de su parte para que eso sucediera. Y Deke era un niño muy exigente, tanto que la mayor parte de las ocasiones no parecía un niño, sino un adulto pequeño. Incluso la sermoneaba mucho mejor que su exmarido.

—Te llamaremos a final de semana —prometió Scott, antes de colgar.

Abby depositó el teléfono sobre la mesa y se quedó pensativa, sin dejar de observar la pantalla de su ordenador. Toda su vida en ese momento era como aquel espacio en blanco: daba tumbos en el trabajo y giros completos en su vida personal. El divorcio la había desestabilizado de tal forma que hasta las acciones cotidianas le resultaban complicadas.

Tan solo hacía seis meses que vivía sola y le costaba mucho acostumbrarse. Por las noches, mientras daba vueltas en la cama, se descubría pensando en que durante toda su vida nunca había estado realmente sola. Había salido de los brazos de sus padres para caer en los de Scott, por lo que esas horas de silencio actuales caían sobre ella como una losa. Sí, tenía a Leona, pero su amiga no podía llenar todos los huecos vacíos, por mucho que pasaran horas entrenando.

Era lo único bueno que tenía en su nueva vida: el gusto que había desarrollado por el deporte. Liberaba endorfinas y descargaba frustraciones, y, ya que no quería volver a recurrir a las pastillas, parecía que agotarse físicamente era su mejor opción.

De hecho, el único motivo de no tener una bicicleta estática en su piso era por la absurda ilusión de pensar que Deke regresaría a vivir con ella. Pero como eso no iba a suceder, al menos a corto plazo, tomó la decisión de hacerse con una ese mismo fin de semana y reutilizar así la habitación de su hijo, que al parecer no iba a ser ocupada en un espacio de tiempo considerable.

Bicicleta, mancuernas… cualquier cosa que distrajera su mente y evitara que pensara en sí misma como una fracasada. No había sabido llevar su matrimonio, y tampoco parecía que fuera a recibir el premio como madre del año, pero podía comprarse un buen banco de abdominales.

Un timbrazo la sacó de sus pensamientos, y al mirar la extensión, descubrió que era su jefe quien la llamaba.

—Abby al habla —respondió con rapidez.

A Finn no le gustaba que lo hicieran esperar y ella no estaba en situación de jugarse su puesto de trabajo, menos en ese momento tan delicado. Se apañaba con el sueldo, pero no podía permitirse el perderlo.

—¿Puedes venir a mi despacho un momento, por favor?

—Ahora mismo —respondió la chica, colgando.

¡Mierda! Finn nunca llamaba a nadie, a menos que fuera para algo malo. O al menos eso se rumoreaba en la revista, porque lo cierto es que jamás había pisado aquel despacho, excepto el día que su padre la entrevistara para el puesto años atrás.

Corrió hasta el espejo que tenía en la pared para comprobar que estaba presentable. Se recolocó los cuellos de la camisa para que quedaran bien con la chaqueta y comprobó que no estuviera muy despeinada. De haber sabido que iba a ser requerida por el jefazo, se hubiera preocupado de maquillarse un poco y dar algo de volumen a su melena oscura, que en ese instante aparecía relamida y sin gracia, pero ya no tenía remedio. Por suerte para ella, tenía buen color de manera natural y un rostro dulce que no precisaba de muchos retoques, así que se estiró la ropa y salió de su cubículo (aún no había ascendido lo suficiente como para tener un despacho propio, pero al menos su cubículo era más grande que el de otros redactores).

—Abby —la saludó una chica cuando pasó junto a ella—. ¿Corremos más tarde?

Era Leona, su ángel salvador, pero no podía detenerse para charlar. Solo habían pasado dos minutos desde la llamada de Finn, pero estaba segura de que, para él, ya llegaba dos minutos tarde. Le apretó el brazo mientras asentía y siguió su camino hasta llegar a la puerta al final del pasillo, donde se leía con letras bien grandes «Finn Armstrong, director general».

Nerviosa, tocó en la puerta dos veces hasta que oyó una especie de gruñido salir del interior. Esa debía ser la señal para entrar, así que empujó la puerta y asomó la cabeza.

—¿Puedo? —preguntó.

—Pasa, pasa. Y cierra —ordenó él, haciendo un gesto.

Finn era el director general más joven de Pensacola, o eso le parecía a Abby siempre que lo veía. Era como ver a un estudiante universitario jugando a ser un pez gordo, hasta la mesa le quedaba grande, pero formaba parte de ese grupo de hijos que tenían la suerte de heredar empresas de sus padres, así que allí estaba, dirigiendo Circus. La revista, dedicada sobre todo a temas frívolos como miscelánea y moda, no es que necesitara el cerebro de un superdotado para salir adelante. Y Finn, pese a su juventud, y contra todo pronóstico, la llevaba de maravilla. Era competente y ambicioso, pero a veces afloraba aquella inmadurez propia de sus veinticuatro años.

Ella acababa de cumplir veintinueve y no parecía que fuera a ser ascendida pronto. Y que su jefe tuviera cinco años menos y pudiera darle órdenes sin el menor miramiento no la ayudaba a sentirse como una triunfadora.

Claro que, de triunfadora, nada. Eso por descontado. Y algo le decía que esa visita sorpresa no era para felicitarla por su último artículo.

—Siéntate, anda —dijo Finn, señalando la silla que había frente a él.

—No fue idea mía —se adelantó Abby, acomodándose en el sitio indicado.

—¿A qué te refieres? —preguntó Finn con aspecto desconcertado.

—A los pies de página del concierto de Maroon Five. Verás, todo surgió como una especie de broma sobre los agudos de Adam Levine y la camisa que sacó en…

Finn la interrumpió con un gesto.

—No tiene nada que ver con los pies de página.

—¿Eso quiere decir que te gustaron? Porque Sarah, la de música, puso un montón de pegas al respecto y…

—Vamos a dejar de hablar por ahora sobre los pies de página. Volveremos a ellos cuando lo considere necesario —volvió a cortarla Finn—. ¿Te apetece un café?

—No, gracias. No tomo cafeína, tengo suficiente con mi nervio natural.

Finn la taladró con sus ojos oscuros e impertinentes, así que Abby se obligó a cerrar la boca. Siempre hablaba mucho cuando estaba nerviosa, algo que pronto comprendió que a la gente no le parecía encantador, sino molesto. Porque tampoco es que en esas ocasiones soltara frases brillantes precisamente, más bien una chorrada tras otra.

Ahora estaba en el despacho del jefazo, debía controlar esas chorradas si quería conservar su trabajo. Miró a Finn, que a su vez la contemplaba como si esperara algo.

Joder, a lo mejor sí que esperaba algo, ¿Que ella hiciera el café?

—¿Quieres un café tú? —Se incorporó a toda prisa.

—¿Qué? No, claro que no. Y si lo quisiera podría preparármelo yo, ¿quieres quedarte quieta?

—Perdona, Finn, es que estoy un poco nerviosa —se excusó Abby, sin saber dónde meterse y notando que sus mejillas enrojecían—. ¿Por qué estoy aquí? Es algo malo, ¿verdad?

Él se frotó la frente, como si tuviera por delante un trabajo duro y desagradable.

Abby no era tonta y sabía que sus últimos artículos no estaban al nivel manejado con anterioridad. Era verdad que le costaba concentrarse y encontrar palabras ingeniosas con las que construir textos divertidos. El periodismo que practicaba allí jamás había sido de calidad, pero sí era una redactora decente cuyas líneas garantizaban buena parte de las carcajadas de los lectores. Y claro, el hecho de que el último año hubiera sido una mierda contribuía a que su sentido del humor estuviera de vacaciones.

—¿Qué te está pasando? Llevas unos meses que ni el portero se divierte con tus escritos. Y mira que Elias se ríe de todo, es un público fácil.

—Ay, Finn, lo siento. Llevo una temporada que me cuesta centrarme…

—Sé que estás pasando una mala racha, con tu divorcio y lo del niño —asintió él—. No creas que me lo tomo a la ligera, de hecho, has tenido un margen de varios meses, pero… esto no puede seguir así, Abby. Necesitamos que vuelva tu chispa.

Abby empezaba a desesperarse. Todo era un sinsentido, ella había entrado a trabajar en Circus esperando poder pasarse a Secret, que trataba temas más serios y estaba hermanada con aquella redacción. Sabía que primero debía escribir tonterías para poder llegar a donde quería, pero ¿qué pasaba cuando una se aburría de las tonterías o estas, sencillamente, se acababan? ¿Cuándo podría tratar temas más serios donde poder demostrar su talento y pasión?

Si aguantaba en Circus era por la posibilidad de acabar en Secret, pero ahora veía que, si no se ponía las pilas, donde iba acabar era en la calle.

—¿Quizás estás aburrida de esta revista? —preguntó él.

—Tengo mucho que ofrecer.

—¿Pero no aquí? Mira, sé que cuando te contratamos querías llegar a otro tipo de periodismo, y que fue lo que te prometimos, pero es que… Abby, no siento que haya leído nada lo bastante bueno como para recomendarte.

El comentario dolió casi tanto como arrancarse un padrastro, pero Abby aguantó la compostura como pudo. Finn no lo decía por herirla y lo sabía, lo mencionaba porque era la verdad. Y no solo su verdad, que ese tipo de decisiones las tomaban entre varios, ergo un grupo de gente había sacudido la cabeza mientras desechaba sus escritos por no ser de calidad suficiente.

—¿Me vas a despedir? —La voz le tembló al preguntar aquello.

—No es lo que quiero. Pero vas a tener que ponerte las pilas porque esto no puede seguir así, ¿qué te parece si te doy unos días de vacaciones para que pongas en orden tus ideas y así decides que quieres hacer realmente?

—Ah, pero ¿puedo elegir?

—Mira, voy a hablarte de manera extraoficial. —Finn se inclinó hacia delante—. Si sigues con tus textos ingeniosos y divertidos, a mí me vale. No te despediré porque es lo que Circus necesita, lo que los lectores quieren. Quieren pies de páginas donde puedan reírse de

Adam Levine y su camisa hortera. Así que por ese lado está bien, pero Abby… tú tienes otras aspiraciones y yo voy a decirte cómo conseguirlas.

—¿De verdad? —preguntó ella, emocionada.

—No llegarás donde quieres de esta forma, te lo digo sin malicia. Si quieres acabar siendo una redactora seria, tienes que poner todo lo que tengas.

Abby afirmó, decepcionada. Durante unos segundos, había pensado que Finn le soplaría la fórmula del éxito, pero no. Aquel consejo podía haberlo leído en una cajita de esas que predecían el futuro, menuda psicología de andar por casa.

—¿Qué hace que alguien no pueda dejar de leer? La pasión, Abby. Cuando un escritor logra transmitir esa pasión, hace suyo al lector. Se lo mete en el bolsillo.

La chica permaneció callada, sin tener muy claro qué le sugería exactamente. ¿Iba a despedirla o no? Porque ya no sabía si tenía que seguir contando chistes en forma de párrafos o qué.

—Si quieres un consejo, tómate unos días y vuelve con las pilas cargadas, pero piensa en serio en escribir un reportaje potente como carta de presentación para Secret.

Vaya, eso sonaba mucho mejor que la idea de terminar en la calle sin trabajo. Hasta entonces, Finn nunca le había sugerido nada semejante.

—¿Querrán leerme?

—Yo me comprometo a hacérselo llegar, si pasa mi criba —respondió Finn.

Abby sintió una mezcla de agradecimiento y rabia. Agradecimiento porque Finn se estaba portando bien con ella, quizá más de lo que se merecía, y rabia porque aquel crío tenía demasiado poder. Tenía su futuro e ilusiones en sus manos, ni más ni menos.

Cuando cerró la puerta de su despacho, soltó todo el aire que había retenido de manera involuntaria. Lo único que la consolaba era no haber sido despedida, pero a partir de ese momento se sentiría como si estuviera a prueba continuamente. Sí, había conseguido unos días libres para pensar bien en sus cosas, pero también le había caído la responsabilidad de escribir un artículo buenísimo. Un artículo que la llevaría directa a donde quería, o a la salida más próxima. Y eso no ayudaba a relajarse mucho.

Deshizo el camino de vuelta a su despacho, deteniéndose ante la mesa de Leona. Su amiga y compañera de trabajo, efervescente y bonita, la observó con expresión preocupada.

—¿Va todo bien? —preguntó—. ¿Nos tomamos un café rápido?

Abby asintió, así que Leona rebuscó en su cajón un par de monedas y puso el ordenador en hibernación para acercarse ambas a la máquina de café más cercana, que estaba junto a la zona de imprenta. Por allí se veían trabajadores que cruzaban de un lado a otro sujetando pruebas y el aire estaba impregnado de ruido y olor a tinta, pero era mejor que la otra, próxima a la sala de fumadores. Como buenas deportistas, evitaban el humo del tabaco a toda costa.

—No te habrá despedido, ¿verdad? —quiso saber Leona, mientras pulsaba los botones para sacar dos capuchinos con espuma.

—No exactamente, pero estoy en la cuerda floja —comentó Abby. Empezó a cambiar el vaso de una mano a otra para no quemarse—. A ver, sabe que llevo una racha de mierda y ha sido bastante amable dadas las circunstancias, pero tengo que espabilar.

—¡Qué capullo!

Leona había salido en el pasado con Finn varias veces sin mucho éxito, así que no era del todo objetiva, pero Abby lo dejó correr. Sabía que lo decía por apoyarla, sobre todo.

—No, la verdad es que tiene razón. Mis últimos artículos eran mediocres —admitió ella, meneando la cabeza con un gesto de resignación—. Parece que cada vez me cuesta más ser frívola y graciosa, no sé. El caso es que...

—¿Te ha dado un ultimátum?

—Dicho así suena fatal, pero algo parecido. Puedo seguir aquí recuperando mi estilo, o puedo intentar volar más alto. Hasta Secret, en concreto. Solo necesito un artículo rompedor.

Leona resopló. Todos los redactores andaban siempre a la búsqueda de artículos rompedores, aunque se había vuelto una especie de quimera porque ellos nunca consideraban sus trabajos a ese nivel. Pero la búsqueda siempre estaba en marcha.

—¿Y qué vas a hacer?

—Por de pronto, me ha dado unos días libres para que ponga en orden mis pensamientos y necesidades. Reorganizaré mi apartamento y decidiré si quiero arriesgarme a dar ese salto, o prefiero la eterna comodidad de mi cubículo.

Se bebió el café de un trago, haciendo una mueca. Ni siquiera sabía por qué se bebían aquel brebaje, era el peor café del mundo.

—¿Entrenamos esta tarde y así lo pensamos bien? —ofreció Leona, arrojando el vaso vacío a la papelera más cercana.

—Por Dios, sí. Necesito desahogarme.

—Quedamos a las cuatro. —La joven le guiñó un ojo antes de darle un golpecito en el hombro.

La morena le hizo un gesto de despedida con la cabeza y se quedó pensativa unos instantes. Cuando había conocido a Leona nunca hubiera imaginado que terminaría siendo una de sus mejores amigas. La joven llevaba la sección de deportes e iba a trabajar en mallas, algo atípico en el tipo de revista donde se encontraban.

Con el tiempo, Abby se dio cuenta de que todos los redactores poseían nexos en común con sus secciones: Sarah llevaba música y siempre aparecía con su Ipod colgado del cuello, Brenda no se dejaba ver sin veinte capas de maquillaje, Wayne tenía la colección más impresionante de camisetas de cine habidas y por haber… y Leona, con sus deportivas y su estilo sport casual. No llevaba tanto tiempo como los demás, pero tenía la suficiente personalidad como para hacerse notar y se encontró con Abby en un momento en que ambas estaban receptivas.

Leona había roto con su novio un año atrás y al abandonar el piso, se había visto obligada a mudarse casi a la otra punta para no estar muy lejos de la redacción. Por ese motivo, su grupo de amistades no le quedaban tan cercanos como en el pasado, y aunque seguía viéndolos, ya no era lo mismo.

—¿Cómo se reparten los amigos? —había farfullado un día que ambas estaban juntas en la zona donde a veces comían, tomaban café o desconectaban del trabajo.

Abby no había intercambiado apenas tres palabras con la chica nueva desde que la joven llegara a la redacción, pero estaban solas y obviamente la pregunta era para ella.

—¿Cómo?

—Cuando tu novio y tú lo dejáis, ¿cómo se reparten los amigos?

—No tengo ni idea.

—Es como si la tutela se la hubiera quedado él. He venido hasta aquí por el trabajo, pero claro, ahora veo poquísimo a mis amigos porque estoy lejos para quedar todos los días a entrenar o tomar café.

—¿Se han quedado con papá? —El tono de Abby fue de broma.

Si ese día Leona hubiera fruncido el ceño, todo habría terminado ahí. Pero la pizpireta joven la sorprendió con una carcajada al mismo tiempo que asentía.

—Exacto. Solo Acción de gracias y Navidad, me temo. ¿Cuál es tu historia?

—¿La mía?

—Pareces tan perdida como yo. ¿Te gusta correr?

El único ejercicio que Abby practicaba consistía en salir los domingos a comprar el periódico y chocolate, pero decidió guardarse aquel dato para sí misma. La chica de las mallas parecía simpática, y bien sabía que necesitaba una amiga en aquellos momentos.

El resto fue rodado: las dos se cayeron bien al instante. Ninguna tenía aficiones en común, pero pronto aprendieron a compartirlas. Leona la acompañaba a sacar fotos durante tardes interminables, y Abby resollaba cual búfalo tratando de seguirle el ritmo en la pista de atletismo donde la joven entrenaba.

Los primeros meses, cuando regresaba a su casa empapada en sudor y le dolían las piernas durante días, se preguntaba qué necesidad tenía de pasar por aquello. Pero poco después lo descubrió: algo se liberaba en su interior y toda la energía negativa abandonaba su cuerpo. No pasó mucho tiempo hasta que las endorfinas aparecieron, y entonces el ejercicio escaló puestos en la lista de sus actividades favoritas, tanto que casi estaba al nivel de Leona.

Los últimos meses habían acordado una rutina durante la cual entrenaban cuatro veces por semana alternando gimnasio, pista de atletismo y la playa, donde iban a correr si quedaban temprano y así, no tropezarse con los bañistas que poblaban las playas de Pensacola, sobre todo jubilados que, aunque las vieran llegar de lejos, no se movían un milímetro de donde se encontraban. Incluso si estaban solo mojándose los pies, parecía que consideraban cualquier pedacito de arena un territorio conquistado y tenían que esquivarlos como si se trataran de pivotes. Leona tenía un cuerpo macizo y robusto, bastante musculado, así que resistía casi todo lo que se proponían. Abby era más delgada, pero de frágil no tenía nada.

Después de dar varias vueltas a la pista como calentamiento, Leona se detuvo para coger aire mientras se frotaba el sudor de la frente.

—Oye —le dijo—, siento mucho lo de Finn. Es un idiota, pero seguro que si hablas con él y le pides seguir en tu puesto sin cambios…

—El chico no es idiota, cualquiera no me habría dado la oportunidad de elegir, Leona. Aunque lo vuestro no funcionara no significa que sea mala persona.

—Es un creído.

—¡Es jefazo con veinticuatro años! ¿Cómo no iba a serlo?

—Tampoco tiene tanto de qué presumir, que usa palillos cuando nadie lo ve. —Leona se tapó la boca, ocultando una risita malévola.

Abby negó con la cabeza.

—Por favor, ¡no me cuentes esas cosas!

—Me guardaré los detalles escabrosos para mí. ¿Vamos dentro a hacer unas pesas?

—Perdonad.

Un hombre se interpuso entre las chicas y la puerta. Iba vestido de azul y sujetaba una carpeta entre las manos.

—Os he estado observando —comentó, y al ver sus expresiones se apresuró a añadir—: Tranquilas, no es por nada malo. Soy una especie de ojeador o algo así… del departamento de bomberos de aquí, de Pensacola.

Las dos permanecieron en silencio, como si aquel hombre estuviera hablando en un idioma desconocido. No tenían la menor idea de a qué se refería, ni con ojeador ni con el resto de sus palabras.

—¿Es una nueva táctica para ligar? —preguntó Leona, directa.

—No. —El hombre se echó a reír—. En absoluto. Solo que parecéis muy resistentes y el departamento de bomberos va a realizar en breve las pruebas para contratar personal. ¿Por qué no os presentáis?

Abrió la carpeta para sacar un par de solicitudes y un folleto, que tendió a las dos mujeres, quienes continuaban procesando la información sin terminar de creérselo.

Abby cogió la suya para mirarla por encima, aún estupefacta.

—¿Bomberos? ¿Es una broma?

—No, no lo es. Solo es una prueba, tampoco hay nada que perder. —Les guiñó un ojo, inclinándose brevemente hacia las dos chicas—. Suerte.

Y dicho aquello, se alejó para seguir su escrutinio por la pista de atletismo. Abby lo siguió con la mirada al mismo tiempo que Leona leía la solicitud en voz baja. Una vez hubo terminado, sacudió la cabeza.

—Será una broma —manifestó—. Además, el otro día leí un boletín que hablaba de problemas de machismo en las estaciones de bomberos, precisamente.

—¿De verdad? ¿Aún en este siglo?

—No sé a qué siglo te refieres, chica, ni que el machismo hubiera desaparecido.

—Ya me entiendes.

—Y no solo eso, también hablaba de riñas entre estaciones y discriminación. Tampoco es ninguna novedad, recuerda que se armó una buena en su día con el ingreso de las primeras siete mujeres en la corporación. Historia, fácil de encontrar. —Miró al hombre, que charlaba con un par de tipos—. Me da que ese tío se ha burlado de nosotras.

Abby releyó la solicitud. Todavía le parecía increíble que un hombre acabara de entregarle un papel donde tenía que presentarse a unas pruebas para ser bombero.

Ella, bombero. El fuego le daba muchísimo respeto, para qué negarlo. Además, cuando pensaba en bomberos le venían a la cabeza esos hombres enormes y musculados manchados de hollín que arrastraban mangueras en los videoclips musicales.

Examinó entonces el folleto, en cuya portada solo aparecían mujeres y, además, de diferentes razas. El texto no podía ser más alentador: «¡Únete a nosotros! ¡Apoyamos la diversidad!».

Frunció el ceño mientras leía el interior. Era todo tan… bonito. Tan alegre, tan festivo, que no la convencía.

Se preguntó si sería capaz de hacer un trabajo como ese, más aún si como comentaba Leona, existía discriminación hacia las mujeres.

Por otro lado… era una historia genial.

—Leona… —murmuró, apretando la solicitud contra su pecho—, ya está, tía. Acabo de encontrar mi reportaje especial.

—¿Qué?

—Lo que oyes. Me presento sin decir quién soy o en qué trabajo, y observo si, en efecto, en las pruebas existe discriminación contra las mujeres.

—¿Hablas en serio?

—¡Por supuesto que hablo en serio! ¿Tú sabes lo polémica que puede ser una historia de este estilo? Y más si esos rumores son ciertos.

Leona parecía anonadada e incapaz de reaccionar, pero poco a poco, empezó a asentir con la cabeza al advertir el enorme potencial de la historia que barajaba su amiga.

—No perdemos nada por presentarnos —concedió—. No es que tuviera ningún plan especial para las siguientes semanas tampoco. —Se echó a reír.

Abby volvió a apretar la solicitud contra su cuerpo. Si jugaba bien sus cartas, de allí podía salir una historia muy, muy interesante. Solo tenía que, como le había recomendado Finn, poner toda su pasión en ello. Y con suerte, entraría en Secret por la puerta grande. Tenía que ponerse las pilas, porque según aquel folleto, las pruebas eran en una semana, así que necesitaba recopilar datos sobre el departamento y poder preparar un buen informe para Finn y que así aprobara el reportaje.

—¿Qué hay que hacer? —preguntó Leona, mirando la solicitud.

—Aquí vienen los requisitos básicos, hay que adjuntar prueba de ellos. —Le señaló un punto del encabezado—. Si no los cumplimos, no podemos hacer las pruebas. A ver… Residentes en Pensacola, perfecto. Carné de conducir.

—¿De camión?

—No especifica.

—Entonces sí.

—¿Antecedentes penales que no conozca?

—Ni que conozcas. —Se rio—. ¿Y tú?

—Historial limpio como una patena. Vale… Todo eso hay que enviarlo fotocopiado junto a la solicitud. Y después de las pruebas, si conseguimos aprobar todo, pasaremos una prueba de drogas, un examen médico y un examen físico. Y un polígrafo…

Aquello la hizo pensar un segundo. ¿Qué le preguntarían? Porque si la pillaban en una mentira… pero decidió que era bastante improbable. A un polígrafo se contestaba con sí o no, a no ser que la pregunta fuera tan específica como «¿Es usted una periodista infiltrada?», no veía problema.

—Anda, mira esta línea. Aquí pone que está prohibido fumar y que al firmar juramos que no hemos fumado en el último año.

—Como si eso pudieran comprobarlo.

Abby dobló la hoja junto con el folleto y se lo guardó en un bolsillo.

—Vamos, quiero enviarlo hoy mismo y ponerme a investigar un poco.

—¿Y las pesas?

—Mañana.

—Pues sí que te ha dado fuerte…

Pero la siguió hasta los vestuarios sin protestar más: entendía que si su amiga veía aquello como una oportunidad, estuviera deseando meterse de lleno.

Tras una ducha, se despidieron y Abby se fue directa a casa. Cumplimentó la solicitud, buscó los documentos que pedían y, una vez revisado, lo escaneó todo junto para enviarlo a la dirección de correo que indicaban en las instrucciones.

Al momento le llegó un acuse de recibo. Era un mensaje automático, pero al menos sabía que estaba en camino. Había dado el primer paso.

Después se preparó un café y se acomodó en su mesa de trabajo para empezar a buscar información sobre los bomberos del país.

Enseguida se dio cuenta de que Leona no andaba desencaminada: la media estatal de mujeres en los departamentos de bomberos era menor al siete por ciento, lo cual la sorprendió. Había esperado que fuera un número bajo, cierto, pero no tanto. Al menos en San Francisco era un quince, la ciudad destacaba por su nivel de integración. No como Chicago, por ejemplo, de donde encontró varias denuncias por acoso, discriminación… Vaya, sí que estaba el tema mal.

Pero entonces investigó Pensacola, y descubrió que era aún peor. No había denuncias, pero claro, tampoco habían contratado ninguna mujer en nada más y nada menos que ¡dieciséis años! Le parecía increíble, pero en la propia página oficial del departamento de bomberos lo admitían, explicando que la campaña de reclutamiento quería subsanar ese «error». Miró las fotos de los bomberos y entonces le quedó claro el segundo punto, el de la diversidad: la inmensa mayoría eran blancos. Parecía que querían matar varios pájaros de un tiro al sacar las plazas aquel año. O quizá habían visto las denuncias por racismo o machismo en otras ciudades y era su deseo evitar pasar por lo mismo.

Fuera como fuera, toda aquella información le venía al pelo para su reportaje. Con aquellos datos, Finn no podía decirle que no.

CAPÍTULO 2

Tres mil personas y solo era la prueba teórica. Talisa paseó su mirada por los enormes grupos de gente que pululaban cerca de la entrada, algunos charlando entre ellos y otros repasando una y otra vez gruesos temarios cuyas hojas no parecían tener fin.

Notó que su móvil vibraba en el bolso, así que lo sacó para encontrarse con una llamada de su padre.

—¡Solo faltan diez minutos! —respondió, a modo de saludo.

—¿Cómo van esos nervios, hija número dos?

—Estoy intentando practicar las técnicas de relajación que me enseñaste, pero no me sirven demasiado… ¡hay muchísima gente!

—Claro que sí. Ya lo sabías. —Lo oyó reír—. Pero estás preparada, Talisa. No dudo que la parte teórica la pasarás a lo grande.

«De la física no estoy tan seguro». Ella terminó la frase en su cabeza. Las dudas de su padre no le eran ajenas, pero no podía hacer más que entrenar todo lo posible y confiar en sí misma.

Para Talisa, llegar a ser bombero era algo personal. Su padre había sido un bombero ejemplar. Aunque ya estaba jubilado, la pasión por su trabajo se mantenía presente en su vida y Talisa la había absorbido desde niña hasta convertirlo en una meta propia. Todas aquellas ideas de honor, valentía y riesgo que implicaban combatir incendios estaban clavadas en su corazón, y era su sueño.

¿Podría conseguirlo? Estaba convencida de que sí. Era de esas personas que creían que el esfuerzo obtenía su recompensa. Sí, era consciente de que estaba en el límite de altura y peso, pero tenía una fuerza considerable para su constitución. Y llevaba mucho tiempo esperando que se el departamento de bomberos sacara plazas. Sabía que tarde o temprano ocurriría y se había preparado sin descanso para las pruebas, lo que, dicho sea de paso, le costaba todos los minutos de su tiempo libre. Y teniendo en cuenta que alternaba dos trabajos para poder pagar alquiler y otros menesteres básicos de supervivencia, ese tiempo libre era muy escaso.

La mayoría de la gente no la tomaba en serio. Arqueaban la ceja al conocer su interés, y le recomendaban dedicarse a algo «más suave», algo acorde a su físico. Siendo rubia, guapa y de rostro dulce, Talisa sabía que lo tenía dos veces más difícil que cualquier otra en esa profesión, pero no pensaba rendirse, menos por aquel motivo. Un físico bonito no siempre implicaba delicadeza, no había más que recordar a Ted Bundy.

—Mucha suerte, hija número dos —dijo la voz del progenitor, desde el otro lado—. Llámame cuando termines para ver qué tal te ha ido.

—Gracias, papá. Hablamos más tarde.

Cortó la llamada y guardó de nuevo su móvil en el bolso, sin dejar de recorrer a los presentes con la mirada. Lo mismo encontraba una cara conocida entre la muchedumbre, algo con lo que entretenerse, porque los minutos que faltaban hasta el examen parecían el triple de lentos de lo habitual.

—Nunca pensé que se presentaría tanta gente.

La chica se giró hacia la derecha, para descubrir a otra mujer a su lado. Con el temario apretado contra su pecho, parecía sobrepasada al presenciar semejante multitud, un poco como se sentía ella. Y al observarla mejor, Talisa fue consciente de que tampoco encajaba en la imagen que ella misma tenía sobre cómo debía ser una mujer bombero. Aunque era más alta, tampoco parecía sacada de un catálogo de fitness femenino.

—La última vez hubo mil doscientas personas —respondió, con una mueca.

—¿Ya habías venido antes?

—No, fue hace muchos años. Es la primera vez que me presento, pero llevo bastante tiempo preparándome. Soy Talisa, ¿y tú?

—Abby. —La chica le estrechó la mano—. He venido con mi amiga Leona, está comprobando a dónde hay que ir exactamente.

—Ah, es muy fácil: solo hay dos aulas y todo va por orden alfabético. ¿Nerviosa?

Abby estaba nerviosa, pero decidió no admitirlo. Era verdad que no había tenido tiempo para estudiar mucho, dado que su decisión fue precipitada y el temario le había llegado tan solo unos días antes, junto con la confirmación de que había pasado el primer corte. Aun así, esperaba tener los conocimientos suficientes para al menos llegar hasta las pruebas físicas.

Y sí, se sentía un poco en desventaja porque por allí paseaban mujeres muy robustas, pero confiaba en su buena forma física.

—¿Sabes? Los bomberos no tienen que ser grandes necesariamente —comentó Talisa, al parecer percatándose de cómo estudiaba a los presentes—. Deben ser fuertes.

—Sí, pero ya sabes… parece que siempre estamos en desventaja frente a los hombres en lo que a aptitudes físicas se refiere. ¿Qué opinas de esto?

Al momento notó que estaba usando tono periodístico y se arrepintió; no quería ser descubierta, o al menos, no tan pronto. Pero la rubia que tenía ante ella no pareció percatarse de su deformación profesional, porque se encogió de hombros.

—Pues ya te puedes imaginar… Se oyen muchos rumores sobre el departamento de bomberos, así que todo es posible. Si me preguntas por la discriminación, te diré que no veo por qué esto tendría que ser diferente del resto.

—Las mujeres tenemos que trabajar mejor y el doble de horas para recibir la mitad de lo que cobra un hombre, ¿no? —Abby sonrió.

—Si conseguimos entrar pronto lo sabremos.

Leona se abrió camino entre la gente, acompañada por un chico rubio de ojos claros y complexión media.

—¡Ya he descubierto cómo va! Hay dos aulas y están separadas por orden alfabético —informó, para después guiñar un ojo a Abby—. Este es Leo, lo he conocido en el punto de información y como han tardado tanto en atendernos, hemos empezado a charlar.

Él alzó la mano como saludo.

—Esta es Abby y ella… una chica rubia que no conozco —dijo Leona.

—Talisa — respondió esta, estrechando las manos de los dos.

El recién llegado parecía agradable, sonreía y miraba a los ojos, lo que causó buena impresión en ambas mujeres, sin mencionar a Leona, que lo observaba como si fuera un trozo de pastel tras varios meses seguidos a dieta.

Abby contuvo una sonrisita, pues conocía bien a su amiga y sabía que nunca acababa charlando con nadie por casualidad, su historial de ligues lo dejaba bien claro.

Leo Jacobi estaba allí casi por desesperación. Con veintiocho años, se pasaba la vida saltando de un trabajo a otro sin encontrar nada que realmente lo llenara. Con una familia rica era consciente de que podía recurrir a ellos, pero precisamente por eso mismo necesitaba ser capaz de buscarse la vida solo, no podía depender toda la vida del dinero de sus padres. Además, ser bombero le parecía muy motivador, y pese a que tenía la misma idea generalizada de que debía ser carne de gimnasio, estaba dispuesto a intentarlo.

Y qué demonios, que no fuera algo fácil también le gustaba. Acostumbrado como estaba a tener todo lo que deseaba con solo chasquear un dedo, los retos eran irresistibles para alguien como él a quien nunca le habían faltado coches, chicas o champán.

Tenía un rostro atractivo y eso ayudaba, no podía negarlo, pero su simpatía hacía el resto. En un mundo donde las apariencias lo eran todo, Leo era un buen tío y quedaba patente casi al momento de conocerlo.

Siempre estaba dispuesto a echar una mano, tenía una palabra amable en un momento duro, o sabía escuchar con paciencia a quien necesitaba desahogarse contando algún problema. Toda la vida había cuidado a sus amigos y familia, siempre en la medida de lo posible, y los apoyaba cuando era necesario, así que por extensión nunca se había sentido solo, desprotegido o maltratado. En su vida apenas encontraba experiencias desagradables, solo esperaba que aquella prueba no fuera una de ellas.

Las chicas que se encontraban ante él no respondían exactamente a su idea de cómo debían ser los bomberos, excepto la que había conocido en el punto de información, cuyos brazos sin duda podían lanzarlo al suelo de un puñetazo.

Pero bueno, tampoco él encajaba en su propia idea o en lo que veía en series o calendarios, de modo que mejor se liberaba de prejuicios.

Estrechó las manos de ambas, respondiendo con una sonrisa.

—¿Alguna sabe en qué consisten las pruebas de hoy? —preguntó—. ¿Tipo test o cómo?

No tuvieron tiempo de responder, porque en ese momento sonó un timbre que indicaba que era la hora de entrar en las aulas. Tras intercambiar una mirada entre ellos, los cuatro decidieron unirse al río de gente que se precipitaba al interior.

Una vez dentro, Abby, Talisa y Leo fueron a la misma aula, mientras que Leona debía separarse para acudir a la suya. No existían normas a la hora de sentarse, así que el trío ocupó tres mesas continuas y aguardaron a que les dieran instrucciones.

Tras dedicarles un saludo general, el responsable pasó a explicarles cómo funcionaría la prueba teórica: primero verían un video, después responderían varias preguntas referentes a lo visto, y para finalizar, resolverían el resto del examen. En esa parte, habría preguntas relativas al temario que les habían enviado.

El video mostraba el ensamblaje de unas máquinas, de modo que los tres permanecieron atentos para poder contestar sin errores. Una vez resueltos todos los puntos del examen, Abby se sintió particularmente defraudada al advertir que la prueba estaba diseñada con total imparcialidad. Y si eso seguía así, su artículo no daría mucho juego.

Una vez fuera del aula, se encontraron con Leona, que resoplaba apoyada en la puerta.

—¿Cómo os ha ido? Era más complicado de lo que yo pensaba.

—¿En serio? —preguntó Talisa, extrañada—. A mí no me lo ha parecido.

—¿Cuánto hay que esperar? —quiso saber Leo, consciente de que la paciencia no era una de sus virtudes.

—Creo que te llega una carta a casa con la puntuación, pero no estoy segura de cuánto. Quizá un par de meses.

En aquel momento, un par de meses eran todo un mundo para Leo, así que suspiró.

—¿Tienes prisa? —preguntó Abby, divertida.

—¡Si es que estoy harto de trabajos estúpidos! No termino de dar con algo que me interese, creo que he pasado por todos los puestos habidos y por haber.

Las tres chicas se echaron a reír al ver su expresión.

—¿Por casualidad has trabajado en un parque de entretenimiento infantil? —interrogó Talisa, a lo que él negó—. Yo sí. No te quejes, pocas cosas hay peores que eso.

—¿Trabajas en un parque infantil? —Leona puso cara de pánico.

—Sí. Y en un cine. Bueno, en cualquier cosa que me ayude a pagar el alquiler, ya sabéis.

—Yo parecido —asintió Leo.

Abby valoró si inventarse un empleo, pero después pensó que no tenía sentido. Si aprobaba, si todos aprobaban, pasarían mucho tiempo juntos. Y no quería empezar con mentiras, aparte de que seguro que en algún momento se le escapaban cosas relacionadas con su puesto.

—Yo escribo en Circus —comentó, como si nada.

—Anda, ¿trabajas en una revista? —se interesó Leo.

—Una de cotilleos, ¿no la conoces? —añadió Talisa, con expresión divertida—. Se meten con las celebridades, si no recuerdo mal. A mi padre le encanta esa revista, todas las semanas la compra.

—¿Qué os parece si nos vamos a comer algo? —intervino Leona—. ¡Me muero de hambre! Podemos seguir la charla allí.

Ninguno puso objeciones a la sugerencia, de forma que abandonaron la zona juntos.

Por la tarde, Abby interrumpió sus vacaciones forzadas para hacer una visita rápida a Finn y presentar el proyecto. No había querido decir nada hasta hacer al menos la primera prueba, porque si le hubiera presentado la idea al entregar la solicitud y la hubieran rechazado, su imagen se habría desplomado aún más. Después de darle muchas vueltas, recopilar más información y añadir los datos sobre aquel día, tenía un borrador aceptable. Solo necesitaba que lo aprobara y todo iría bien.

Finn pareció sorprendido al verla por allí, pero la invitó a sentarse y volvió a ofrecerle café, que ella rechazó de nuevo.

—¿Va todo bien? Aún te quedan días libres, ¿verdad? ¿O es que eres incapaz de disfrutar de unas vacaciones?

—No es eso, en absoluto —contestó Abby—. Es que le he estado dando vueltas a una idea para ese artículo del que hablamos. Ya sabes, ese que me abrirá las puertas del periodismo serio… Sin acritud.

Él hizo un gesto para que siguiera hablando, como si diera por sentado que el periodismo que hacían allí fuera una porquería.

—¿Y ya tienes una idea?

—Verás, el otro día estaba entrenando con Leona…

Finn emitió un pequeño ruido escéptico al escuchar el nombre de su amiga, lo que desconcentró unos segundos a la mujer.

—Finn, aunque lo vuestro no funcionara, Leona es mi mejor amiga.

—Es una creída.

Abby alzó una ceja, recordando que ella había usado la misma expresión para referirse a Finn. Menudo par estaban hechos.

—Bueno, es guapa, inteligente y tiene músculos en el abdomen, ¿cómo no iba a serlo?

—Tampoco tiene tanto de que presumir, que se toquetea las espinillas cuando nadie la ve. —Finn se tapó la boca con la mano, con una expresión entre asombrada y maliciosa, como si no pudiera creer que hubiera soltado aquello.

Abby tenía la sensación de vivir un déjà vu mientras aquellos dos se criticaban el uno al otro. Para haber salido solo unas cuantas veces, percibía con claridad lo picajosos que estaban los dos. En fin, mejor dejaba aquel tema, que podía volverse espinoso, y se centraba en la razón por la que estaba allí.

—Por favor, no me cuentes esas cosas —repitió la frase dedicada a su amiga—. He venido a hablar en serio, ¿podemos centrarnos?

—Por supuesto. Adelante, adelante.

Finn se recostó en su silla, dispuesto a escuchar la propuesta.

—Bueno, pues cuando estaba entrenando con Leona se nos acercó un hombre uniformado. Repartía solicitudes para el departamento de bomberos y le pareció que podíamos encajar, así que nos dio una y nos animó a presentarnos a las pruebas.

El chico permaneció en silencio unos segundos mientras asimilaba sus palabras, para inmediatamente después sonreír incrédulo.

—¿Tú, bombera? ¿Es una broma?

—¿A qué te refieres?

—Por Dios, mírate. Tienes más posibilidades de salir en un catálogo de ropa para chicas que de ser bombero.

—¿Qué?

—Abby, para ser bombero se necesita gente más… grande. No digo que Leona no pudiera conseguirlo, esa mujer podría matarnos a los dos de un solo golpe, pero tú…

Abby lo fulminó con la mirada, molesta. Vaya, de manera que Leona no andaba desencaminada respecto al tema de los machismos… Ahí tenía el primer escollo, la primera prueba de que, en efecto, existía discriminación. Y eso sin tener todavía el resultado del examen.

—El hombre era un ojeador oficial del departamento y él mismo nos entregó las solicitudes. ¿No crees que…?

—A ver, ¿a dónde quieres llegar y que tiene esto que ver con tu artículo? —preguntó Finn, que no parecía estar muy por la labor de tener que defender su discurso machista.

—¡Estoy intentando explicártelo! —refunfuñó Abby—. ¿Me dejas acabar?

—Vale, vale. Sigue.

—Bien, cogimos las solicitudes y el hombre siguió hablando con otros grupos, a algunos les daba papeles y a otros no. Entonces Leona me contó ciertos rumores sobre el departamento de bomberos y cómo la historia ha puesto difícil las cosas a las mujeres en ese campo. Al parecer, aún se dan ciertas discriminaciones, además de otros problemas internos entre estaciones y demás. —Dejó frente a él el informe que había preparado, así como una copia del folleto del departamento—. Te he puesto ahí todos los datos, he investigado un poco a nivel estatal y sobre todo, aquí, en Pensacola.

—¿Y?

Finn cogió los papeles y los ojeó sin mucho interés.

—Y pensé que podía ser un buen artículo para Secret —siguió ella.

—¿Un reportaje sobre el departamento de bomberos de Pensacola?

—No, no un reportaje normal sobre bomberos, eso ya se ha hecho mil veces. Un reportaje en primera persona, una investigación, una vivencia. Desde mi punto de vista.

Finn frunció los labios y se acarició la barbilla, pensativo. Bajó la vista a los papeles, leyéndolos por encima. Abby observó los cambios de expresión en su rostro mientras valoraba la idea.

—¿Sobre ser bombero o sobre la discriminación entre bomberos?

—Sobre todo. Sería vivir la experiencia completa, ingresar en la academia, pasar por el entrenamiento y después escribir el artículo sin omitir nada.

—Entiendo… o sea, después de aprobar lo dejarías.

—Esa es la idea, sí. Creo que con la primera parte hay material suficiente. Sin ir más lejos, hace dieciséis años que no entra una mujer, ¿puedes creerlo? Imagínate lo que puede salir de ahí, Finn… Al ser una experiencia personal no hay criba, ¡puedo contar todo lo que me plazca! Puedo hablar de las pruebas de admisión, de los entrenamientos, de las clases, de los protocolos… ¡de todo! Lo malo y lo bueno.

—Sobre todo lo malo. —Dejó a un lado el informe—. Todo lo peor.

—¿Por qué?

—La polémica vende, Abby —contestó Finn, sacando su agenda—. Nadie quiere leer otra historia edulcorada de un bombero rescatando un gato en un árbol. Saca toda la mierda, y luego encenderemos el ventilador.

Abby miró al techo. Si Finn escribía tal y como se expresaba, casi mejor que permaneciera encerrado en su despacho.

—Entonces, ¿te presentarías a las pruebas de admisión?

—Hoy he estado en la teórica. En un mes creo que nos dan los resultados.

—¿Y qué pasa si no apruebas? O si te tumban en las pruebas físicas. Sabes que es lo más probable, ¿tienes una idea de repuesto?

De nuevo ella se sintió molesta. ¿Por qué daba por sentado que la iban a echar para atrás en las pruebas físicas? Finn, que el único ejercicio que hacía era levantar la muñeca para beber café, ¿cómo se atrevía a valorar si ella tenía opciones o no?

Y entonces se dio cuenta de que ese sentimiento de rabia y frustración era lo que estaba buscando, lo que la iba a acompañar durante el viaje que se planteaba emprender. Sabía que había muchos «Finn» por ahí repartidos, que tendría que batallar con un montón de ellos, y justo de ahí saldría su artículo.

—No tengo otra idea, pero voy a entrar.

—¿Y si no lo logras?

—Voy a entrar, Finn. Ya he pasado el primer corte y estoy segura de que aprobaré la parte teórica.

Él la estudió un momento, antes de asentir con la cabeza y apuntar algo en la agenda.

—Voy a darte el visto bueno para ese artículo porque me gusta la idea. Te doy una oportunidad para que me convenzas de que mereces seguir aquí.

—¡Gracias!

—Solo una, Abby. Si no logras entrar, tendrás que buscarte otro trabajo.

Aquellas palabras daban vértigo, pero Abby decidió que, si quería que el resto del mundo la tomara en serio, debía aparentar confianza. El primer paso era verse a una misma como querías que te vieran los demás, ¿no?

—¿Cuánto dura la formación si superas los exámenes?

—Seis meses, por lo que pone en el folleto. Y no puedo tener otro trabajo al mismo tiempo —informó ella.

—Eso no es problema, le diré al personal de oficinas que te arreglen el finiquito si lo logras. De cualquier modo, si ese artículo es bueno tampoco volverías aquí, irías directa a Secret.

Abby se ilusionó al oír eso. A pesar de sus comentarios, parecía que Finn confiaba en la idea que le había presentado.

—Pero tendrás que enviarme algo para que vaya viendo tu trabajo —añadió.

—Por supuesto. ¿Cada cuánto?

—Quince días, aunque sean borradores. Me bastará para ver el potencial o si encaja con la idea que tengo. Y no puedes decírselo a nadie. —Se encogió de hombros—. Ya sabes cómo funciona, la gente habla y después no causa el mismo efecto. Las mejores fiestas siempre son las que se hacen por sorpresa.

—No soy idiota, Finn. No pensaba decir nada.

Para empezar, sus propios compañeros no la tomarían en serio si se enteraban de que estaba «infiltrada» para escribir un reportaje sobre ellos y sus miserias. Que comprendía el tono que buscaba Finn para el artículo porque más claro no se lo podía decir: nada de bomberos rescatando gatos, quería polémica.

—Tienes luz verde —comentó Finn—. Mucha suerte con las pruebas.

—Te mantendré informado.

Reprimió las ganas de dar un salto de alegría delante de él y salió lo más digna que pudo. Ya fuera y alejada, sí, emitió un par de grititos. Otro obstáculo vencido, un paso más hacia su trabajo de ensueño. Todavía había mucho por hacer, solo de pensar en los meses que le esperaban daba vértigo… Porque la posibilidad de no ser aceptada no pasaba por su cabeza. No era una opción.

Pasó por las oficinas para coger a Leona y llevársela a la máquina de café. Su amiga se dejó arrastrar sin protestar. Aunque estaba en mitad de la redacción de un artículo, la cara de Abby le decía que aquello era importante. Y qué demonios, una pausa no venía mal.

—¡Ha dicho que sí! —exclamó Abby, una vez solas junto a la máquina.

—Genial, si es que es una idea buenísima, hasta un corto de mente como él tenía que verlo. —Se abrazaron y después, Leona metió unas monedas en la máquina—. ¿Qué te saco?

—Nada, me voy pitando.

—¿Por?

—Ya sé que queda tiempo y tal, pero voy a investigar los requisitos físicos en otras ciudades. Aquí no pueden ser muy diferentes, ¿no?

—A saber. Con el tiempo que llevan sin sacar plazas, lo mismo se les ha olvidado y todo qué pedir.

—Ja, ja. Da igual, voy a mirar y así entrenamos con un objetivo fijo.

—Huy, yo no pienso que vaya a aprobar.

—Da igual. Entrenarás conmigo, así me das apoyo moral.

Le guiñó un ojo y la dejó sola con su brebaje. Se fue directa a casa a sentarse con el ordenador para buscar pruebas y exámenes en el resto del estado. Sacó unos cuantos y, al revisarlos, se dio cuenta de que eran bastante parecidos entre sí. Podían diferir en alguna u otra prueba, pero coincidían en unas cuantas: hacer flexiones, ponerse en cuclillas, mantener la tabla… eran algo común en todos. También había una parte aeróbica, que no veía muy complicada porque era lo que más hacía con Leona. Lo peor era que en cada prueba había un límite de pulsaciones y que no tenía muy controlado cómo lo llevaba.

Apuntó en un papel los mínimos que creía que podrían exigir y se marchó a comprarse una pulsera de actividad que controlara las pulsaciones. De esa forma, podría ver qué necesitaba reforzar. Por si acaso, se hizo con otra para Leona. Quién sabía, aunque su amiga no se lo hubiera tomado en serio y estuviera contenta en la revista, quizá aprobara y quisiera cogerse una excedencia para acompañarla.

De vuelta a su piso, la emoción le impedía estar ociosa, así que preparó un plan de entrenamiento basado en varios que encontró disponibles en las webs de diferentes departamentos de bomberos. Pensacola también iba atrasado en eso, puesto que no tenían mucha información al respecto: ni sobre las pruebas definitivas, ni cómo se mantenían en forma en el departamento, ni nada demasiado al detalle. Todo era muy general. Se fijó en las palabras que encabezaban la web:

Dedicación. Honor. Profesionalidad. Compasión.

No estaban mal, pero de nuevo, demasiado general. ¿Cómo no iba a ser un bombero profesional?

Y lo que más destacaba, bajo esas palabras, era la foto que dejaba claro el estado actual del departamento: hombres.

Encontró una pestaña en la que había un listado de personal, que copió para leer con cuidado. Sí que encontró nombres femeninos, pero al lado tenían puestos como administrativas, telefonistas, recepcionistas… y los que no tenían nada, dedujo que eran las pocas que habían conseguido entrar tantos años atrás. Pero el listado era para personal actual y jubilado, con lo que no sabía si coincidiría con alguna para poder conseguir información de ellas también.

En fin, de aquello se preocuparía más adelante, al fin y al cabo el objetivo tampoco era entrar, por lo que no coincidiría con bomberas experimentadas. Solo necesitaba pasar los meses de la academia para realizar su reportaje.

CAPÍTULO 3

Dibujar. Revisar. Calcar. Tatuar.

Camilla esperó a que su clienta, una chica que acababa de cumplir la mayoría de edad, revisara el diseño que había sobre la piel de su brazo.

—Me encanta —dijo, sacando una foto con su móvil—. ¡Las letras chinas nunca pasan de moda!

Camilla no contestó, limitándose a coger la máquina e introducir la aguja en un botecito de tinta negra. «Letras» chinas. Más bien caracteres… pero ya ni se molestaba en discutir con la gente. Si la tipa quería algo que ni siquiera sabía si significaba amor o langostinos cocidos, no era su problema. Hacía tiempo que el noventa por ciento de su trabajo consistía en copiar dibujos que la gente encontraba en internet porque se lo había visto a algún famoso o porque, como aquella chica, «estaba de moda». Le parecía estar trabajando como si fuera una máquina automática, ya no sentía la ilusión como al principio, cuando alguien le daba una idea y ella la plasmaba en algún diseño.

Apenas dibujaba cosas originales; la gente quería algo rápido y barato. Un tatuaje que nadie más llevara, con colores y de gran tamaño era caro. A ella le suponía muchas horas, incluso varias sesiones, y eso tampoco entraba en los planes de los clientes que lo querían para lucir ese fin de semana que tenían una boda o mostrarlo en la playa… algo que también se cansaba de explicar: nada de sol durante unas semanas. Pero ella no era la niñera de nadie, así que lo que hacía era entregar una hoja de instrucciones y allá cada uno con su responsabilidad.

No sabía si era eso lo que poco a poco había ido acabando con su inspiración y con sus ganas de tatuar, pero necesitaba un cambio. Llevaba años moviéndose de un estudio a otro, cobrando por los trabajos que hacía donde la reclamaban, y también estaba cansada de eso. Acababa de cumplir veintisiete años y consideraba que había llegado el momento de asentarse de alguna forma.

Por eso, cuando aquel desconocido le había entregado el folleto sobre las plazas que iban a salir en el departamento de bomberos, lo había leído con interés y se había presentado a la parte teórica. Ya hacía un mes de aquello y no había recibido noticias aún. No sabía si era bueno o malo, porque no tenía ni idea de cuánto tardarían en decirle algo. Las pruebas no le habían parecido demasiado difíciles y, aunque tampoco sabía en qué consistirían las físicas, estaba segura de pasarlas, ya que se mantenía en perfecta forma. Acudía al gimnasio casi a diario: no solo para hacer pesas o abdominales, sino que practicaba artes marciales. Era algo que había comenzado de niña, cuando su madre, una experta en varias de ellas, la había empezado a entrenar casi antes de que supiera caminar.

Camilla no sabía si era por eso o por sus genes, pero se le daba bien. Podía vencer a cualquiera de los tipos con los que entrenaba con los ojos cerrados y sin despeinarse, así que no, las pruebas físicas no le daban miedo.

—¡Ah! —gritó la chica, apartando el brazo—. ¡Eso duele!

Camilla levantó la aguja con rapidez, evitando hacerle una raya de lado a lado.

—Tienes que estarte quieta —dijo, intentando armarse de paciencia—. Claro que duele, esto es una aguja.

—Pero habrá anestesia o algo. No puedo creer que pretendas hacérmelo así, a lo bruto.

—Es así como se hace. Las cremas anestésicas pueden hacer que la tinta no penetre bien o…

—Pues entonces me tienes que cobrar menos.

—¿Perdona?

—No pone en ninguna parte que vaya a doler.

Camilla le señaló la hoja de instrucciones para el cuidado del tatuaje y en la que también aparecía que el cliente debía permanecer inmóvil durante el proceso, además de avisar que el tratamiento no era indoloro.

—Línea dos —dijo.

—No pone que duela.

—Pone que no es indoloro.

—Seguro que si te denuncio, gano. Mira los avisos que vienen en los vasos de café, por algo los pusieron, ¿no?

Camilla dejó la aguja y se quitó los guantes. Ya había tenido bastante.

—Mira, mejor te vas con otro de los tatuadores —le contestó, mientras se incorporaba—. Habla con el dueño y te asignará a alguno.

—¡Pienso poner una queja!

La tatuadora ni se dio la vuelta ante aquello. Se acercó a la recepción, donde estaba el dueño del estudio, y le pidió su horario.

—¿Algún problema con la pija? —preguntó él.

—Pásasela a otro, me da igual perder la comisión, pero prefiero eso a clavarle la aguja en el ojo.

Él movió la cabeza, sin contestar a eso, y le entregó una hoja. Llevaba trabajando con Camilla varios años; la chica iba un par de veces a la semana y era buena, de eso no había duda, aunque últimamente la notaba extraña, como si hubiera perdido su chispa.

—Tienes dos citas el jueves —le informó.

En aquel momento a Camilla le apetecía tanto tatuar unos símbolos de infinito a una pareja como de tirarse por un puente. Y la otra cita, en fin, un surfista que quería una tabla… ¡el colmo de la originalidad! Pero necesitaba las comisiones y, además, no podía dejar a Joe en la estacada después de irse ese día sin terminar un tatuaje. No daba buena imagen al negocio y él no tenía la culpa de su falta de interés.

—Sin problema —dijo.

Copió las citas en su agenda y se despidió para marcharse a su casa. Ya que tenía un rato libre con el que no había contado, se cambiaría de ropa y correría un rato por la playa; así quemaría parte esa energía que notaba dentro y que necesitaba sacar. Y después, al gimnasio. Nada como un buen saco al que dar patadas para terminar de descargarse.

Pero cuando entró en el portal y abrió el buzón, encontró dentro una carta con el emblema del departamento de bomberos. Subió a su apartamento con ella en la mano y se sentó en la mesa de la cocina tras depositarla encima, mirándola. Tras unos minutos de incertidumbre, la cogió y la abrió: no tenía sentido postergarlo más.

Abby estaba en el ordenador, leyendo un artículo sobre un juicio por racismo en el departamento de bomberos de Detroit, cuando sonó su móvil. Miró la pantalla y vio que era Leona, por lo que pulsó para contestar.

—¡He suspendido! —informó su amiga, sin más preámbulos.

—¿El qué?

—¿Estás tonta? ¡El examen teórico! Lo de los bomberos, Abby, ¿en qué pensabas?

—¿Que has suspendido? ¿Y cómo lo sabes?

—Tenía una carta en el buzón, ¿tú no? ¿Abby?

Pero la morena ya no escuchaba. Abby dejó el móvil sobre la mesa y salió disparada a revisar su buzón. Demasiado tarde, se dio cuenta de que se había dejado las llaves en casa… por lo menos no había cerrado la puerta tras ella, o se hubiera quedado fuera. Entró, las cogió y entonces sí, pudo abrir el buzón y coger la carta del departamento de bomberos de Pensacola que se encontraba en el interior.

Subió las escaleras mientras rasgaba el papel y sacaba la misiva:

«A la atención de Abigail Cook:

Por la presente le informamos de que el resultado de sus pruebas teóricas es APROBADO y que, tras revisar su documentación, cumple los requisitos para pasar a la siguiente fase.

Deberá presentarse el día siete en el Centro deportivo del Christian College, a las nueve de la mañana.

Las siguientes pruebas son de tipo físico, tanto a nivel aeróbico como de resistencia. Adjunta a esta carta encontrará un listado de los ejercicios recomendados.

Asimismo y por imperativo legal, le informamos además de que se le realizarán diferentes análisis médicos.

En caso de no poder presentarse o desear retirar su candidatura, envíe un correo electrónico a la dirección indicada en el encabezado.

Atentamente,

Teniente Levine.»

—¡Bien! —exclamó, haciendo un gesto de triunfo.

—¿Abby? ¿Hola? ¡Eooo! ¡Que sigo aquí!

Abby cogió el móvil al darse cuenta de que había dejado a su amiga en línea con la emoción del momento.

—¡He pasado! —exclamó.

—¡Genial! ¿Cuándo son las siguientes pruebas?

—El día siete. Pero no pone nada de los mínimos exigidos, qué cabrones. Vienen unos cuantos ejercicios recomendados, que son más o menos lo que hemos estado haciendo. Así que seguiremos entrenando con los objetivos que apunté de otros sitios.

—Dirás que tú seguirás, yo con lo básico de siempre me vale, no tengo que matarme a levantar pesas.

—Jo, siento que no hayas pasado.

—No me importa, estoy bien en la revista. Además, así puedo hacerte de espía interna y enterarme si Finn va hablando por ahí del artículo y qué opina. No vaya a ser que te diga a ti una cosa y luego esté haciendo otra.

Leona, tan confiada y maquiavélica como siempre. Pero no le iba a decir que no, cualquier información sería bienvenida. Tras quedar para verse en el gimnasio más tarde, se despidieron y Abby continuó con su lectura, más animada. Estuvo tentada de escanear la carta y enviársela a Finn con un «te lo dije» bien grande, pero no lo hizo porque pensó que, si no pasaba las pruebas físicas, la que recibiría aquel mensaje sería ella.

El día de las pruebas físicas llegó por fin. Aunque Abby había estado buscando información para intentar averiguar cuánta gente había logrado pasar, no había tenido suerte y no fue hasta que llegó allí que se hizo una idea de la cantidad de competencia que aún tenía por delante. En la entrada al centro deportivo se arremolinaban cientos de personas esperando a que abrieran las puertas.

Abby recorrió el gentío con la vista, nada sorprendida al comprobar que todo eran hombres. Menos mal que había intercambiado su número de teléfono con Talisa y Leo, porque de lo contrario, habría sido imposible encontrarse entre el gentío. Ninguno había llegado todavía, así que Abby se quedó junto a un letrero para que pudieran localizarla y les envió un mensaje con la descripción.

—Perdona…

Se giró sorprendida hacia la voz femenina, para encontrarse con una chica morena, de ojos rasgados oscuros y complexión atlética.

—Vaya, ¡hola! —saludó.

—¿Vienes a las pruebas?

—Sí, ¿y tú?

—También. —Sonrió y extendió la mano—. Me llamo Camilla, Camilla Zhao.

—Abby Cook.

—Encantada. —Se estrecharon la mano—. Pensaba que iba a ser la única mujer, llevo un rato dando vueltas y no he visto a ninguna.

—Hay otra más al menos, estoy esperándola. También se presentó una amiga mía, pero no ha pasado el primer corte.

—Vaya.

—No pasa nada, tampoco estaba muy interesada.

—¿Te importa si os acompaño?

—Claro que no, así nos daremos ánimos mutuos. Mira, por ahí viene.

Agitó la mano hacia Talisa, que le correspondió con el mismo gesto y una sonrisa mientras se acercaba.

—¡Qué bien, una más! —exclamó, al ver a Camilla—. Pensábamos que éramos las únicas.

Abby las presentó y, un par de minutos después, justo cuando se abrían las puertas, llegó Leo. Estaba algo acalorado y con cara de agobio.

—Perdonad, he tenido que aparcar lejísimos —se disculpó.

—¿Con la de gente que hay y no has venido en transporte público? —Abby se rio, moviendo la cabeza.

—Mejor no te digo las veces que he utilizado el autobús porque fliparías. —Miró a Camilla—. Hola, soy Leo.

—Camilla.

Se dieron la mano y después se unieron a la gente que ya se dirigía al interior. En la entrada al polideportivo había varias mesas marcadas con intervalos de letras, indicando que cada aspirante debía dirigirse a la de su apellido. Así lo hicieron y, tras recibir instrucciones con los horarios de cada parte, se reunieron de nuevo para comparar.

—Estoy cansado solo con leer esto —murmuró Leo, examinando su lista.

—¿Me dejas ver? —preguntó Abby.

—¿Por? ¿Has perdido tu hoja?

—No, es… curiosidad, a ver si tenemos las mismas pruebas.

Leo le entregó el papel y Abby las comparó: hacer flexiones durante dos minutos; subir y bajar de una plataforma con mancuernas de once kilos en cada mano, cuatro minutos; agacharse en cuclillas, tres minutos; y la maldita postura de tabla que odiaba a muerte. La lista era igual para ambos, pero lo que no podía saber era si el baremo de pulsaciones era el mismo o dónde estaba el corte después de aquellos mínimos.

—Ya te ha salido la periodista que llevas dentro, ¿no? —bromeó Talisa.

—Sí, bueno… —Se encogió de hombros—. Leí por ahí que en Chicago habían denunciado las pruebas porque era lo mismo para ambos sexos y claro, las mujeres lo teníamos más difícil.

—A saber cómo lo harán aquí —comentó Camilla—. Con todo el tiempo que llevan sin sacar plazas…

—Le he preguntado a mi padre pero claro, lo suyo fue hace muchísimos años —dijo Talisa.

—¿Tu padre es bombero? —preguntó Camilla.

—Era, está jubilado. Él me ha animado a apuntarme y además que no sé, es como si lo llevara en la sangre. No me imagino haciendo otra cosa.

—¿Qué baremos se siguen? —preguntó Leo—. Yo pensaba que era igual para todos.

—Sí y no —contestó Abby—. Por lo que he leído, la cosa cambia mucho de un estado a otro. Existen tres tipos de pruebas de acceso a los servicios de extinción de incendios. En el modelo «premiado», por así decirlo mujeres y los hombres realizan las mismas pruebas físicas para el acceso, pero en caso de que una mujer las supere, recibe un porcentaje de bonificación sobre los puntos obtenidos.

—Pues qué quieres, pero eso tampoco me parece justo.

—Ya, pero es que en el caso de Chicago, tenía modelo «excluyente»: las pruebas físicas eran exactamente las mismas para hombres y mujeres, los mínimos iguales, y claro, hay niveles a los que por mucho que queramos, es imposible llegar.

—Pues sí que lo has estudiado —intervino Talisa, mirándola con curiosidad.

—Defecto de fábrica. —Abby enrojeció, pensando si se habría pasado con su disertación.

—Pero entonces, ¿cuál es la buena? —preguntó Camilla—. ¿O no hay ninguna?

—Sí, hay otro modelo, el «abierto», que establece dos baremos distintos, uno para mujeres y otro para hombres, adaptando las pruebas a las diferencias físicas y anatómicas de cada uno. Se supone que ese es el más igualitario.

—Pero aquí no sabemos bien ni dónde está el mínimo ni los cortes —murmuró Leo, pensativo.

—¿Quizá lo hayan hecho a propósito? —dijo Camilla—. Así no hay problema, si no está por escrito… No puede haber denuncias por discriminación, ¿no? Sería más complicado.

Abby se quedó pensativa. Sí, podía ser algo de eso. En principio las pruebas eran las mismas para todos, pero claro, sin saber si luego hacían distinciones… lo iba a tener complicado. Tendría que intentar investigar por algún lado.

Escucharon una voz por los altavoces que llamaba para comenzar las pruebas, así que se desearon suerte y se fue cada uno a la zona que le correspondía. Para hacer el proceso más rápido, el gimnasio estaba dividido por pruebas y cada aspirante iba pasando de una a otra en diferente orden, como si fuera una yincana.

Talisa tenía que hacer las flexiones en primer lugar y allí se dirigió, pero se encontró con una mole de casi dos metros obstruyéndole el paso.

—Oye, ¿puedes moverte? —pidió—. No dejas pasar.

El chico ni se inmutó. Talisa le dio un par de golpecitos con el dedo en el hombro, poniéndose de puntillas, y ni aun así. Le acabó dando un pequeño empujón y entonces sí, el tipo se dio la vuelta y la miró de arriba abajo.

—Necesito pasar —dijo Talisa.

—¿Eres una de las que llevan las pruebas, guapa? —preguntó él.

—No, soy una aspirante.

Él la miró de nuevo, después a su alrededor, como si esperara encontrar una cámara oculta o algo así, y por fin de nuevo a ella, emitiendo una carcajada.

—¿Me tomas el pelo?

—¿Tú eres tonto o qué?

—¡Si no llegas al metro!

Talisa le dio una patada en la espinilla, logrando así que se moviera a un lado, y pasó de largo enfurruñada.

—Vaya con la chiquita —comentó otro chico, situado junto al primero.

—Menudos humos —corroboró el alto—. Aunque le hará falta más que eso para pasar las pruebas, ni de palo lo va a lograr. —Se frotó la espinilla, mosqueado a su pesar por la fuerza con que le había golpeado, y estrechó la mano del chico latino que le había hablado—. Soy Jimmy Ekekiela.

—Jesse Cortez. Tú desde luego no tendrás problemas para pasarlas, se te ve en forma.

Por no hablar de su altura, envergadura y tamaño del brazo, que era como los dos suyos juntos. Jesse era expolicía y estaba bien entrenado, pero al compararse con Ekekiela no tenía tan claro pasar sin problemas.

—Ese apellido… —empezó.

—Origen hawaiano, ya sé que suena como un trabalenguas, pero todos me llaman así.

Ahora que se fijaba, Jesse vio que tenía rasgos exóticos. Ekekiela llevaba el pelo castaño largo, con alguna que otra mecha rubia por el contacto con el sol. Mientras hablaban, el chico sacó una goma para recogérselo.

—¿Surfista? —aventuró Jesse.

—Solo playero, ¿y tú?

—Que va, no es lo mío. Además, tampoco he tenido mucho tiempo libre hasta hace poco, era policía.

—Yo trabajo de vigilante de seguridad, aunque ya estoy aburrido.

—¿Por eso te presentas?

—Quiero algo emocionante, sí. Por no hablar de la pasta y de que te llamen héroe por las esquinas… Eso es todo un imán para las féminas.

Jesse sonrió, moviendo la cabeza con aprobación. Estaba de acuerdo en todo eso: el trabajo de policía no siempre era agradecido, y, sin embargo, a un bombero le bastaba con rescatar un gato de un árbol para salir en la primera página de los periódicos.

—Ya te das por admitido —dijo Jesse.

—¿Tú no? —Hizo un gesto a su alrededor, terminando por señalar a Talisa, que hacía flexiones junto con otros aspirantes—. Mira lo que hay por aquí, ¡está chupado!

El latino pensaba como él, aunque al fijarse, se dio cuenta de que la chica no parecía ni la mitad de cansada que el resto de los chicos… Quizá era más dura de lo que aparentaba. Fuera como fuese, en ese momento sonó el silbato indicando el fin de los minutos de aquella tanda y la perdió de vista, mientras se colocaba junto a Ekekiela.

El hawaiano levantó el pulgar hacia él y se colocó a su lado, con un chico delgado en otro. Ambos se miraron mientras se ponían en postura.

—¿Seguro que esos palillos te van a sostener? —se burló.

—¿Y tú? ¿Seguro que tienes algo de agilidad debajo de tanto músculo? —replicó el otro.

El sonido del silbato indicó que debían comenzar. Para Ekekiela aquello no tenía ninguna dificultad, así que entre flexión y flexión miraba hacia Jesse a ver cómo le iba y al que tenia al lado que, para su sorpresa, llevaba muy buen ritmo y mantenía el control sobre su respiración. El chico le devolvió la mirada, de forma retadora, y en unos segundos estaban acelerando el ritmo como si estuvieran compitiendo. Cosa que, en realidad, estaban haciendo: ambos estaban allí por una de aquellas preciadas plazas.

Cuando terminaron los dos minutos, se incorporaron y Jimmy se acercó, extendiendo una de sus enormes manos.

—Vaya, parecías poca cosa —comentó.

—Ya ves, las apariencias engañan.

El chico le estrechó la mano, correspondiendo con fuerza al apretón. Sí, era más bajo y delgado, pero también atlético. Y a resistente no lo ganaba nadie.

—Jimmy Ekekiela.

—Ryan Lassek.

Jesse se acercó y se presentó también. Mientras salían de la zona para dirigirse a la siguiente prueba, los tres vieron pasar a Camilla.

—Vaya, si hay otra —comentó Jimmy.

—¿Otra qué?

—Chica. Antes hemos visto a una por ahí, no medirá ni cuatro palmos —explicó Ekekiela—. No sé qué hacen aquí, la verdad.

—Bueno, las pruebas son abiertas a todo el mundo.

—Ya, pero no me imagino a una de ellas sacándome de un incendio. Más bien al revés, ¿no?

Se echó a reír y, con él, Jesse. Ryan se limitó a hacer una mueca. En eso podía tener razón, teniendo en cuenta lo que medía y debía pesar Ekekiela, ni siquiera él se veía sacándolo de un incendio, pero los bomberos hacían muchas más cosas que acarrear gente.

—¿Y tú en qué trabajas? —preguntó Jesse—. Yo soy expolicía, Ekekiela guardia de seguridad.

—Camarero. —Los dos lo miraron—. Lo sé, lo sé, pero aunque no lo creáis es un trabajo bastante físico. Pero estoy un poco harto, pagan fatal.

—¿Ves? —dijo Ekekiela—. Otro que piensa como yo. —Le dio un golpe en el hombro que, aunque suave, lo desestabilizó un poco—. Nos vamos a llevar bien.

Ryan se frotó el hombro, pensando en si aquello era bueno o malo, y se dirigieron a la siguiente prueba.

Así fue transcurriendo la mañana, de prueba en prueba y, tras la última, a todos les sacaron sangre y les cogieron un par de cabellos para analizar.

—¿Cuándo sabremos algo? —preguntó Abby a la chica que le estaba clavando la aguja.

—Ni idea, yo solo saco sangre.

Le extrajo un tubito y le puso un algodón con un esparadrapo al terminar.

—¡Siguiente!

Apretándose el pinchazo, Abby se dirigió a la entrada, donde habían pasado lista al llegar, pero ya no había nadie.

—Porras.

Frunció el ceño. Estaba cansada por las pruebas, pero aquello no parecía suficiente para su artículo. Necesitaba saber más.

Entonces vio pasar a un hombre a unos pasos de ella. Con uniforme, moreno y serio, examinaba el gimnasio como si dominara el lugar, lo cual la animó a acercarse. Seguro que era alguien importante.

—Disculpe.

El hombre se dio la vuelta y entonces ella vio la placa con su nombre: teniente Levine. ¿De qué le sonaba?

—¿Sí?

Él la miraba sin cambiar un ápice su gesto serio, y entonces Abby recordó.

—¡Usted es el que firma las cartas! —exclamó.

—¿Cómo?

—La carta que recibí en mi casa.

—De eso se encarga el departamento, no las he firmado de una en una.

—No, claro, pero en fin, usted sí que sabrá decirme cuándo nos dirán si estamos admitidos, ¿no?

—Si ha pasado las pruebas físicas, le llegará otra carta para el examen psicológico, el polígrafo y la entrevista conmigo.

—¿Y después de eso, entraré?

—Si aprueba, sí.

—Pero he hecho las físicas perfectas.

—Mire, no tengo por qué darle explicaciones, pero imagínese que todos lo han hecho bien. No podemos admitirlos, tenemos unas plazas limitadas y de ahí el resto de las pruebas.

—Ajá. —Bueno, para no hablar, le estaba dando unos cuantos datos—. ¿Y cuál ha sido el corte para las chicas?

—¿A qué se refiere?

—Por curiosidad, ya sabe, me gustaría saber si ha sido el mismo que a los chicos.

—Yo no manejo esos datos.

Y sin más, se alejó y la dejó con la duda. Leo, Talisa y Camilla se unieron a ella, todos sujetándose el brazo.

—Parece que somos de alguna secta con un saludo secreto —se rio Camilla.

—¿Quién era ese? —preguntó Leo.

—El teniente Levine, el que nos envió la carta del examen teórico. Bueno, él directamente no, pero ya me entendéis.

—¿Y qué hablabas con él?

—Nada, curioseando un poco. ¿Vamos a tomar algo para recuperar la sangre perdida?

—Por mí genial —contestó Talisa.

Y los cuatro se fueron a un bar cercano, a recuperar fuerzas y brindar por su suerte.

CAPÍTULO 4

—Buenos días. —El teniente Duncan Levine lanzó una mirada hacia el grupo frente a él, que permanecía en silencio, en espera de sus palabras—. Soy el teniente Levine y así es como deben llamarme. Aprecio la formalidad, algo que tendrán ocasión de comprobar. Me encargaré de la parte teórica del curso durante los seis meses que permanecerán aquí, en la academia de bomberos de Pensacola.

Hizo un gesto para abarcar el lugar mientras los aspirantes observaban, como si no terminaran de creerse que estuvieran allí.

Eran veintiocho en total, veintiocho personas que habían conseguido superar todas las pruebas hasta llegar al sitio que ocupaban en ese momento, a las nueve de la mañana en el campo de entrenamiento. Todos se habían instalado el día anterior, dedicando la mayor parte de la tarde a recoger la ropa que utilizarían en los entrenamientos para luego reorganizar el resto de sus objetos personales.

Abby había saltado de alegría al recibir la carta donde le comunicaban que finalmente formaba parte de los aspirantes. Después de casi dos meses, comenzaba a pensar que no lo había conseguido, pero al final todo había salido bien y pronto se apresuró a escribir a Finn para darle la buena noticia. Leona se había alegrado por ella, pese a los reparos por el hecho de tener que pasarse seis meses viviendo en la academia.

No era algo que a Abby le apeteciera, pero así eran las cosas y no tenía sentido discutirlo; además, solo serían seis meses. Y podría concentrarse mucho más, lo tenía claro, porque tampoco tendría demasiadas distracciones, ni tiempo para ponerlas en práctica.

La segunda alegría se la llevó cuando supo que Camilla y Talisa también habían llegado hasta allí. La dos aparecieron en distintos momentos de la tarde en su habitación para saludarla, lo que hizo que Abby se replanteara muchas de sus dudas respecto al supuesto machismo. Pero, por lo que sabía, ambas tenían muy buenas puntuaciones en sus respectivas pruebas, lo que le hizo pensar que quizás la rubia llevaba razón al decirle que no todo era estar musculada en aquella profesión. Porque en el camino habían quedado hombres y mujeres muy grandes, así que decidió liberarse de estereotipos y abrir su mente: estaba allí y sus compañeras de curso no podían ser mejores.

Aquella noche apenas había podido conciliar el sueño, pese a que sabía que debía estar en pie a las ocho para acudir a la presentación del teniente Levine y a unas pequeñas pruebas físicas después. Se vistió con uno de los tres conjuntos deportivos, como le había indicado, y se unió al resto de compañeros en el campo de entrenamiento, aún un poco perdida por no conocer bien la academia. Por suerte, Talisa y Camilla fueron a su lado para así poder hacer una especie de piña las tres juntas, al igual que Leo, que se desplazó con sutileza hasta ponerse junto a ellas.

Bien, el chico majo lo había conseguido. Por desgracia para Talisa, la mole humana con la que había tenido que bregar en las pruebas también estaba allí, todo músculos e insolencia, y con los otros dos chicos con los que lo había visto charlar aquel día. No le daba buena espina, así que se aseguró de ponerse bien alejada, porque encima eran las únicas chicas de todo el grupo. Y ya se imaginaba que algo de mierda les iba a tocar tragar, pero confiaba en que pasar desapercibida ayudara a minimizar el tema.

El teniente Levine, robusto y en forma pese a rondar la cincuentena, señaló a un hombre bastante más joven que permanecía junto a él.

—Este es el teniente Darren Shaw —dijo—. Él es el encargado del adiestramiento físico. Pueden referirse a él como teniente Shaw. Ya les explicará mejor, pero todos los días deben estar listos a las ocho para el entrenamiento. La parte teórica tendrá lugar por la tarde. ¿Preguntas?

Nadie osó decir nada, pese a que la hora mencionada había hecho mella en todos. ¿Entrenamiento por la mañana? Pasarían el resto del día agotados, y las clases de teoría se volverían eternas, pero en fin…

El teniente Shaw compartía con Duncan Levine altura y forma física, pero ahí terminaban los parecidos: rondaría los treinta años, no llevaba el pelo castaño tan corto como cabría esperar en un instructor y tenía una mandíbula que podía hacer llorar a la mitad de la clase, aunque los ojos azules ayudaban a suavizar su expresión. No parecía tan afable como el teniente Levine, y teniendo en cuenta que este tampoco lo era mucho, aquello no resultaba muy alentador.

Talisa notó un pellizco en el brazo y se giró hacia Camilla. La joven hizo un gesto disimulado hacia el teniente mientras articulaba algo.

—¿Quéeee? —murmuró Talisa, con la esperanza de que nadie la reprendiera el primer día.

Camilla volvió a tratar de vocalizar, pero la rubia negó con la cabeza, sin comprenderla.

—Joder. J-o-d-e-r.

—Calla, que nos van a reñir…

Que sí, que la comprendía, el chico era atractivo, pero no podían empezar la academia portándose como colegialas de instituto. Debían ser serias y profesionales, sobre todo si querían que el resto las viera de esa misma manera.

Hizo el esfuerzo de concentrarse en el teniente Levine, que había vuelto a recuperar la palabra.

—Si tienen algún problema acudan al teniente Shaw, de él a mí, y de mí, al director adjunto. Ahora presten atención unos minutos, voy a hablarles un poco de los bomberos… Se atribuye al primer emperador César Augusto la creación oficial del primer cuerpo de bomberos organizado en Roma. Sin embargo años antes, un rico y ambicioso aristócrata llamado Marco Craso (su riqueza provenía de los bienes raíces y el alquiler inmobiliario) había organizado una especie de servicio contra incendios de Roma, pero también organizó las primeras brigadas de «incendiarios» de las que se tiene referencia en la historia, asegurando así que sus «bomberos» tuvieran siempre trabajo, y siendo estos controlados por el cruel Craso, no les daba orden de apagar el incendio si el dueño del territorio o construcción no lo vendía a precio de renta en ese instante. Así, la gente prefería ganar el dinero de la venta, por injusto que fuera, a quedarse una casa o parcela devastadas… Como ven, hoy en día es diferente por completo. Si nos retrotraemos en el tiempo, cuando los incendios devastaban las ciudades, los habitantes tardaban semanas en reconstruir sus casas después de cada siniestro, y hasta se ufanaban de hacerlo en repetidas ocasiones. Al final, empezaron a pensar en formar un cuerpo de bomberos, y después de leer acerca de esos precursores y de quienes les sucedieron, podemos decir que hemos mejorado.

Hizo una pausa para dejar que los alumnos asimilaran la información, y carraspeó.

—Eran hombres rudos y, a veces, tan iracundos e impredecibles como los incendios que combatían. La mayoría de ustedes no habría encajado en ese mundo —añadió, tras estudiarlos durante unos segundos—. Bien, el cuerpo de bomberos no solo se dedica a apagar fuegos, el trabajo también consiste en ayudar a personas. Ya sea gente que ha extraviado sus llaves y no puede entrar en su casa, como proporcionar auxilios médicos, para lo que también se les formará… tendrán que atender emergencias, saber usar un desfibrilador o hacer la respiración artificial, reconocer lesiones y comas diabéticos, incluso tendrán un curso especial de socorrismo, pues muchos de ustedes serán destinados a la brigada de socorristas.

Abby intercambió una mirada con Leo y las chicas. Vaya, no había esperado que tuvieran que formarse en tantos campos.

—Necesitarán diversos cursos y permisos: el de la guardia costera para timonear botes, constancia de que han sido entrenados para participar en salvamentos en túneles o en otras situaciones complicadas. A eso hay que añadir alpinismo y clases de rescate en sitios cerrados, y certificado de buzo del servicio de bomberos. Para eso tendrán que nadar, sí.

Hubo algunas risitas, aunque parecían más nerviosas que otra cosa.

—Es una profesión dura que exige un adiestramiento duro. No se engañen: muchos de los presentes aquí no lo conseguirán. Pero de momento… les doy la enhorabuena por haber superado el examen de ingreso y les deseo mucha suerte. —Le respondió un montón de aplausos, a lo que el teniente Levine se permitió sonreír—. Muy bien, entonces los dejo con el teniente Shaw y los veré a todos a las dos en el aula siete.

El teniente Shaw esperó a que Levine abandonara el campo de entrenamiento para estudiar con detenimiento a su grupo. Lo de que hubiera chicas, aunque solo fueran tres, resultaba una novedad de lo más sorprendente, pero no le parecía mal. En el resto había un poco de todo, pero era pronto para apostar por ver quienes soportaban el ritmo. Notó que estaban muy rígidos, así que hizo un gesto para que se relajaran.

—Bueno —dijo, acercándose—, la parte física es dura, tanto o más que la teórica. Además del entrenamiento físico habitual, con marcas que habrá que superar, habrá simulacros de incendio en cualquier momento, incluido de noche. Tendréis que aprender a acoplar y desacoplar mangueras, reconocer herramientas, levantar escaleras de mano, distinguir extintores y sus usos, y escalar edificios de siete plantas. ¿Impresiona?

Nadie respondió nada, que parecía lo más inteligente en vista de que obviamente el teniente Shaw estaba siendo sarcástico. Entonces se escuchó un pequeño resoplido que hizo que todos miraran en la dirección de la que provenía.

Jesse se dio cuenta de que se le había escuchado, pero era tarde porque ya había atraído la atención de Darren, que se aproximaba a él con una mochila en el brazo.

—¿Nombre?

—Cortez.

—Muy bien, ya veo que no te impresiona. —Le mostró la mochila—. ¿Puedes decirme qué es lo que sostengo en mi mano derecha?

—Una mochila.

—Teniente.

—Perdón. Una mochila, teniente.

—Exacto, una mochila de seis kilos de peso que tendrá que llevar durante una semana hasta que aprenda a distinguir la derecha de la izquierda, Cortez.

La alargó hacia el hombre, que la cogió con el ceño fruncido. Se la colocó a la espalda, sintiéndose ridículo por no haberse dado cuenta de en qué mano tenía la maldita mochila en realidad.

—¿Pesa?

—No, teniente.

—¿No? Entonces puedes ir y hacer cinco vueltas a la pista, Cortez —ordenó Darren, sin inmutarse—. Tienes siete minutos o en vez de cinco, serán diez.

Jesse se dio cuenta de que debía eliminar su mueca insolente o se pasaría los seis meses llevando aquella estúpida y pesada mochila, de modo que agachó la cabeza y empezó a dar las vueltas que le habían ordenado. En aquel momento fue consciente de que seis kilos eran muchos para desempeñar las tareas cotidianas y rezó porque el teniente Shaw no la tomara con él. Regresó justo a tiempo, controlando la respiración.

—Muy bien, Cortez, regresa a tu sitio. ¿Te encuentras bien o necesitas un descanso?

—No, teniente.

Lección aprendida. Darren decidió dejarlo en paz de momento y echó un vistazo al resto. Quizá debería probar a alguna de las chicas, porque de ninguna manera pensaba hacer diferencias o tratarlas como si fueran muñecas delicadas. Las tres parecían estar en una forma más que aceptable, así que eligió al azar y se detuvo frente a Abby.

—¿Nombre?

Dado que Jesse había respondido con el apellido, ella decidió hacer lo mismo. Era una forma, además, de eliminar lo femenino. Todos los apellidos sonaban igual.

—Cook, teniente.

—¿Por qué estás tan seria, Cook? —Miró al resto—. Vamos a hacer un ejercicio todos los días antes de empezar el entrenamiento: practicar sonrisas durante diez minutos. Intercalaremos el ejercicio con este hábito tan saludable, aunque sé que a muchos esto les sentará como una patada en el culo. Me importa muy poco, mientras lo hagan con alegría. —Volvió a mirar a Abby, que no sabía bien si debía sonreír ya en aquel momento o qué—. ¿Qué te parece?

Ella maldijo para sí. Malditos instructores, nunca sabías qué contestar para dar en el clavo. ¡Anda! Eso era bueno, podía usarlo en el artículo.

—Bien, teniente.

—¿Y qué tal unas flexiones? Diez, para que no te canses demasiado. Y no te olvides de sonreír, una gran sonrisa.

Abby obedeció sin rechistar. Diez flexiones no eran nada, podía hacerlas, aunque lo de tener que sonreír le gustaba menos. ¡Era increíble, pero casi costaba más eso que el ejercicio!

—Veo que no hará discriminaciones —susurró Talisa a Camilla.

—Si fuera un tío, seguro que le hubiera mandado hacer cincuenta.

Ella se giró, para descubrir que Ekekiela estaba justo detrás. ¿En qué momento se había desplazado hasta acercarse tanto? Sacudió la cabeza, resistiéndose a mirarlo.

—¿Qué pasa, te asustan unas cuantas flexiones, rubita? No sé cómo admiten mujeres… Seguro que no eres capaz de hacer ni una completa.

Era un comentario injusto, ya que ambos estaban allí y eso significaba que habían pasado todas las pruebas físicas, aunque obviamente sus puntuaciones serían muy distintas. Talisa se controló para no decirle cualquier cosa, debía guardar la compostura y aguantarse, de manera que permaneció en silencio… Al contrario que Darren, que de repente apareció frente a ella, aunque a quien miraba era a Ekekiela.

—¿Nombre?

—Ekekiela —contestó él, vocalizando despacio como siempre que repetía su apellido. Después recordó el incidente con Jesse, y añadió—: Teniente.

—¿Te estoy molestando, Ekekiela?

—No, no, en absoluto, teniente.

—¿Te gustaría compartir tu discurso con el resto del grupo, por favor?

—Preferiría no hacerlo, teniente.

—Preferiría que lo hicieras, Ekekiela. De lo contrario, allí tienes la salida.

Talisa y Camilla intercambiaron una mirada, aunque no podían negar que estaban disfrutando de la situación. Con cuidado, eso sí, de que no se les notara en la cara. No fuera que el asunto se volviera en su contra…

—Le decía a mi compañera que, en mi opinión, es un error que admitan mujeres en el cuerpo de bomberos. Creo que, y salta a la vista, no están físicamente capacitadas y, además, diez flexiones no es una cifra justa.

Darren se acarició la barbilla, pensativo. Menudo espécimen…

—¿Y cuál te parece la cifra justa?

—Al menos cincuenta, teniente.

—Estupendo, puedes darnos un ejemplo de cómo hacer cincuenta flexiones sin dejar de sonreír —dijo Darren, con una mirada de lo más fría—. Y la próxima vez que interrumpas mi clase para dar un discurso sobre lo mucho que te disgusta el avance de la mujer en nuestros tiempos, serán cien.

Observó sin la menor compasión como Ekekiela se dejaba caer al suelo con un gruñido, momento en que este recordó lo de la sonrisa.

Abby había terminado sus flexiones, así que se incorporó de un salto y miró complacida el castigo aplicado a su compañero.

Darren miró al resto del grupo.

—¿Alguien más quiere expresar su desacuerdo con las normas que rigen este centro o con mi adiestramiento en general? —Nadie contestó—. Bien, ya era hora. Quiero a todos corriendo para empezar a calentar, y después haremos unas pruebas para ver vuestras marcas. Venga, ¡sin dormirse!

El grupo se disgregó para comenzar a dar vueltas por la pista. Leo se colocó junto a las chicas, tratando de controlar una risita.

—Creo que este tío va a reventarnos —comentó.

—No importa —dijo Talisa—. Ha puesto a ese gilipollas en el lugar adecuado: el suelo. Solo por eso tiene mi amor eterno.

—Yo podría darle amor del físico —añadió Camilla, con una sonrisa.

Se separaron un poco al ver que Jesse se acercaba con intención de meterse en medio. Los miró por encima del hombro, aún jadeando por el peso de la mochila en su espalda.

—Perdón, «señoritas». —El hombre usó un tono burlón.

—Pareces fundido —le dijo Leo al momento.

—No te jode, prueba tú a correr con seis kilos en la espalda.

—A mí no me hace falta, yo sé cuál es mi izquierda y cuál mi derecha…

Jesse apretó los labios y los apartó de un empujón para tratar de dejarlos atrás. Entre tanta tía y el gay de pelo rubio lo ponían enfermo, aquel no era un trabajo para gente delicada, sino para hombres de verdad. Aceleró para ver si conseguía batir su marca, aunque estaba claro que si alguien se llevaba la palma era Ekekiela. Tenía un aspecto tan imponente que era obvio que los dejaría a todos muy atrás, pero como se entendían no le pareció mal. Siempre era mejor estar en el grupo de los vencedores.

El entrenamiento terminaba a las doce, momento en que podían ducharse antes de ir al comedor, donde debían estar a las doce y media.

—¿Y después? —quiso saber Leo.

—Comida hasta la una y media, y a las dos tenemos las clases de teoría, que duran hasta las seis… Después tiempo libre, habrá que aprovechar para estudiar o lo que sea. —Abby se detuvo para apoyar las manos en la cintura, jadeando.

Esas horas habían sido un infierno. Darren no parecía ser consciente de que era el primer día, y los apretaba sin dar tregua, en parte para que conocieran cómo iban a ser sus clases. Pero también porque necesitaba saber en qué forma física estaban, y ya tenía claro los que quedarían por el camino si no mejoraban mucho. El imbécil al que había puesto a hacer flexiones podía ser el primero, aunque algo le decía que iba a darle problemas de comportamiento, lo mismo el que se apellidaba Cortez. Si no recordaba mal, era un antiguo policía, aunque bastante insolente. Las chicas eran otro tema. La que más le preocupaba era la rubia, un poco justa en sus marcas, aunque tenía la mejor actitud del grupo. Seguro que si trabajaba al cien por cien podría conseguirlo, solo le costaría un poco más que al resto.

Al terminar el tiempo los despidió con un gesto hasta el día siguiente, observando con una sonrisa de satisfacción como se alejaban hechos polvo.

—Lo odio —murmuró Leo, todavía colorado y sin aliento por el esfuerzo—. Quiere matarnos, esto no es normal.

—Esto es ser bombero —replicó Talisa, dándole unas palmaditas—. Vamos, es cuestión de calentar bien para evitar estar dolorido después. Pronto le cogeremos el ritmo.

Abby y Camilla los siguieron, ambas sin dejar de lanzar miradas de reproche a la rubia, ¿cómo se le ocurría no estar tan destrozada como ellas? ¡Al menos de ánimo!

—Ahora dormiría quince horas seguidas —murmuró Abby.

—Yo me conformo con una buena ducha. Y que nos den comida, por favor —respondió Camilla, sin dejar de frotarse los brazos—. Eso sí, verás que bien las clases justo después de comer. Solo espero no quedarme dormida encima de los libros.

Abby soltó una risita, aunque estaba de acuerdo con ella. Comprendía que el entrenamiento fuera por la mañana, cuando más energía tenían, pero lo de poner la teoría justo después de comer…

Camilla y Talisa se despidieron de Abby al entrar esta en su habitación, quedando en encontrarse en el comedor después de la ducha.

—Por cierto, ¿no crees que el teniente Shaw tiene un par de polvos? —preguntó la primera, sin andarse por las ramas.

—No sé… —Talisa estaba de acuerdo, pero le pareció más sensato callárselo.

—Y eso que parece un hueso. Pero a mí esas cosas me gustan, igual que los tíos de uniforme… me resulta un reto.

—Bueno, Camilla, al ser un superior no tengo claro que…

—Eso son ideas antiguas —la interrumpió la morena, con tono convencido—. Seguro que no tiene tanta importancia, ni que estuviéramos en la época victoriana.

Talisa podría haber replicado un par de cosas, por ejemplo, que seguro que no estaba prohibido, pero sí mal visto. O que el teniente Shaw no tenía pinta de ser un tío que diera mucha confianza a sus estudiantes, aunque eso solo era una percepción suya. Pero sabía que corría el riesgo de ser malinterpretada por Camilla, quizá la chica creyera que quería desinflarle el globo, que estaba celosa… cualquier cosa. Siempre había sido una chica prudente que sabía cuando permanecer callada, de modo que eso hizo.

—¿Nos vemos abajo? —preguntó, cuando llegaron hasta su puerta.

—Pues claro, paliducha —se burló Camilla—. Y no te duermas ahí dentro.

La rubia sonrió al escucharla, para entrar al momento en la habitación. Habían tenido suerte de tener cuartos individuales, ya que la zona destinada a mujeres estaba bastante vacía. Por un lado, era triste, pero por otro, tener intimidad era un privilegio. No se podía decir lo mismo de los chicos, todos obligados a compartir habitación.

Después de ducharse, se vistió con su ropa, ya que a las clases les permitían ir vestidos como quisieran, y bajó al comedor para reunirse con las chicas y Leo, que ya eran un grupo consolidado. Ocuparon una mesa cerca de la ventana que daba al campo de entrenamiento, todos con sus bandejas de comida. El teniente Levine se acercó hasta donde estaban, para saludarlos y preguntar por el entrenamiento.

—Bien, gracias, teniente —contestó Abby.

—Fuera de horario soy Duncan, señorita Cook —dijo él, con media sonrisa—. Entonces, ¿ha sido muy duro? ¿Os gusta Darren?

—Oh, sí, sí —se apresuró a decir Camilla—. ¿Podría darle mi número, Duncan? No estará casado, ¿verdad?

Él tardó unos segundos en comprender que la chica bromeaba. Se notaba que no estaba acostumbrado a que lo trataran con tanta familiaridad, pero terminó por sonreír.

—Me refiero a como instructor. Hace un par de años era un alumno, como vosotros ahora.

—Qué cosas —siguió Camilla—. Pues reivindico su masculina presencia. Es obvio que aprovechó las clases…

—Yo pensaba que los graduados iban directos a trabajar —comentó Talisa.

—Y así es, pero el antiguo instructor pidió una excedencia. Darren estaba asignado en una estación, pero como fue el primero del grupo decidimos proponérselo y aceptó.

—Vaya, pues tiene madera —comentó Leo, aún con el dolor fresco en sus brazos y piernas.

—Ah, otra cosa —dijo el teniente Levine—. Pasen por la enfermería antes de ir a clase.

Los dejó tras despedirse con un gesto de cabeza, y ellos se miraron los unos a los otros. ¿Por enfermería, de nuevo? ¿De qué se trataría en esa ocasión?

Como tenían una hora para comer y después otra media antes de ir a las clases, no se dieron prisa hasta que no les quedó otro remedio que ponerse en marcha. Una vez en la enfermería, tuvieron que aguardar fuera hasta ser llamados.

—¿Y ahora qué pasa? —preguntó Jesse—. Creí que ya habíamos pasado todas las pruebas médicas.

—A lo mejor van a vacunarnos o algo así —comentó Leo.

—Yo creo que nos van a hacer un análisis sorpresa —repuso Talisa, cuyo comentario captó la atención de los más cercanos a ella.

—¿Y eso por qué? —preguntó Ekekiela, con curiosidad.

—No sé. Trabajé en una agencia hasta los dieciocho y lo hacían muy a menudo… Ya sabéis, análisis de toxicología. Vigilaban mucho que no hubiera drogas, si las encontraban te expulsaban a la calle.

—¿Una agencia de qué? —preguntó Abby.

—Bueno, es que fui modelo infantil, pero al llegar a esa edad lo dejé. Era una especie de capricho de mi madre, que no le hacía ninguna gracia mi interés por ser bombero.

—Lo que faltaba, una modelo… —Ekekiela puso los ojos en blanco.

—Infantil —recalcó ella—. Modelo infantil. Anuncios para la tele y cosas por el estilo, nada reseñable.

—No sé por qué lo matizas tanto, si en realidad el uniforme te queda muy bien. Deberías dedicarte a pasear con él y dejar las escaleras para nosotros.

—Vete a la mierda.

—Vaya modelo tan poco refinada. —Jesse empezó a reírse.

Ryan los escuchaba con cierta incomodidad. Sí, se había unido a ellos el primer día, en parte por encajar en algún sitio, pero tampoco le gustaba escuchar ciertos comentarios. Le parecían del todo innecesarios: no conocían a esas chicas como para decidir si estaban capacitadas para estar allí o no, y, además, por lo que había podido ver, no habían aguantado nada mal la paliza que les habían dado a todos esa mañana. Pero no se atrevió a decir nada al respecto. Se mantuvo apoyado contra la pared hasta que la puerta de la enfermería se abrió y apareció una mujer.

—Grupos de cinco —ordenó, con un gesto.

Las tres chicas y Leo se adelantaron. Ryan era el siguiente en la cola, de forma que se encogió de hombros mientras lanzaba una mirada de disculpa a Ekekiela y Jesse. Estos parecieron compadecerse de él por tener que compartir espacio con semejante grupo, pero Ryan se sentía aliviado. Cerró la puerta tras de sí y se juntó con el resto, poniéndose al lado de la camilla.

La mujer vestía el típico uniforme de enfermera, y parecía agradable. Rondaría los treinta y cinco años, y llevaba el cabello castaño recogido en una coleta, cabello que iba muy bien con sus ojos verdes.

—Hola, chicos y chicas —saludó, acercándose—. Soy Angelina, la que lleva la enfermería. Es un placer saludaros, sobre todo a vosotras, que hacía siglos que no veía chicas por aquí.

Ellas le devolvieron la sonrisa.

—Sin desmereceros a vosotros, claro —se apresuró a añadir la mujer—. Pero entendedme, os tengo más vistos. Bueno, subíos la manga, por favor. Espero que no hayáis consumido drogas o tabaco la última semana.

Todos parecieron extrañados, pero obedecieron.

—Os parecerá una tontería, pero muchos celebran su ingreso consumiendo todo eso, así que de vez en cuando se hacen estos análisis por sorpresa. Tenemos que asegurarnos que os mantenéis limpios. —Les guiñó un ojo.

Angelina pinchó primero a las chicas, después a Leo y, por último, a Ryan. Enseguida notó que él le sostenía la mirada más tiempo del necesario, algo que ella también hizo porque resultaba difícil ignorar aquellos ojos azules que parecían ocupar todo su rostro. Incómoda, retiró la aguja y apretó un algodón contra su brazo, apartándose.

—Perfecto —dijo—. Ya podéis marcharos a clase. Por favor, decid a los cinco siguientes que vayan pasando… y despedíos por si acaso.

Todos pensaron que habría que ser muy idiota para ponerse a consumir drogas o tabaco un par de días después de conseguir el ingreso, pero si se hacían aquellas pruebas sería por algo, de modo que no lo cuestionaron. Se despidieron de Angelina para dejar entrar a los siguientes mientras se encaminaban a las aulas donde pasarían las próximas horas con el teniente Levine.

Este aguardó a que todos los alumnos hubieran regresado de la enfermería para empezar a hablar.

—Bien, esta semana hablaremos del fuego y veremos videos de explosiones, de la actuación de otros bomberos en acción, y de ciertos aparatos y materiales en llamas. Tenemos por delante cuatro horas con un descanso para tomar un café y a las seis abandonarán el aula —explicó—. Son ustedes libres de hacer lo que quieran hasta la hora de dormir, siempre y cuando no olviden que mañana deben estar en el campo de entrenamiento a las ocho en punto. La asistencia, tanto en eso como a las clases teóricas, es obligatoria, y una falta sin justificar conlleva la expulsión inmediata.

Aguardó unos segundos, por si alguien tenía dudas que expresar, y al ver que no era así, carraspeó.

—Ahora —continuó—, hablaremos de cómo marcharán mis clases en general. Me gusta preguntar y recibir respuestas. Es decir, quiero llevar el temario al día. Espero que se hagan los deberes con regularidad y que participen en los grupos de estudio, además de completar las lecturas obligatorias del curso. Deben sacar un setenta y cinco por ciento de media en los exámenes y cualquier otra tarea que se les mande. Deben pasar un examen escrito y uno práctico, tanto para bombero como para conducir los vehículos. Y en cada clase les haré un test que no podrán fallar… si lo hacen, ese día tendrán un cero.

Ekekiela miró al profesor, aturdido. ¿Lecturas obligatorias, deberes, test diarios? Eso lo obligaría a estudiar con demasiada regularidad para lo que había calculado. Él pensaba que la teoría era algo secundario mientras controlara todo lo demás. No se había apuntado para pasarse las tardes con la nariz metida entre los libros, joder.

—El temario incluye conocimientos médicos, habilidades para combatir el fuego, políticas del departamento de bomberos, procedimientos, protocolos, geografía del plano de la ciudad, señales de tráfico... También visitaremos una estación para que puedan ver el funcionamiento real, y recibiremos alguna que otra visita de la policía, para separar sus competencias de las nuestras. En fin, en resumen: hay que trabajar duro, hay que estudiar. El que no apruebe hará las maletas y se volverá a su casa, ¿comprendido? ¿Preguntas?

La mayoría del grupo negó con la cabeza, todos haciéndose a la idea de lo que les esperaba.

—Muy bien —dijo el teniente Levine—. Entonces vayan abriendo los libros por el primer tema. Cook, ¿le importa leer?

Abby afirmó con la cabeza, obedeciendo la orden.

CAPÍTULO 5

Los veinticinco aspirantes entraron a las ocho, puntuales como cada mañana, para el entrenamiento con el teniente Shaw. Faltaban tres, como resultado de una expulsión tras ese análisis sorpresa. Al final, lo que había parecido una tontería no lo era tanto, y demostró que Angelina estaba en lo cierto: siempre había algún idiota que consumía justo al ser admitido y, en ese caso concreto, tres idiotas.

—Tengo unas agujetas que no lo aguanto —murmuró Leo, mientras se colocaba en su lugar habitual—. ¿No se supone que se quitan al hacer más ejercicio?

—Con la caña que nos está metiendo el teniente Shaw no da tiempo —contestó Abby—. Es agujeta sobre agujeta.

—¿Tú cómo lo llevas? —le preguntó Talisa a Camilla, que estaba haciendo estiramientos en los brazos.

—Pues pienso en Grey —contestó ella.

—¿*Anatomía de Grey*? ¿Qué tiene que ver?

—No, el de las sombras.

Todos la miraron.

—¿Ese que si fuera albañil y no millonario, sería un psicópata y no un sueño húmedo? —replicó Abby.

—Ese mismo. A ver, el teniente tiene su punto, qué queréis que os diga… las agujetas me importan un bledo, así que me da por pensar que a lo mejor soy como la Anastasia esa…

—¿Atontada?

—No, que no me importa el dolor si es él el que lo provoca. Porque os juro que nunca he hecho abdominales tan a gusto.

Abby puso los ojos en blanco mientras los demás reían. Porque sí, no le iba a discutir el punto que el teniente tenía, pero lo de las agujetas desde luego no provocaban ganas de empotrarlo contra una pared. Después de una semana de entrenamiento intensivo, lo que le apetecía cada vez que tenían tiempo libre era descansar y recuperar fuerzas.

—Al menos es un incentivo —bromeó Leo.

—Pero ni haciendo más que el resto me mira, o no me lo parece, vamos. No sé qué voy a tener que hacer.

—¿Concentrarte para que no te echen? —replicó Talisa.

—Una cosa no quita la otra, chica.

El centro del pensamiento de ambas entró en aquel momento. Todos se enderezaron al instante y él se colocó frente a ellos con las manos a la espalda, recorriéndolos con la vista, a lo que los aspirantes respondieron con una gran sonrisa. Satisfecho por la respuesta, movió la cabeza de forma afirmativa.

—Buenos días —saludó, a continuación—. Hoy el entrenamiento no va a ser físico en el sentido que conocéis por estos últimos días, sino que vamos a realizar una práctica de salvamento. Aunque penséis que es fácil, ya os advierto que requiere resistencia y concentración al máximo, puesto que la vida de una persona depende de vuestra capacitación. Ambas cosas, la resistencia y el desgaste mental, pueden llegar a cansar tanto o más que una carrera escaleras arriba cargando una manguera, por lo que sugiero que no os lo toméis a la ligera. —Volvió a recorrerlos con la vista, comprobando que las sonrisas se mantenían en su sitio y que lo escuchaban—. Bien, veo que tengo vuestra atención, así que necesito un voluntario para empezar. —Nadie se movió, temiendo lo que aquella «práctica» conllevaría—. Vamos a aprender cómo se realizan las maniobras de resucitación, así que…

—¡Yo! —Camilla levantó la mano al instante, dando un paso al frente—. ¡Yo, me ofrezco voluntaria, yo!

—Qué entusiasmo —murmuró Abby—. Ni que esto fuera *Los juegos del hambre*.

—Como para dejar pasar que me haga el boca a boca —le dijo ella, en voz baja y sin dejar de sonreír.

—De acuerdo, Zhao, ven al frente conmigo.

Camilla hizo el gesto de la victoria a sus amigos por la espalda para que él no lo viera y avanzó a paso rápido hasta llegar a su lado.

—Estoy lista —le dijo, con tono entusiasmado. Señaló hacia abajo—. ¿Me tumbo en el suelo o…?

—No, tú serás quien realice las maniobras.

—Ah, entonces, ¿se tumba usted?

Su imaginación estaba haciendo de las suyas, pensando en tenerlo a su merced en el suelo y con ella encima, pero el teniente negó de nuevo con la cabeza. En aquel momento se abrió la puerta del gimnasio y apareció Angelina empujando un carro sobre el que había, entre otras cosas, un muñeco de aspecto humano.

—Ya conocéis a nuestra enfermera, Angelina Lewis —dijo el teniente Shawn, señalándola—. Ella se encargará de la clase de hoy. Todos tenéis que pasar por el muñeco y ella emitirá un informe sobre la actuación al final de la formación, que pasará a vuestros expedientes. Os veré mañana.

Y sin más, se marchó. Camilla se quedó pasmada en el sitio mientras lo veía alejarse y, a la vez, acercarse a Angelina con aquel muñeco que le daba de todo menos morbo. Era hasta demasiado realista, con los ojos abiertos de par en par y la boca a medias, para poder insuflar aire. Algo que en aquel momento no le apetecía lo más mínimo. Sus amigos a duras penas lograron controlar las risitas al ver su expresión.

La enfermera llegó a su altura, ancló las ruedas del carro y le dirigió una sonrisa.

—Buenos días. Gracias por ofrecerte voluntaria para ser la primera.

—De nada.

Angelina miró entonces a los demás. Al hacerlo, sus ojos se cruzaron con los de Ryan, y carraspeó evitando centrarse en él. Que más que ojos, parecía que tuviera focos, por Dios. Señaló el muñeco por si alguno no se había fijado en él.

—Muchas veces os encontrareis con emergencias médicas. En ocasiones habrá más heridos de los que los técnicos sanitarios pueden atender, quizá las ambulancias no den abasto o no hayan llegado… La reanimación cardiopulmonar es la base para salvar una vida y, por tanto, debéis dominar la técnica.

—Qué tontería, si ahora hay aparatos de esos de reanimación por todas partes —le susurró Jesse a Ekekiela.

—¿Algo que compartir con el resto, Cortez? —preguntó Angelina, con el ceño fruncido.

—No, nada.

—Pensaba que decías algo sobre la mochila que llevas. No te preocupes, no te molestará cuando llegue tu turno.

Se oyeron varias risitas, mientras Jesse se cruzaba de brazos molesto a más no poder, pero no contestó porque no quería tener alguna nota de Angelina a Shaw y acabar con más quilos o más semanas de castigo.

—Bien, obviamente, esta no es una situación crítica —continuó ella—. Así que no hay el estrés que supone tener la vida de alguien en vuestras manos, gente chillando a vuestro alrededor ni otras distracciones, pero como es el primer día, lo haremos con tranquilidad para que os queden los puntos claros. —Miró a Camilla—. Lo primero es colocar a la víctima bocarriba, sobre una superficie dura. Si está en una cama, la bajáis al suelo.

Hizo un gesto y Camilla se acercó para coger al muñeco con un resoplido, porque el condenado pesaba como una persona real. Lo depositó en el suelo y se quedó al lado, esperando instrucciones.

Angelina se agachó junto a ella y cogió la cabeza del muñeco para moverla.

—Movéis la cabeza y comprobáis que no hay obstrucciones en las vías aéreas. Después, buscáis el esternón y calculáis dos dedos por debajo.

Camilla palpó el pecho del muñeco, gruñendo de nuevo por lo bajo porque no fuera el del teniente, y buscó el punto que indicaba Angelina. Esta elevó las manos para que se las vieran todos y colocarlas en posición.

—El talón de una mano en el centro del pecho, la otra mano sobre ella y entrecruzáis los dedos. Lo mejor es que estéis de rodillas, porque los brazos deben estar totalmente estirados y lo más perpendicular posible sobre la víctima. Ponte cómoda, porque piensa que esto puedes tener que hacerlo durante varios minutos.

Camilla colocó las manos y empezó a comprimir… lo que hizo que el muñeco emitiera unos pitidos y unas luces rojas.

—Tienes que hacerlo más fuerte.

—Ni fuerza para eso tienen las tías —murmuró Ekekiela, dándole un codazo a Jesse.

Ambos rieron, mientras Ryan fruncía el ceño al escucharlos. Por su parte, Angelina lanzó una mirada que les hizo ponerse serios.

—Tiene que bajar el tórax unos cinco o seis centímetros —indicó a Camilla.

Ella, mosqueada por las risitas, apretó con fuerza, logrando que el pecho del muñeco se hundiera. Pensaba que lo había logrado, hasta que lo repitió y se escuchó un chasquido seguido de más pitidos y luces rojas.

—Quieta, quieta. —Angelina la cogió del brazo para que parara de apretar—. No tanto, que le rompes el esternón, mujer.

De nuevo las risitas. Angelina señaló a Ekekiela.

—Sube, te toca.

El aludido se hinchó como un pavo y avanzó hasta el muñeco, del que Camilla se apartó mosqueada. Maldita máquina del demonio.

—Las manos… —empezó Angelina.

—Lo sé, encanto, esto está chupado.

—Señorita o enfermera Lewis, así es como me puedes llamar. Ya que lo sabes tan bien, dale. A ver si lo revives.

Ekekiela se colocó en posición, hizo fuerza con las manos… y los crujidos se escucharon por todo el gimnasio. Las luces rojas se multiplicaron en el muñeco mientras pitaba como si fuera una alarma de incendios.

—Y ahí tenemos varias costillas rotas y, además, un pulmón perforado —indicó Angelina—. Así que más que salvarlo, lo has rematado. ¿Alguien que haya prestado de verdad atención quiere probar? —Ryan levantó la mano a la vez que Abby y Talisa—. Subid los tres.

Ellos obedecieron, mientras Ekekiela se hacía a un lado con el mosqueo reflejado en la cara. ¿Qué culpa tenía él de que el muñeco aquel fuera tan delicado?

Ryan se posicionó el primero. Visto lo visto, no las tenía todas consigo, pero tras un par de compresiones, el muñeco empezó a emitir luces verdes.

—Muy bien —asintió Angelina—. Ese es el ritmo, aproximadamente cien o ciento veinte compresiones. No pares.

—¿No se hace boca-boca? —preguntó Abby.

—Si está una persona sola, no. Es más efectivo realizar compresiones seguidas durante varios minutos que parar e insuflar.

—¿Varios minutos? —preguntó Ryan, que ya notaba los brazos cansados.

—Solo se puede parar si la víctima da señales de vida, si llega ayuda u, obviamente, cuando ya no podamos más. Por eso si hay dos personas, lo ideal es ir turnándose sin perder el ritmo. Abby.

Señaló a la chica, que se colocó junto a Ryan y lo observó unos segundos para coger la velocidad adecuada. Contaron hasta tres y se intercambiaron posiciones. El muñeco emitió una luz roja, pero la siguiente fue verde y Abby continuó satisfecha.

—Bien. Ahora, seguiremos imaginando que somos dos y, por lo tanto, también podemos insuflar aire. Cada treinta compresiones, dos respiraciones de apoyo. Talisa, inténtalo.

La chica se agachó junto a la cabeza, comprobó las vías y contó a la vez que Abby. Al llegar a treinta, tapó la nariz del muñeco e insufló un par de veces. Angelina señaló el pecho del muñeco.

—¿Veis cómo se infla? Eso es que lo ha hecho bien. Es importante ir cambiando cada dos minutos de posición o según notéis el cansancio, porque aunque parece una tontería, hacer esto seguido cansa. Y mucho. —Dio un par de palmadas—. Perfecto, chicas. Muy bien los tres. Podéis volver a vuestros sitios.

Varios de los presentes aplaudieron. Ekekiela se alejó el primero, aún mosqueado. Ryan, por el contrario, sonrió al pasar junto a Angelina.

—Gracias, ha sido muy instructivo.

—Sí, en fin, es mi trabajo. —Carraspeó y apartó la vista, dirigiéndose al resto de asistentes—. Cortez, ven aquí. Ahora vamos a aprender a utilizar un kit de reanimación.

—Está chupado.

El chico sonrió y se acercó convencido de superar aquello con los ojos cerrados. No porque lo hubiera hecho nunca, sino porque estaba seguro de que con todo lo que había visto en series y en cine debía bastar. ¿Cómo de difícil podía ser poner unas palas de esas y cargarlas? Pero al llegar al lado de Angelina, la enfermera le entregó un pequeño maletín donde ni por asomo cabrían unas palas.

—¿Qué es esto? —preguntó.

—El kit. Ábrelo.

El chico se agachó para dejarlo en el suelo junto al muñeco y lo abrió. Dentro había dos pegatinas unidas a unos cables conectados al maletín. Había unos dibujos que debían ser las instrucciones y Angelina los señaló.

—Sigue lo que pone ahí.

Jesse miró los dibujos. Quitar las protecciones de las pegatinas, colocarlas sobre el muñeco… Estaba tirado. O eso pensaba, hasta que las fue a pegar y el muñeco le pitó varias veces hasta que consiguió colocarlas donde debía. Después pulsó el botón que ponía en marcha el circuito, esperó a la luz verde y observó al muñeco, que se puso rojo.

—Tienes que darle otra vez —informó la enfermera.

—¿No se mueve?

—¿Cómo, moverse?

—No sé, del suelo y tal, que se supone que le han dado una descarga.

—Esto no es la televisión, Cortez. La carga va directa al corazón.

El chico miró hacia la máquina, que indicaba que debía pulsar de nuevo el botón, y al muñeco.

—Esto no tiene ninguna emoción.

Ella parpadeó e inclinó la cabeza para mirarlo con sorna.

—¿Emoción? ¿Qué quieres, que grite o algo?

—No, me refiero a que hay que hacerlo todo en plan… aburrido. Que si paso uno, que si paso dos, que si esperar… Esto no puede ser así en la vida real.

—Pues lo es. Y sí, la máquina tiene sus tiempos y es algo con lo que hay que lidiar también en un momento de crisis. Correr como pollos sin cabeza para darle emoción al asunto no ayudará, quedarse quietos y seguir los pasos, sí. Puedes volver a tu sitio.

Jesse regresó junto a Ekekiela sacudiendo la cabeza. Si había decidido abandonar la policía era porque siempre estaba destinado a tráfico y eso lo aburría muchísimo, y ahora resultaba que allí tampoco iba a encontrar la acción que el cuerpo le pedía. Miró a Ekekiela buscando comprensión, pero su amigo no estaba para comentarios. Lo que se suponía que era lo más básico y ninguno lo había hecho bien. ¿Afectaría mucho a la media?

—Bien, id viniendo de dos en dos para ir practicando —pidió Angelina—. Repetiremos esta clase dentro de unas semanas para ver cuánto recordáis y si sois capaces de salvar al muñeco… —Miró a Ekekiela—. Y no rematarlo. —Talisa levantó la mano—. ¿Sí?

—No tenemos cuaderno ni nada para tomar apuntes, ¿podemos ir a coger?

—No, parte de este ejercicio consiste en ver cuánto sois capaces de asimilar sin tomar notas. De todas formas, tenéis el muñeco y el kit en la enfermería y podéis pedírmelo para practicar cuando queráis. —Ryan levantó la mano entonces—. Dime.

—¿Sin límite de veces?

—Siempre que esté disponible, sí.

Él sonrió satisfecho y Jesse le dio un codazo mientras otros dos chicos se acercaban a practicar.

—¿Tanto te interesa el muñeco o es la muñeca?

—Ja, ja, mal chiste. No seas bruto, que Ekekiela se lo ha cargado y tú no has hecho un gran papel con la maquinita dichosa.

Eso no se lo podía discutir, así que Jesse se calló mientras el hawaiano solo emitía un gruñido, fastidiado al ver que los siguientes lo hacían bien a la primera. A ver si el muñeco de marras tenía algún botón de dificultad y la enfermera se lo había puesto más complicado a ellos. Porque si no, no lo entendía. Al menos su enfado le hizo estar callado y mirando cómo lo hacían los demás, por lo que se fijó en la forma en que se cogían los dedos, cómo apretaban o el ritmo en que hacían las compresiones. La próxima vez no se cargaría la máquina. O eso esperaba.

Para desgracia de Camilla, el teniente Shaw no apareció de nuevo aquel día. La clase con Angelina duró toda la mañana, ocupando el tiempo dedicado normalmente al ejercicio físico.

Tras terminar con el muñeco (unos de forma más literal que otros), la enfermera les enseñó a tomar el pulso correctamente, colocar un collarín para evitar lesiones medulares, cuándo unas pupilas eran normales… Conocimientos básicos que les servirían en momentos de primera atención y que poco a poco iría extendiendo en otras clases.

Una vez en el comedor, Leo y Abby se adelantaron con sus bandejas, examinando de manera crítica la comida del día.

—Ha sido interesante— dijo él—. Estamos tan acostumbrados a lo que se ve en las películas… y fíjate, no tiene nada que ver.

—Lo mejor —intervino Talisa, metiéndose entre ambos para coger unos cubiertos—: Los cortes que ha pegado Angelina al dúo de machitos. Esa mujer se ha vuelto mi heroína.

Los dos sonrieron al escucharla. La rubia les guiñó el ojo antes de regresar junto a Camilla, ambas en dirección a su mesa.

—A mí también me cae bien —respondió Abby—. Un poco seria, pero aquí todos lo son.

—Supongo que es fácil desviarse si no se portan así. —Leo cogió una ensalada, se quedó pensativo unos segundos, y después carraspeó—. Oye, he estado pensando… ¿no crees que deberíamos formar un grupo de estudio?

Abby lo miró, pensativa.

—Sí, supongo. Bueno, ya nos avisaron que teníamos que participar en grupos de estudio, pero tampoco han dicho si tenemos que formarlos nosotros o qué.

—Podemos hacer uno nosotros y si después cambian nos adaptamos.

—¿Nosotros, nosotros? —Ella hizo un gesto señalando al comedor.

A Leo le pareció que podía abarcar a todos los alumnos, así que se apresuró a sacarla del error.

—No, si somos muchos al final no será productivo. Nos dedicaremos a charlar y contar chorradas, como en el instituto, no sería provechoso.

—Bueno, si prefieres que seamos solo tú y yo no hay problema, pero al decir «grupo» pensé que sugerías eso, un grupo.

—Ya, si, es solo que…

—¿Dejaremos a Talisa y Camilla fuera?

—Ellas se apañan muy bien juntas, ¿no has visto cómo congenian? Además, me parece que Camilla está más interesada en otro tipo de «estudios» y no sé si no nos distraería.

—Ahí si te doy la razón. Está bien, que estudien ellas por su cuenta y nosotros por la nuestra, será más sencillo así.

Terminó de servirse la comida y él sonrió como si acabara de recibir una medalla. Mucho mejor a solas: Abby tenía algo que le atraía y además, si se pasaba todo el día rodeado de las chicas… ya había oído algún que otro comentario burlón al respecto. Sabía que no tardarían en aparecer las bromas llamándolo gay, si es que no lo habían hecho ya, pero eso tampoco le quitaba el sueño. Siempre se había llevado mejor con las mujeres, no podía hacer nada para evitarlo.

Después de comer, descansaron media hora hasta que tuvieron que ir a clase. El horario los mataba, pero el teniente Levine lo sabía y por ello las dos primeras horas se ocupaba de que la clase fuera dinámica y participativa, para que no les entrara la modorra.

Ese día, sin embargo, agitó unos folios en cuanto todos estuvieron sentados.

—Bien, ya llevan aquí una semana, tiempo más que suficiente para hacer un examen tipo test.

Todos se quedaron mudos al escucharlo, sobre todo Ekekiela, que apenas había encontrado dos minutos para abrir los libros. Ocupó su sitio con una maldición por lo bajo, mientras echaba un vistazo a Talisa, sentada a su lado. Seguro que la maldita rubia sacaba un diez, siempre parecía saberlo todo… Qué manía le tenía, era como cuando de crío se dedicaba a tirar de las coletas a las niñas. Algunas le gustaban y al mismo tiempo no; se preguntó si aquello sería algo parecido, pero enseguida desechó el pensamiento.

Cuando el teniente Levine repartió las hojas, se encontró con que era peor de lo que esperaba. No había que elegir una opción correcta frente a otras tres mal, sino que varias podían ser las acertadas y aquello lo complicaba todo aún más.

Empezó a leer todas las preguntas y a barajar respuestas sin estar seguro, aunque la mayor parte de la clase sí parecía tener controlado el tema. A ver si ahora solo iba a suspender él… hasta Jesse se veía concentrado y sin problemas, garabateando sin parar. ¿Por qué demonios no había dedicado menos tiempo a las pesas y más a los libros? Por muy fuerte que fuera físicamente, empezaba a darse cuenta de que eso no iba a hacer que aprobara todo sin esfuerzo.

Frustrado, rellenó las cuestiones que él creía correctas hasta que el teniente indicó que finalizaba el tiempo del examen sorpresa.

—Bueno, ¿qué tal la experiencia? —preguntó—. Quiero aclarar que no es un examen de verdad, aunque desde luego voy a corregirlos y eso les dará una idea aproximada de cómo van y de si tienen que dedicar más tiempo al estudio. Porque han de aprobar en todos los niveles.

Ekekiela entregó el suyo con gesto culpable, y no logró concentrarse demasiado el resto de las clases. No hacía más que imaginar la cara del teniente mientras le devolvía un examen horrible, o peor aún, suspendido, y se avergonzaba. Pero ¿cómo mejorar? Jesse, aunque no estaba tan torpe como él, tampoco le parecía la solución.

Cuando por fin acabaron las clases, salió tan deprisa que por poco tiró a Talisa de un empujón. Ella hizo una mueca, recuperando el equilibrio.

—Qué gilipollas es ese tío —masculló Camilla, con un gesto de cabeza—. De verdad, no sé cómo ha podido llegar aquí, ¡si tiene el encefalograma plano!

—¿Os fijasteis en cómo aplastó al pobre muñeco? —añadió Abby—. Menudo bruto, espero que si algún día hacemos prácticas reales no me toque él.

—¿Qué vais a hacer ahora? —quiso saber Leo—. ¿Sacamos un café y luego vamos a estudiar?

—Estarás de broma. —Camilla se echó a reír—. Yo me voy a tumbar en la cama, ya estudiaré ahí un rato antes de desmayarme.

—Yo tengo que bajar a la lavandería —comentó Talisa—. Que me apetece tanto como que me peguen un tiro, pero mañana es viernes y necesito la tarde libre. Tengo que hacer la bolsa para el fin de semana, me esperan en casa.

—Nos vemos en la cena, entonces.

Se despidieron, aliviados de que las clases hubieran llegado a su fin.

Talisa fue hasta su cuarto, metió los uniformes en un cesto y encaminó hasta la planta baja, donde estaba la lavandería. Debían ocuparse ellos mismos de tener sus uniformes limpios y preparados, cosa que habían decidido hacer los viernes por la tarde para así tener la ropa lista el lunes sin agobios. Ella no pensaba marcharse todos los fines de semana, pero ese era importante porque se celebraba el cumpleaños de su padre y no quería perdérselo. Además, su progenitor estaba deseando escuchar todo respecto al entrenamiento y las clases, y, para qué negarlo, ella se sentía tan orgullosa que también deseaba compartirlo.

De modo que metió sus uniformes en la lavadora y se sentó a esperar, aunque un rato después tuvo que irse a cenar. Cuando regresó de la cena tuvo que ponerlos en la secadora, y para ese momento no le apetecía quedarse esperando otra hora. Se moría de sueño y cansancio, de forma que dejó una nota pegada en la secadora con su cesto encima y subió a dormir. Tendría que bajar por la mañana antes del entrenamiento y arreglado.

Ekekiela durmió fatal aquella noche. Tenía la suerte de compartir habitación con Jesse, peor hubiera sido de haberle tocado con aquel gay, como al pobre Ryan. Al menos allí podía desquitarse a gusto sin que nadie se ofendiera por todo.

Aunque el principal motivo de su falta de sueño era el examen. Ver como la mayor parte de sus compañeros habían respondido sin parecer inquietos le preocupaba, no quería ser el «tonto» de la clase, o perder la oportunidad de graduarse por fallar un test. Pero detestaba estudiar, y siempre encontraba excusas para no hacerlo.

Se despertó tres veces durante la noche, y al final a las seis de la mañana se levantó. Si no iba a poder dormir, mejor aprovechaba para hacer algo de ejercicio y así descargar toda aquella frustración. Era pronto para pasearse por el exterior, así que decidió subir y bajar escaleras, algo que había practicado toda la vida, esperando encontrarse con alguien con quien charlar. Siempre había mucha gente por allí, al estar la lavandería en la última planta y diversas salas en las intermedias, pero por lo visto era demasiado temprano, porque no encontró ni un alma.

Lo que sí vio fue una secadora con ropa dentro, un cesto azul encima y una nota enganchada que fue a cotillear por puro aburrimiento. Al ver que era de Talisa, sintió que la rabia volvía. Solo de pensar que ella no parecía tener que esforzarse en las clases teóricas lo cabreaba…

Bueno, pues qué mejor forma de aprendizaje que curtirse en ciertas situaciones, ¿no? A ver cómo se las apañaba la rubia sin sus uniformes. Con suerte, le caería la bronca del siglo por perderlos, y a lo mejor hasta la expulsaban.

Abrió la secadora y sacó la ropa, asegurándose que no había nadie cerca. Estaba seguro de que la chica madrugaría para recogerla y así poder estar vestida a la hora de la clase, así que mejor si espabilaba. Agarró los tres conjuntos, ridículamente pequeños en su opinión, y subió las escaleras hasta llegar a la planta superior. En la parte delantera del edificio no había nada donde tirarlo, pero en la salida trasera se encontraban un par de cubos de basura: el lugar perfecto.

Levantó la tapa y arrojó los uniformes dentro, satisfecho al ver cómo se echaban a perder con la cantidad de grasa y porquería que tenían dentro. Eso no quedaría bien aunque lo lavaran con lejía varias veces.

Regresó dentro, sintiéndose un poco mejor, y reanudó sus subidas y bajadas hasta que decidió que una buena ducha terminaría por animar del todo su despertar.

CAPÍTULO 6

—¿Dónde demonios está Talisa? —susurró Abby al mismo tiempo que le daba un pequeño toque a Camilla—. Es casi la hora, el teniente debe estar a punto de…

Camilla volvió a mirar a su alrededor, como si esperara que la rubia apareciera de milagro. Lo cierto era que no tenía la menor idea de dónde estaba, porque siempre se encontraban en el comedor para el desayuno y después salían juntos hasta la zona del entrenamiento.

Ninguno se había preocupado de no verla en el comedor, a veces preferían dormitar un poco más o cualquier cosa, pero el hecho de que llegara después del teniente Shaw sí les preocupaba. Y este ya se aproximaba hasta el grupo, con lo cual Talisa estaba a punto de meterse en un lío o de ganarse una mala nota por falta de asistencia, ¿quién sabía? Hasta ahora no había sucedido, de modo que desconocían qué consecuencias podía haber.

Darren los examinó, igual que cada mañana, y tardó cinco segundos exactos en notar la ausencia de la rubia. Y aquello lo molestó muchísimo, porque le parecía una alumna ejemplar e iba a tener que echarle la bronca, ponerle un cero o ambas cosas. No le hubiera sorprendido de Ekekiela o Jesse, ¿pero ella? La veía trabajar duro, ofrecerse voluntaria, no cuestionar ninguna orden… perfecta manera de terminar la semana, claro que sí. Poniendo una mala nota a una de las alumnas que más se esforzaban.

Ekekiela se mantenía serio, como si el asunto no tuviera nada que ver con él, aunque le estaba costando no sonreír. No se había encontrado con ninguna persona en su excursión vespertina, y al salir de la ducha Jesse acababa de despertarse, de manera que nadie podía acusarlo de nada. Aunque no pensaba renunciar al placer de hacer rabiar a Talisa, eso lo tenía claro, pero aún no sabía cómo le dejaría claro que la trastada tenía su autoría.

Examinó al teniente Shaw, que parecía bastante enfadado. Aquello era maravilloso, simplemente maravilloso, porque no parecía tener la menor intención de empezar las clases hasta que la desaparecida hiciera acto de presencia. Eso ponía nervioso al grupo y hacía que Ekekiela se sintiera en su elemento. ¡Qué podía decir! Llevaba desde los dieciocho trabajando como vigilante de seguridad en discotecas y clubs, las movidas, peleas y altercados formaban parte de su día a día, y allí, entre tanto formalismo, empezaba a echarlo de menos. Le iban haciendo falta unos buenos gritos, solo que mejor si no iban destinados hacia su persona.

Transcurrieron cinco minutos, y después diez, hasta que por fin vieron acercarse a la chica. A esas alturas ninguno se atrevía a mirar de manera directa a su teniente, y ni locos se hubieran puesto en el pellejo de Talisa, que encima no llevaba el uniforme puesto.

La rubia parecía agitada, como si hubiera pasado horas corriendo, y se detuvo al llegar hasta la zona de ejercicios.

—Vaya, Grady, me alegro de que hayas decidido honrarnos con tu presencia.

—Lo siento, siento mucho llegar tarde, pero…

—¿Por qué no estás vestida con el uniforme reglamentario como los demás? —Darren no la dejó continuar.

—Precisamente por eso…

—A lo mejor crees que estás de vacaciones y que puedes venir vestida de cualquier forma, aunque lo ponga bien claro en las normas. Normas que supongo no has leído, aunque es lo primero que se os pide que hagáis.

—Las he leído, pero…

—Ve a cambiarte de ropa y vuelve en cinco minutos.

—¡No puedo! —protestó ella, en tono frustrado porque no le permitía explicar lo sucedido.

Aunque sabía que sonaría absurdo, que lo más suave que haría sería llamarla idiota, porque… ¿cómo había podido perder sus uniformes? ¿La creería si le explicaba que la ropa que dejó en la lavandería se había esfumado sin explicación alguna? ¿O sería peor porque quedaría como una irresponsable?

Además, según veía su expresión se iba acobardando cada vez más. Si cuando estaba serio ya le imponía, con esa cara de cabreo no sabía ni dónde meterse.

¡Pero es que no entendía lo sucedido! Al sonar el despertador, un par de horas antes de lo normal, había saltado de la cama para ir directa a la lavandería. Quería plegar y dejar listos los dos uniformes que no pensaba usar hasta la próxima semana, y comprobar si el de ese día necesitaba plancha o algo similar, pero solo encontró su cesto vacío con la nota prendida de un asa. Se le pasó por la cabeza que las chicas le estuvieran gastando una broma, pero desechó la idea al momento, le parecía más lógico pensar que alguien se hubiera confundido de ropa. Así que había recorrido la academia de lado a lado, buscando en cualquier sitio que se le ocurriera, mientras veía de reojo como el tiempo corría sin compasión.

Derrotada, no le había quedado otro remedio que admitir que no tenía la menor idea de dónde estaba su ropa. Y a pesar de haberse preparado mentalmente para la bronca que le iba a caer encima, eso no minimizaba el disgusto de recibirla.

—¿Cómo que no puedes? Es muy sencillo, Grady, primero te quitas lo que llevas puesto y después metes los brazos y las piernas en lo que llevan puesto tus compañeros. —Se escucharon varias risitas, que cesaron al ver la cara de Darren—. ¿Te lo explico otra vez o piensas cambiarte para que todos podamos dejar de perder el tiempo?

—Mi ropa ha desaparecido.

—¿Qué? —preguntó él.

Darren frunció el ceño al oírla, pensando si le estaría tomando el pelo. Y que aún continuaran las risitas sofocadas no ayudaba a paliar la sensación… Desde luego, si aquello era una broma, era de lo más absurda y ridícula. Pero él sabía cómo castigar eso, sin duda.

—Teniente, ya sé que parece una tontería, pero cuando he ido a recoger mi ropa esta mañana a la lavandería no estaba, y ahora no…

Darren hizo un gesto para que dejara de hablar.

—Esto debe ser una broma o algo parecido, ya que oigo tanto cachondeo por aquí. No pasa nada, veremos si después del entrenamiento aún os quedan fuerzas para reíros.

Se hizo un silencio sepulcral mientras los alumnos se miraban entre ellos con expresión angustiada. Aquello no sonaba nada bien y, desde luego, hizo que las risas cesaran de inmediato.

—Teniente… —Talisa hizo un nuevo intento de explicarse.

—No quiero ni un lamento más. Vuelve al edificio y busca tu ropa hasta que la encuentres.

—Ya lo he hecho, y…

—Y sigues replicando. ¿Qué te parece si dedicas el fin de semana a limpiar uno por uno todos los trofeos del edificio? Quién sabe, a lo mejor en una de esas encuentres el uniforme, ese del que eres responsable.

Talisa se mordió la lengua para no seguir protestando. Quería explicarse, pero se daba cuenta de que cada intento solo empeoraba la situación… acababa de caerle encima un castigo y no quería averiguar qué más podía suceder, de modo que apretó los labios y controló las ganas de ponerse a llorar. Era todo tan injusto…

—¿Tienes algo más qué decir? —preguntó él, impasible ante su expresión.

La rubia negó con la cabeza. Estupendo, se perdería el cumpleaños de su padre, algo que nunca había sucedido hasta ese momento, y no solo eso, sino que se tiraría todo el fin de semana frotando objetos. Menuda mierda.

—Muy bien, nos entendemos. Vete dentro y consigue la ropa reglamentaria, el cómo lo hagas no me importa. Por supuesto, en tu nota semanal notarás la no asistencia. —Se giró hacia el resto, que hacía rato que permanecían mudos—. Vosotros, vamos a empezar, y no quiero oír la menor queja, a menos que alguien quiera hacer compañía a Grady en arresto de fin de semana. ¡Vueltas, ya!

Abby lanzó una mirada de ánimo a su amiga, Camilla le tocó en el brazo antes de echar a correr y Leo le dedicó una sonrisa comprensiva. Talisa permaneció unos segundos con los puños apretados hasta que entendió que no iba a poder quedarse al entrenamiento. Tenía ganas de gritar que aquel castigo era desmesurado, que todo era muy injusto, que apenas la había dejado explicarse, pero… sabía que sería inútil. Debía actuar con dignidad, asumir el castigo e intentar no volver a ser descuidada con sus cosas. Eso sí, lo de conseguir más ropa no tenía la más mínima idea de si podría hacerlo.

La joven se tensó al ver a Ekekiela pasar junto a ella, con Jesse de comparsa, ambos con expresión burlona. ¡Qué tortazo tenían aquellos dos!

—Así que perdiendo la ropa —murmuró Jesse—. Mira que el camino a la lavandería es sencillo.

—A ver —repuso Ekekiela—, puede que no le gustara, hay que reconocer que muy bonita no es… Lo mismo le ha salido la vena de modelo y la ha tirado a la basura.

Talisa alzó una ceja al escucharlo.

—¿Tú sabes algo sobre esto?

—¿Yo? Qué va. Solo digo que igual tu ropa anda por ahí, metida en un cubo de basura —contestó él, con cara inocente.

—¿Qué? —Ella hizo amago de seguirlo—. Jimmy… ¡Jimmy!

Ekekiela se unió al resto del grupo en la pista, ignorando a su compañera. Sí, vale, una pequeñísima parte de él había calculado mal las consecuencias de su «broma». En ningún momento creyó que fuera para tanto, pero ya no tenía remedio.

—Disfruta de tu fin de semana, rubita —añadió Jesse, sin molestarse en disimular su sonrisa socarrona.

Talisa se cruzó de brazos, dudando entre si seguirlos o no, pero al ver la mirada que le lanzaba Darren decidió no tentar más a la suerte y marcharse.

Regresó al edificio y, una vez allí, volvió a recorrer todas las plantas una por una. Rebuscó en cualquier hueco de la lavandería, examinó todos los pasillos, los ascensores, los armarios de su habitación… y otra vez la lavandería. Subió por las escaleras, abriendo una puerta tras otra, hasta que en una de las salidas vio los cubos de basura.

Al mirarlos, supo con toda certeza que sus uniformes estarían dentro. Ahora entendía las palabras de Ekekiela, claro, ¡el muy cabrón…!

Levantó la tapa y allí aparecieron, en el fondo, con tanta grasa y porquería encima que parecía imposible rescatarlos. Se quedó mirándolos sin reaccionar, con una sensación de rabia que se mezclaba, otra vez, con las ganas de echarse a llorar.

¿Por qué se empeñaban en hacerle putadas? ¿Tanto les molestaba su presencia? Las bromitas eran una cosa, pero aquello le parecía demasiado. Que se había ganado una falta, una bronca respetable y un fin de semana castigada, joder. Y todo por el puñetero Ekekiela.

Fue a buscar una bolsa de plástico y regresó hasta el cubo. Notó que le temblaban las manos de lo sulfurada que se sentía, así que le pegó una patada hasta volcarlo. No pensaba meter las manos ahí ni loca, pero deseaba recuperar su ropa por si tenía arreglo, de modo que fue tirando de diversos trozos de tela hasta que logró pescarlos todos e introducirlos en la bolsa.

Bueno, como se había quedado sin ir al entrenamiento tenía todo el tiempo del mundo, de forma que volvió a la lavandería y lavó la ropa tres veces. Cuando la secadora la escupió, dos horas después, sí que se echó a llorar: las manchas de grasa no habían desaparecido y no podía ir con esa pinta: el teniente no se lo permitiría. Entonces, ¿cómo iba a acudir a las clases? ¿Podían expulsarla por algo tan ridículo como aquello?

Volvió a guardarla en el cesto después de frotarse los ojos y subió a la planta principal con la esperanza de encontrar a Tim, el hombre que hacía las veces de encargado y se ocupaba de repartir ropa, correo y cosas similares. Tuvo suerte a medias: el hombre estaba en su garita, pero hablando con el teniente Levine, ¡maldición! ¿Es que nada iba a salirse bien ese dichoso viernes?

El teniente Levine la miró de reojo sin prestarle mucha atención, pero entonces se percató de quien era y se dirigió a ella directamente.

—Señorita Grady, ¿qué hace que no está en el entrenamiento?

—El teniente Shaw me ha expulsado.

—¿Qué? —Levine la examinó, sin pasar por alto sus ojos enrojecidos y el cesto de ropa que llevaba entre las manos—. ¿Por qué?

—Es una tontería, teniente.

—Ser expulsada de una clase no es ninguna tontería, conlleva una falta que irá en su expediente.

—Sí, ya me lo ha advertido —murmuró ella, sin ganas de seguir hablando sobre el tema.

El teniente Levine vio que la chica no se sentía cómoda delante de Tim, así que le hizo un gesto con la cabeza para que se alejaran un poco. A esas horas no había apenas gente, algo que fue un consuelo para Talisa.

—¿Quiere contarme qué ha pasado? —insistió el teniente Levine, aún conmocionado porque aquella alumna ejemplar hubiera sido expulsada.

Duncan llevaba poco tiempo con ese grupo, pero tenía mucha experiencia y durante las primeras semanas era capaz de adivinar quienes destacarían. Sabía que Talisa Grady iba justa en las pruebas físicas, pero que trabajaba en ello. Y en cuanto a las clases de teoría, sacaba muy buenas notas en general y era espabilada. Desde luego no encajaba con la gente que habitualmente era expulsada de una clase, fuera la que fuera.

—Mis uniformes desaparecieron.

—¿Esos que lleva ahí?

—Si. Los acabo de encontrar tirados —dijo ella, sin querer dar demasiados detalles.

El teniente les echó una mirada por encima y sacudió la cabeza.

—¿Tirados dónde, debajo de un camión? —suspiró—. Y ha llegado tarde a clase, encima sin vestir y el teniente Shaw la ha expulsado, y bla, bla, bla.

—Y me ha castigado el fin de semana.

—¿También? ¿Por qué?

—Bueno, es que no me dejaba explicarme —contestó Talisa, ofendida—. Yo pensaba que una tenía derecho a defenderse, pero ya he visto que no.

El teniente Levine hizo un esfuerzo sobrehumano por no sonreír. No porque le resultara divertida la situación, putadas como esas sucedían en todos los grupos, pero sí el genio que sacaba aquella chica. La imaginó interrumpiendo a Darren mientras este se cabreaba cada vez más. Era muy buen teniente, además de persona, pero lo de que le replicaran no le gustaba nada, y menos en público.

—Siempre han existido las bromas pesadas, pero todo tiene un límite. Si tiene la menor idea de quién puede haber sido…

Talisa valoró responder durante unos segundos, pero enseguida lo desestimó. No era ninguna chivata, aunque tampoco gilipollas: ya podía prepararse el maldito hawaiano, porque pensaba devolverle la pelota. No tenía la menor idea de cómo podría perjudicarlo, pero si a ella no se le ocurría nada, seguro que a Camilla sí.

Y si se creía que con aquello iban a minar su moral, lo llevaban claro.

—De acuerdo —asintió el teniente Levine—. Venga conmigo, le diremos a Tim que pida uniformes nuevos. Eso sí, señorita Grady, le recomiendo que no los pierda de vista esta vez.

—Muchas gracias, teniente Levine, de verdad —suspiró la rubia, aliviada—. Acaba de salvarme la vida.

—De eso trata esta profesión —sonrió él.

La acompañó hasta la garita para hablar con Tim, quien no tuvo ninguna pega en pedirle nuevos uniformes.

—Los tendrás para el lunes —prometió.

—¡Qué rápido!

—Siempre tienen disponibles en la fábrica. ¿Qué te ha pasado, una novatada?

Talis miró de reojo a Levine.

—Algo así. Otra cosa… Me han castigado a limpiar los trofeos el fin de semana. ¿Dónde puedo encontrar abrillantador?

—Vaya, qué mala suerte.

—Dímelo a mí.

—Te preparo un bote, guantes y trapos y te lo dejo en la puerta de tu habitación, ¿te parece?

—Perfecto. Gracias. —Miró el reloj y después a Levine—. Y a usted también. Me voy a comer, no vaya a retrasarme y llegar tarde a las clases teóricas también.

—No, eso ni pensarlo, no quiero tener que castigarla por segunda vez.

Lo dijo en tono ligero y Talisa le sonrió. El hombre parecía duro, y lo era, pero también justo, por lo que había visto. Había aligerado en parte la situación, lo cual era de agradecer. Se despidió con un gesto y se dirigió al comedor, donde estaba el resto del grupo. Cogió una bandeja, un par de platos y fue a sentarse con sus amigos.

—¿La has encontrado? —preguntó Abby.

—Sí, en la basura.

—¡Qué dices! —exclamó Leo.

—Llena de grasa y totalmente irrecuperable, que he intentado lavarla y nada, imposible. Me he encontrado con el teniente Levine y bueno, la verdad es que ha sido bastante agradable… Al final he conseguido que me traigan uniformes nuevos.

—Bien entonces, ¿no? Por lo menos no se ha mosqueado también él. —dijo Abby.

—¿Sabes quién puede haber sido? —Esa fue Camilla.

—No tengo pruebas, pero… —Bajó la voz, por si acaso, pero Ekekiela y el resto estaban alejados de ellos—. Estoy segura de que ha sido Jimmy. No sé si el otro par de idiotas tendrá que ver, pero él… fijo.

—¿Y qué vas a hacer? —preguntó Leo.

—No lo sé. No puedo acusarlo sin pruebas, así que eso está descartado. No creo que me hicieran mucho caso tampoco.

—Yo digo que ojo por ojo y diente por diente —replicó Camilla.

—Suponía que a ti se te ocurriría algo. —Sonrió, y ella le guiñó un ojo—. ¿Qué tienes en mente?

—Se me ocurren un par de cosas. Pero no ahora, sé que quieres vengarte y que el tío lo merece, pero hay que esperar a que esté desprevenido. Dejemos pasar unos días. Y cuando menos se lo espere… ¡zasca!

—Lo que sea, pero con cuidado porque paso de que me pille Shaw y me castigue de nuevo, que menudo fin de semana voy a pasar frotando trofeos.

Camilla emitió unas risitas, sin dejar de remover su comida.

—Pues qué quieres que te diga, pero a mí me ha puesto bastante verlo en ese plan.

—Claro, no te digo, porque no te reñía a ti.

—Ojalá, porque eso querría decir que lo tendría cerca. —Talisa sacudió la cabeza mientras Abby ponía los ojos en blanco—. ¿Qué pasa? Venga, si estaba desprendiendo testosterona por todos los poros. Me daban unas ganas de arrancarle la camiseta que…

—Que sí, que ya te entendemos —interrumpió Talisa—. Pues tú verás, pero receptivo no lo veo.

—Por ahora.

—Qué optimismo —comentó Leo.

—Bueno, no solo de ejercicio y estudiar vive la gente, ¿no? También hay que distraerse.

—Sí, en eso tienes razón.

Miró a Abby, pero ella estaba ocupada con sus macarrones y no se dio cuenta.

Después de comer, pasaron por las habitaciones para coger los apuntes y se dirigieron a la clase teórica. Aquel día Levine los tuvo estudiando planos de la ciudad y haciendo diferentes ejercicios con rutas para llegar de un punto a otro, por lo que cuando salieron, la mayoría no hacía más que ver líneas y señales por todas partes.

—Odiaré conducir a partir de hoy —se quejó Leo—. No voy a hacer más que mirar cada calle a ver qué señales tiene y si hay hidrantes. ¡Qué estrés!

—Vete a la porra, que yo me tengo que quedar aquí todo el fin de semana —refunfuñó Talisa.

—Perdona, tienes razón. —Le rodeó los hombros con el brazo y le dio un pequeño achuchón—. Tómatelo con filosofía.

Talisa hizo una mueca, porque aún le quedaba lo peor: llamar a su padre para avisarlo. Con ese negro pensamiento en mente, se despidió de sus amigos deseándoles un buen fin de semana y se fue a su habitación.

Por el camino se cruzó con el trío de marras: Ekekiela, Jesse y Ryan. Les dedicó una mirada furiosa que, de funcionar, los habría quemado en el sitio.

—Vaya, creo que te la tiene jurada —comentó Ryan.

—Ya ves, estoy temblando —replicó Ekekiela—. ¿Qué va a hacerme, un pase de modelos para que me muera del aburrimiento?

Jesse se rio, pero Ryan solo sacudió la cabeza.

—Os veo el lunes —dijo, alejándose un par de pasos—. Voy a coger una cosa y me marcho.

—Que pases buen fin de semana —le deseó Jesse, mientras Ekekiela lo miraba extrañado.

—¿Dónde va? —preguntó, mientras su amigo desaparecía tras una esquina.

—A saber. Venga, que a este paso no salimos de aquí.

Siguió hacia la habitación y su amigo dejó el tema, deseoso también de comenzar la diversión. Por su parte, Ryan se dirigió a la enfermería. No estaba seguro de si Angelina estaría todavía allí o ya se habría marchado, pero no perdía nada por probar. Por suerte, cuando llamó a la puerta, escuchó su voz desde el interior y entró.

—Hola —saludó él, con un gesto.

Ella se quedó sorprendida al verlo. Vaya, llevaba varios días intentando no pensar en el alumno de ojos azules y sonrisa encantadora y allí lo tenía, como materializado por su mente. Carraspeó y se puso seria, intentando adoptar una postura profesional. Que estaba allí para ofrecer ayuda médica, no para dispersarse con chicos diez años más jóvenes. No, mente fría y vista al frente.

—¿Te has herido? —preguntó.

—No, no, estoy bien. —Sonrió, acercándose un poco—. Es que estaba pensando en si podría llevarme el muñeco para practicar el fin de semana.

—¿Muñeco? —Si es que era tan mono… —. Ah, el de resucitación.

—Sí, ese.

—Claro, claro. —Retrocedió, aunque le costó apartar su mirada de él, y abrió un armario—. Aquí está.

Ryan se acercó para cogerlo y ella se apartó al momento, poniendo distancia.

«Diez años, Angelina. Y es un alumno. Y no quieres líos con bomberos.»

El chico se echó el muñeco al hombro y se giró, sin dejar de lucir aquella sonrisa en la cara.

—Espero no traerlo más muerto el lunes —comentó.

—Tranquilo, aguanta de todo.

—Sí, ya lo he visto. —Avanzó hasta ella, quedándose a solo un paso de distancia—. Muchas gracias, enfermera Lewis.

—De nada, Lassek.

—Puedes llamarme Ryan.

Y con eso, salió de la enfermería. Sí, la mujer era mayor que él, pero tenía algo que… no sabía qué era, pero le atraía. Y aunque ella quisiera parecer indiferente, Ryan no lo veía así, porque aunque solo se habían visto un día, la enfermera recordaba su nombre. O bien tenía muy buena memoria o se sabía las fichas de todos con foto incluida, cosa que dudaba con tan poco tiempo de curso. Bueno, el muñeco era una buena excusa que podía usar para tantear el terreno.

En el cuarto de enfermería, Angelina se sentó y se frotó la frente. En general, se limitaba a tratar a los aspirantes a bombero de forma profesional y lejana. No establecía amistades ni contacto directo, tenía una vida fuera y no quería complicársela. Además, salir con un bombero no era una fiesta ni mucho menos, estaban constantemente en peligro y… Sacudió la cabeza. ¿En qué estaba pensando? El chico solo había ido a buscar el muñeco para practicar el fin de semana, nada más. Ella se estaba montando una historia en la cabeza sin venir a cuento, Ryan no había dicho ni hecho nada que insinuara lo contrario. Otra cosa era ella y cómo reaccionaba ante sus ojos, que parecían tener algún poder hipnotizante.

Se levantó y empezó a recoger el cuarto para marcharse a su casa, decidida a no pensar en Ryan. No, Ryan no, mejor Lassek, que ponía más distancia. Los formalismos estaban para algo, así que eso haría: utilizarlos.

En su habitación, Talisa se tumbó en la cama con el móvil y, tras un par de suspiros, buscó el número de su padre y lo pulsó.

—¡Hola, cariño! —contestó él, en tono alegre—. ¿Ya sales para casa?

—No, qué va. —Volvió a suspirar—. Lo siento mucho, papá, pero no voy a poder ir.

—¿Por qué? ¿Tenéis alguna práctica o algo?

—Ojalá.

Se acomodó en la cama y le contó todo lo que había ocurrido. Cuando terminó, se podía imaginar la cara de su padre en aquel momento: ceño fruncido, rostro serio y con gesto de desaprobación.

—¿Quién ha sido?

—Papá, no importa, no tengo pruebas, así que no voy a acusar a nadie. Y… —continuó con rapidez, antes de que él añadiera nada—, no quiero hacer más ruido sobre este asunto, ni que hables con nadie ni nada por el estilo. Lo arreglaré a mi modo.

—Si por culpa de otro llegaran a expulsarte…

—Eso no va a pasar, mis notas son excelentes y compensarán esta falta.

Omitió que solo eran las notas teóricas, porque en las físicas no iba tan adelantada como el resto, pero su padre no necesitaba esa información.

—Está bien —asintió él, al fin—. Celebraremos mi cumpleaños la semana que viene y ya está.

—Genial. Un beso, papá.

—Otro para ti, hija número dos.

Talisa cortó la llamada y apoyó el móvil sobre su pecho, mirando al techo blanco de su habitación. Menudo fin de semana tenía por delante… Se iba a hartar de trofeos, seguro que después no querría ni verlos. Ya se le podía haber ocurrido otro castigo al teniente Shaw, como correr mil vueltas o algo parecido.

«Me daban unas ganas de arrancarle la camiseta que…»

¿Qué? ¿Cómo? ¿Por qué de pronto la imagen del teniente ocupaba su mente? Pero no la que estaba habituada a ver, no señor, una en la que efectivamente, se quitaba la camiseta. Cerró los ojos, pero aquello fue peor, porque sin ninguna distracción visual, Darren Shaw se perfiló en su imaginación con todo detalle: sin camiseta, con unos abdominales y bíceps bien marcados y que parecían llamarla para que les diera un par de lametones.

Se frotó los ojos, molesta, pero su mente estaba muy rebelde porque le añadió unas gotas de agua aquí y allá, como si acabara de salir de la ducha… Oh, no, ¿en qué momento se había quitado los pantalones? ¡Aquello no podía ser! Se sentó, abriendo los ojos de par en par, y entonces escuchó ruido en el pasillo.

Se levantó para ir a su puerta y, al abrirla, vio que Tim le había dejado los productos de limpieza al lado. Lo metió todo y se puso a leer las instrucciones del líquido abrillantador: cualquier cosa que le quitara esas imágenes eróticas de la cabeza. Sí, no había nada sexy en aquel bote.

Pero cuando se metió en la cama a dormir aquella noche, no soñó con el bote, sino con quien la había castigado a utilizarlo. Y que despertara tan acalorada y frustrada no presagiaba nada bueno.

CAPÍTULO 7

Como todas las mañanas, Darren aguardaba a su grupo en la zona de entrenamiento. Ni un solo día algún alumno lo había sorprendido apareciendo antes que él, ni tampoco entrenando fuera del horario estipulado. No le parecía mal, resultaba lógico, pero también le decía que ninguno quería forzar sus límites. De acuerdo, solo llevaban allí tres semanas y esa que empezaba era la cuarta, pero era tiempo más que suficiente para que alguno quisiera destacar o se lo tomara más en serio.

Bien, ese día averiguaría algo más de todos ellos. Por ejemplo, quién tenía temple.

Se cruzó de brazos mientras veía cómo se acercaban para colocarse frente a él, como todos los días. Sabía de sobra que lo apodaban «Teniente sonrisas», naturalmente no a la cara, pero no le molestaba. Si seguían sus órdenes todo marchaba, y lo cierto era que desde el incidente de Talisa, nadie había vuelto a meterse en líos.

Se había sentido un poco mal tras comprobar que la chica había dedicado el fin de semana entero a cumplir el castigo, pero ya no podía dar marcha atrás. Por un lado, hacerlo podría sentar un precedente en futuros castigos y por el otro, debía tratar a Talisa de la misma forma que al resto de sus compañeros. No quería hacer ningún tipo de distinción entre ellos, las mujeres debían recibir el mismo trato que los hombres, aunque estuvieran en clara minoría. Y, además, hacerlo podría implicar centrar el foco de atención en la chica por parte de sus compañeros, algo que no deseaba, pues no quería más incidentes como el ocurrido.

Por otro lado, Talisa le había presentado una disculpa oficial por su comportamiento, lo que le agradó. Cuando los alumnos eran reprendidos o castigados, muchos de ellos tendían a permanecer enfadados y eso no ayudaba, ni en la relación con quien los entrenaba, ni en el ambiente del grupo, además de demostrar una profunda inmadurez. Su castigo había sido duro, sí, pero al menos no había soportado mohines ni lloros después. Eso solo hacía que su incipiente admiración por ella fuera creciendo. Era algo que no podía evitar: su mirada se desviaba hacia esa aspirante a bombero más que al resto y, cuando se daba cuenta, rápidamente se fijaba en otro recluta. Como en aquel momento, en que la chica entraba acompañada de Abby y Leo. La siguió unos segundos con la mirada mientras ocupaban sus posiciones, hasta que ella levantó la vista y Darren miró hacia la puerta para que sus ojos no se cruzaran.

Camilla apareció la última, pero incrementó el trote al ser consciente de ese hecho.

—Justa, Zhao —observó Darren—. Ponte en la fila.

Ella le guiñó un ojo con descaro antes de obedecer, lo que lo dejó desconcertado. ¿Era un saludo, un coqueteo…? Decidió obviarlo y les hizo un gesto para que empezaran a dar vueltas, y así calentar lo suficiente de cara al ejercicio que tenía preparado.

Diez minutos después, todos volvían a estar en su sitio, ya con algo de color en el rostro y más despiertos que al llegar.

—Muy bien. Hoy quiero poneros a prueba, así que vamos a hacer un ejercicio distinto. Lo llamamos «el vuelo del pájaro».

Nadie osó abrir la boca, aunque se dedicaron miradas aturdidas entre ellos. ¿El vuelo del pájaro? Fuera lo que fuera, no sonaba demasiado bien.

Darren se desplazó para ponerse delante y echó a andar, de modo que lo siguieron. Les hizo dar la vuelta al bloque y cruzar la pista de atletismo hasta que llegaron a otro edificio, un sitio que todos habían visto pero que hasta ese momento ni siquiera sabían para que se utilizaba. Tenía bastante altura y en la entrada había todo tipo de escaleras amontonadas, además de un par de colchonetas amplias.

—Este bloque se usa para las pruebas y simulacros —aclaró él, al ver sus rostros confusos—. Está acondicionado para ello. Bien, es muy sencillo: se trata de subir.

Ellos lo miraron, y luego al edificio de siete plantas, que a su vez les devolvió una mirada majestuosa.

—No lo dirá en serio —murmuró Camilla.

—Si no te sientes capaz, siempre puedes abandonar la academia, Zhao —contestó Darren.

La chica se encogió de hombros y volvió a mirar hacia arriba, no muy convencida. ¿De verdad pretendía que subieran por allí sin más?

—Prestadme atención, voy a explicaros cómo debe ser el ejercicio —dijo Darren, e hizo un gesto con la cabeza señalando las escaleras que había apoyadas contra la pared—. Estas escaleras son de madera y tienen unos cuatro metros y medio de largo. Si os fijáis, en el extremo superior poseen una pieza de metal alargada y dentada que se clava en el alfeizar de las ventanas. De manera que se trata de escalar el edificio, piso por piso, valiéndose de ellas. Al llegar al sexto, debéis sujetaros a la escalera con esta correa y luego os inclináis hacia atrás con los brazos extendidos.

Hubo unos segundos de silencio mientras el grupo asimilaba la información y paseaban sus ojos sorprendidos del edificio a su teniente.

—Por si os lo preguntáis —comentó él—, la academia usa estas escaleras para poner a prueba el temple de los aspirantes. —Darren sonrió, aunque fue muy breve—. Bien, supongo que ninguno de vosotros tiene vértigo.

Estudió sus rostros con calma, dando tiempo para que hablaran. Pero seguían mudos, como si el ejercicio los hubiera pillado por sorpresa. Y eso que estaban en una academia para ser bomberos, ¿qué pensaban que tendrían que hacer? ¿Papeleo de despacho?

—Si alguien tiene algún problema, mejor que lo diga ahora. No quiero ataques de nervios cuando estéis en el quinto piso o algo por el estilo. ¿Alguien?

De nuevo, silencio.

—Está bien. Porque en este trabajo vais a tener que hacer cosas así, y mucho peores. —Darren se hizo a un lado—. Adelante, ¿algún voluntario?

Hubo un cruce de miradas incómodas: a nadie le apetecía ser el primero en aquella prueba para la que aún estaban haciéndose a la idea.

Camilla se mantuvo en silencio. Después de su último intento al ofrecerse que se saldó de manera insatisfactoria, le daba respeto repetir. Además, si analizaba el ejercicio, no veía cómo podía beneficiarla de forma directa. Daba miedo, y encima el teniente no le pondría las manos encima de ninguna manera. No veía recompensa alguna por tomar la iniciativa. Al menos tenía el consuelo de que no era la única, estaba claro que todos tenían miedo. Por lo visto, no estaban preparados para…

—Yo misma —dijo Talisa.

Camilla la miró como si se hubiera vuelto loca. Conocía la disciplina de su amiga, pero no estaba segura de que fuera lo bastante fuerte para llevar a cabo aquello. Talisa tampoco, pero tenía claro que si no lo intentaba nunca lo sabría. Y además fue un acierto, porque Darren sonrió al escucharla.

—Muy bien, Grady, así me gusta. Nada de miedo. —Le hizo un gesto para que se acercara—. Vamos, ven.

Lo del «nada de miedo» dejaba al resto a la altura del betún, pero no se atrevieron a replicar. Ekekiela frunció el ceño, arrepentido por no haber alzado la mano antes. Estaba capacitado de sobra para hacer la prueba, ¿por qué no se había ofrecido? No lo podía evitar, nunca había sido un alumno de los que alzaban la mano, ¡qué demonios! Una tía que le llegaba por el hombro acababa de dejarlo en mal lugar.

Darren tenía la correa en sus manos, y la agitó delante del equipo.

—Voy a explicar cómo se colocan las correas, así que atended todos, que después haréis esto sin ayuda.

Talisa permaneció quieta hasta que sintió que sus manos la sujetaban por la cintura. En un solo segundo, todos los esfuerzos que había hecho los últimos días para repeler los pensamientos que tenía con el teniente se desvanecieron.

«Para», se reprendió a sí misma. Debía concentrarse en el ejercicio, y no pensar en aquella firmeza con que la sujetaba y lo que podía dar de sí en otras circunstancias.

Pero, ¡qué difícil era separarlo todo! Además, le había sonreído. Y sabía perfectamente que después se recrearía en esos momentos. ¿Cuándo le había contagiado Camilla su obsesión por el teniente Shaw? ¡Demonios!

Darren notó el calor del cuerpo de Talisa pasar del tejido a sus manos, y frunció el ceño. No debería sentir nada al tocar a una aspirante, mucho menos en un entorno profesional y en medio de un ejercicio de clase, pero sin embargo, ahí estaba: un ligero hormigueo, una sensación atípica… ¿Qué estaba pasando? Nada, concentración, que tenía a todos mirándolo.

—Se colocan por el lado izquierdo, y se ajustan así. —Abrochó las correas con un chasquido, haciendo que Talisa se sobresaltara al oírlo—. Después, se engancha a la escalera de este modo.

Darren soltó a la chica, lo que lo ayudó a recuperar el control sobre la situación. Cogió la escalera y enganchó las correas para que todos pudieran verlo. Camilla se cruzó de brazos, ligeramente irritada. ¿No se ofrecía voluntaria y de repente había un toqueteo, aunque fuera sutil y profesional? ¡No era justo! La próxima vez volvería a levantar la mano, sin duda, porque menuda mala suerte…

Darren comprobó que la correa quedaba sujeta a la escalera y afirmó, satisfecho.

—Perfecto. Grady, adelante, sube. Con cuidado: sin prisa, pero sin pausa.

Ella salió de su ensoñación, decidida a concentrarse en el ejercicio, y sujetó la escalera. En cuanto empezó a escalar, se dio cuenta de que no era tan complicado si una se mantenía firme y en buen equilibrio. No le supuso el menor problema avanzar y, además, su peso jugaba a su favor en aquella ocasión, ya que le proporcionaba mayor agilidad.

—Bien. —Darren pareció satisfecho, y señaló a Abby—. Venga, Cook, ahora tú. Abróchate la correa como he explicado.

Abby asintió. No estaba segura de si aquello la asustaba muchísimo o solo mucho, pero sí que no tenía otra opción que hacerlo. Daba igual que su intención no fuera dedicarse a trabajar como bombero, porque todos creían que sí y debía portarse como tal. Menuda birria de reportaje si en la primera prueba «complicada» se echaba atrás...

Se ató las correas tal y como Darren había explicado, e inició el ascenso. Al igual que Talisa, descubrió que no era tan terrible si mirabas hacia arriba y mantenías el control.

—Ekekiela, tu turno —ordenó Darren.

Uno por uno, todos fueron trepando por la pared de ladrillos. Los chicos tenían más dificultad por su peso corporal, pero aun así, ninguno se negó a hacerlo.

Cuando ya estaban arriba, Darren les hizo un gesto.

—Ahora enganchad la correa a la escalera con el cierre de seguridad y extended los brazos hacia atrás. Dejaos caer.

Aquello daba respeto, y miedo, y... pero debían hacerlo. No les quedaba otra que confiar en que hubieran cerrado bien las correas y que estas estuvieran en buen estado.

Se fueron soltando en orden, experimentando distintas reacciones. A Talisa le produjo sensación de libertad, pero Ekekiela no hizo más que soltar maldiciones.

—Muy bien, ya podéis bajar. Con cuidado.

El descenso fue lento, básicamente porque a varios de ellos aún les temblaban las piernas por la mezcla de miedo y adrenalina.

Nada más pisar el suelo, Ekekiela se apartó del grupo hasta una esquina y, ante la sorpresa de todos, vomitó. Minutos después, se reunió con ellos de nuevo con expresión ruborizada, como si no pudiera creer que aquello le hubiera pasado a él. No estaba acostumbrado a tener momentos de debilidad, mucho menos en público, ¡y delante de las chicas!

—¿Te encuentras bien, Ekekiela? —pregunto Darren.

—Sí, teniente. Lo lamento, el estómago se me ha revuelto al soltarme de la escalera.

Darren lo hizo callar con un gesto.

—Ya te acostumbrarás. Ahora seguidme —ordenó, encaminándolos hacia la entrada del edificio mientras señalaba otra escalera que había en el suelo—. Esa escalera de ahí es la que se usa normalmente. Se requieren seis personas para levantarla, aunque para sostenerla basta con dos. ¿Voluntarios?

Talisa se adelantó.

—Tú no, Grady —cortó él y miró al resto—. Esto va para todos: como no mostréis un poco más de entusiasmo, voy a hacer que estos cinco meses que quedan sean un verdadero infierno, ¿entendido? —Las cabezas se movieron de manera afirmativa al instante—. ¿Voluntarios?

Leo y Ryan se adelantaron los primeros, seguidos de Jesse y Camilla, que se colocaron enfrente. Ekekiela se puso en un extremo y Abby completó el grupo.

—Vale. —Darren se acercó—. El trabajo del bombero es la unidad: todos se ayudan unos a otros. La clave es trabajar en equipo, siempre. Cuando cuente tres, levantad la escalera.

Dio la orden, observando cómo hacían fuerza para alzarla. La escalera se movió unos milímetros, pero como cada uno tiraba hacia un lado distinto, el resultado fue nulo.

—¡Basta, basta! —ordenó Darren, exasperado—. Mal, muy mal, ¿qué acabo de decir? «En equipo» significa compenetración, no que cada uno haga lo que le apetezca. Probad de nuevo.

Las siguientes veces también salió mal, pero Darren no les dio tregua y los tuvo más de una hora con aquello hasta que fueron capaces de levantarla en sintonía. Al depositarla otra vez en el suelo estaban agotados y sudorosos.

—Muy bien, ¿qué tal unas sonrisas? —les dijo Darren en tono burlón—. Diez minutos de ejercicio facial sin descanso.

Ninguno tenía muchas ganas de conversación al acabar, mientras regresaban hacia su bloque con aspecto agotado. Tenían la sensación de no haber estado a la altura en ninguno de los ejercicios, lo que minaba los ánimos.

—Puedo levantar esa escalera —decía Leo—. Puedo soportar las flexiones, incluso «el vuelo del pájaro». Pero ¿las sonrisas? ¡Lo detesto! ¿Por qué lo hará?

—Porque es el teniente y nosotros los alumnos —replicó Abby—. Obedecer y callar, no nos queda otra.

Se mantuvo pensativa, recordando su artículo. Sabía que esa experiencia tendría su importancia, ya se ocuparía ella de reflejarlo de una manera tan emocionante que se asemejara a la realidad. Joder, si pudiera ser fiel respecto a todo lo que estaba sintiendo allí… ¡Era durísimo! Los profesores, las clases y el entrenamiento también, pero le encantaba. Le gustaba la idea de formar parte de una unidad, aunque hubiera que depurar un poco ese punto, porque no veía mucha unidad con compañeros como Ekekiela o Jesse.

—A mí me ha parecido muy emocionante —dijo Talisa.

—Claro, ¡no me extraña! —exclamó Camilla, y la rubia la miró sin entender—. No te hagas la tonta, has tenido suerte y te ha toqueteado.

Talisa no estaba de acuerdo, para ella había sido profesional. Que le hubiera gustado era otro tema, claro.

—Estaba ajustando unas correas, enferma —murmuró, para disimular.

—Ya, pero al menos has tenido esa suerte… —Camilla sacudió la cabeza y alzó la voz para que se la oyera—. Lo mejor ha sido cuando Ekekiela ha vomitado hasta la primera papilla. Muy emocionante ver a ese machote portándose como un crío.

—Ja, ja, ja —gruñó él, con cara de mal humor.

—Bah, no te enfades. Yo entiendo que seas una persona sensible y delicada.

Aquello hizo reír a todos excepto a Ekekiela, pero antes de que pudiera dar una respuesta desagradable y a la altura, Ryan tiró de su brazo para apartarlo del grupo y que así la charla no fuera a más.

Después de la ducha, la comida y su rato de descanso, regresaron a las aulas para descubrir que el teniente Levine tenía entre las manos un fardo considerable de papeles.

—Comentaremos un momento los exámenes que tengo aquí y después salimos para hacer una visita, si les parece. —Agitó los folios—. Siento decir que no han sido nada especial.

Abandonó la mesa para empezar a repartir, igual que en el colegio. El teniente Levine era ese tipo de maestro que hacía comentarios personales respecto a los trabajos, para desgracia de sus alumnos.

—Zhao, bien, aunque podía haberlo hecho mejor. García, notable alto. Cook, muy bien, siga así. Jacobi, tiene que esforzarse un poco más, pero bien. —Se detuvo en la mesa de Ekekiela, que tenía rostro indiferente—. Ekekiela, regular. Cortez, bien. Grady, muy bien… Welles, mal, fatal, quiero verlo después de clase. Lassek, puede hacerlo mejor, seguro.

Una vez repartidos los exámenes, el teniente Levine se abrochó la chaqueta y los instó a seguirlo con un gesto.

—Nos vamos de excursión —comentó—. ¿Listos para ver una estación de bomberos de verdad?

Todos se miraron, incrédulos. ¿Una excursión? ¿No iban a pasar la tarde encerrados entre planos, normas y leyes?

—¿Se han quedado todos sordos de pronto? —preguntó el teniente, cruzándose de brazos—. Vamos, que no tenemos todo el día y hay un autobús esperando fuera.

Con aquellas palabras, todos se dieron cuenta de que iba en serio y que los llevaban a visitar una de las estaciones de bomberos de Pensacola, por lo que no tardaron en ponerse en pie, coger sus chaquetas y salir atropelladamente por la puerta.

—Ni que fuera a escaparse el autobús —bromeó Talisa, que se había quedado atrás para no ser empujada por la multitud.

—Parecen niños que salen al parque a jugar —contestó Abby, moviendo la cabeza.

—Hombres… —añadió Camilla.

—Venga, que nos quedamos los últimos —instó Leo, desde la puerta—. Nos van a tocar los peores asientos.

Ellas tres se miraron y se echaron a reír. Salieron de la clase y se unieron a él en el exterior, donde efectivamente había un autobús de tamaño medio donde estaban subiendo los demás alumnos.

Levine esperaba junto a la puerta, comprobando que todos estaban presentes y que ninguno se había escaqueado, algo que había ocurrido en alguna ocasión y que había supuesto la inmediata expulsión del recluta en cuestión.

Una vez estuvieron todos dentro, Levine ocupó el asiento junto al conductor y cogió el micrófono para hablar mientras comenzaban la marcha.

—Nos dirigimos a la estación número uno —indicó—. Como ya hemos dicho en clase, en Pensacola tenemos seis estaciones de bomberos, incluyendo la central y la que está en el aeropuerto. En vuestro caso, las plazas que hay disponibles son para la estación uno, la dos y la tres, pero no sabréis dónde os tocará hasta que acabéis y paséis todas las pruebas. Cada estación tiene sus particularidades, pero en esencia las instalaciones son similares y con esta visita podrán hacerse una idea de en qué espacios deberán trabajar y convivir durante su vida como bombero. Tienen que pensar que no solo se trata de realizar rescates o acciones juntos, es más que eso. Los turnos son de cuarenta y ocho horas. Dos días con sus noches en los que deberán enfrentarse no solo a peligros, sino a la convivencia diaria, que puede ser mucho peor en tiempos muertos. —Hubo unos cuantos comentarios, que cesaron al ver que el hombre se quedaba callado observándolos—. Los bomberos deben encargarse de mantener las instalaciones limpias, el equipo en perfecto estado y preparado. Tendrán que prepararse la comida, compartir literas… Si fallan en esa convivencia diaria, fallarán en un rescate. Creo que el teniente Shaw ya les ha explicado un poco que el trabajo en equipo es importante. —Ellos se miraron, pensando en la maldita escalera—. Compartir espacio también forma parte de eso. Al final, verán a sus compañeros casi más que a sus propias familias, así que las diferencias personales no pueden formar parte de la ecuación.

Dejó el micrófono y, aunque no había mirado a nadie, Ekekiela se movió incómodo en el asiento, pensando que aquello iba por el incidente con la ropa de Talisa. Nadie lo había acusado y, con el pasar de los días no esperaba que sucediera, pero eso no le hacía sentirse mejor. Cuando pensaba en su acción, ya no le parecía tan buena idea, sino una chiquillada de adolescente.

—¿Estás bien? —preguntó Jesse, inclinándose hacia él—. ¿O también te mareas en el autobús?

El tono de broma no le hizo la más mínima gracia al hawaiano, que se limitó a soltarle un codazo en el brazo. Menudo día. Entre vomitar y las notas deplorables, la cosa no iba nada bien. Había confiado tanto en su físico que esperaba que la media le fuera bien a pesar de la teoría. Pero jamás se había imaginado que subir a aquellas alturas le causaría ese efecto. Y si fallaba alguna prueba física, ¿qué haría? Tenía que esforzarse, pero no tenía ni idea de por dónde empezar con tantos apuntes.

El autobús se detuvo frente a la estación uno, y Ekekiela descendió con los demás esperando que aquello le despejara un poco la mente.

En la entrada había una ambulancia medicalizada, un camión de bomberos con escala y otro camión bomba. Frente a este, aguardaba un hombre uniformado de pie, con los brazos en la espalda y gesto serio.

Levine se acercó y le estrechó la mano, colocándose a su lado.

—Reclutas, este es el capitán Connor Pearson. Está al mando de uno de los tres turnos de la estación tres, en el que hay plazas disponibles y que alguno de ustedes ocupará. Les mostrará todo esto y se encargará de responder sus preguntas. —Se apartó un par de pasos—. Capitán.

—Gracias, teniente.

El hombre avanzó hacia ellos y se paseó por delante de la primera fila, mirándolos de arriba abajo.

Camilla, atrás con su grupo, le dio un codazo a Abby.

—Madre mía, cómo está el tío.

Abby reprimió una risita. Qué mujer, se le iban los ojos a todas partes. Aunque ahora que se fijaba… Sí, el hombre parecía serio, pero no estaba nada mal. Alto, rubio, rondaría la cuarentena y el uniforme no podía quedarle mejor. Aunque la forma en que los miraba con sus fríos ojos azules, como si fuera superior a ellos, no le gustó mucho.

—Pinta de amable no tiene —susurró de vuelta.

Camilla iba a contestar, pero se calló al ver que el capitán comenzaba a rodear al grupo y llegaba a su altura. A Abby le pareció que las examinaba con más atención que a sus compañeros masculinos, pero no podía estar segura. No importaba. El teniente Levine había dicho que podían hacer preguntas, así que aquella era una oportunidad perfecta para enriquecer su artículo.

El capitán regresó a su lugar original y comenzó a hablar.

—Bienvenidos —dijo, aunque su tono no era de acogida, precisamente—. Esto no es una excursión escolar, así que espero que se comporten. Como bien ha explicado el teniente Levine, tenemos tres turnos y en el mío entrarán varios de ustedes si acaban la formación de forma adecuada. Y recalco el «si», porque no vale solo con aprobar. No, toda la teoría y las pruebas físicas no bastan por sí solas. No hay plazas para todos los que pasen, así que al final quedarán solo los mejores. Y esos son los que vendrán aquí conmigo, no acepto a nadie por debajo de la excelencia, ¿me han entendido? —Hubo algunas afirmaciones de cabeza, pero nadie osó levantar la voz—. Síganme.

Abby aprovechó que comenzaban a andar para acelerar el paso y colocarse entre los primeros puestos, para así estar segura de no perderse nada de la explicación.

Ya que se encontraban en el exterior, lo primero que les mostró fueron los dos camiones y la ambulancia. Dos bomberos salían en aquel momento con unas cajas y se dirigieron a ella, por lo que aprovechó para enseñarles el interior cuando abrieron las puertas traseras.

—Todo es su responsabilidad, deberán asegurarse de reponer siempre después de cada actuación. No es admisible que el siguiente turno entre y no encuentre las cosas en perfecto estado, ¿entendido?

Jesse levantó la mano.

—Pero no vamos a ser equipo médico —dijo.

—¿Nombre?

—Jesse Cortez.

—Bien, Cortez. Lo primero, ha levantado la mano pero no le he dado permiso para hablar. Cuando puedan hacer preguntas, se lo diré. Segundo, no todas las salidas con vehículo de rescate son para una emergencia médica. Pueden tener que hacer solamente un traslado a un hospital de alguien con movilidad reducida, por ejemplo. Por eso todos tienen formación en ese aspecto también. Es como si me dice que no es conductor profesional y, sin embargo, va a tener que conducir alguno de los camiones. Así que por favor, les rogaría que las preguntas tuvieran sentido. Seguimos.

Sin dignarse a mirarlo, los llevó hasta el primer camión. En las clases teóricas aún no habían llegado a los vehículos y él lo sabía, porque Levine le había puesto al tanto de cómo iban antes de llegar allí.

—¿Alguien sabe decirme la diferencia entre un camión bomba, un cambión cisterna y un camión con escala giratoria, y de qué tipo son los que tenemos aquí?

Todos se miraron y Talisa levantó la mano. Otra cosa no sabría, pero de camiones… habría crecido entre ellos, podía distinguirlos hasta por el sonido del claxon.

—Veo una mano pero no de quién —comentó Connor.

Talisa tenía a Ekekiela y a Ryan delante y tuvo que empujarlos para abrirse paso hacia el frente.

—Yo, señor —dijo.

Él la había visto en el grupo y sabía quién era, puesto que había llegado a coincidir con su padre en alguna misión. Si tenía la mitad de tenacidad y vocación que su progenitor, Connor estaba seguro de que su físico no sería un problema.

—Adelante —afirmó.

—Ese de ahí es un cambión bomba. —Lo señaló—. Está diseñado para enfrentarse a todo tipo de misiones y se distingue porque tienen bombas y mangueras, además de extintores, rampas… —Señaló el otro—. Y ese es un camión de escala giratoria, que es lo que lleva detrás. No hay camión cisterna.

—Muy bien. ¿Preguntas? —Abby levantó la mano—. ¿Sí?

—¿Los camiones los conduce cualquiera?

—Eso he dicho. No me gusta repetirme.

—¿Incluso las mujeres?

Él elevó una ceja, acercándose a la chica con gesto inescrutable, pero Abby no se amilanó y le sostuvo la mirada.

—¿Insinúa algo?

—No, pregunto.

—En esta estación no hay mujeres así que no. Pero si alguna consigue entrar, lo conducirá.

—¿Y por qué no hay mujeres? ¿Hay alguna norma al respecto?

—Sabe que no o no estaría en estas pruebas, ¿verdad? No se ha presentado ninguna mujer a las últimas plazas que salieron, hace años.

—Y si entramos, ¿están preparados?

—¿En qué sentido?

—Zonas de descanso, baños…

—Son comunes, aquí y en cualquier otro parque, así que si tiene remilgos al respecto, considérelo un motivo para dejarlo. Síganme, les enseñaré el interior, ya que estamos hablando de ello.

Abby se quedó con las ganas de preguntar más. Pero suponía que había cubierto el cupo, visto lo seco que era el hombre, que en teoría aceptaba preguntas, aunque no parecía muy feliz de contestarlas. Sin mujeres en el parque, tampoco podía hacer comparativas ni ver sus experiencias, así que esperaba que Levine los llevara a algún otro donde sí hubiera. No se había quedado nada contenta con la respuesta de Connor, tendría que ver si lo de todo común era verdad o si era algo de esa estación en concreto, porque no le daba la sensación de que el tipo estuviera muy contento de ver mujeres por allí.

Pasaron un par de horas más en el parque y, al regresar, Levine les pasó unas cuantas preguntas para contestar con relación a la visita, lo cual no hizo ninguna gracia a la mayoría, al no haber podido tomar apuntes en ningún momento.

Darren se había quedado en la academia realizando informes. No era su parte favorita y por eso no lo hacía todos los días, sino que una vez a la semana dedicaba una tarde a pasar a limpio todos los apuntes y anotaciones sobre cada aspirante. Después lo subía al sistema informático y se iba actualizando cada perfil con los comentarios de Levine añadidos.

Terminó su parte y se estiró mientras esperaba a que el sistema terminara de compilar todos los datos y calcular las medias semanales y totales. Una vez terminado, revisó los expedientes para comparar con la semana anterior. Ya había alguno al final de la lista que preveía que iba a ir fuera en unos días. Y por encima… la cosa estaba bastante repartida, sobre todo cuando veía que en físico el primero estaba Ekekiela, pero que solo se mantenía arriba por eso, puesto que en teórica iba bastante mal. En cambio, con Talisa era justo lo contrario: puntuaciones perfectas en todos los exámenes teóricos, pero bien sabía él que en las pruebas cronometradas o de levantamiento de pesos, andaba en los límites.

Apagó el ordenador con un suspiro. Pocas veces veía una vocación como la que tenía la chica, suponía que por eso sentía cierta preferencia por ella, porque merecía tener una de las plazas.

Recogió sus cosas y salió, pero cuando se dirigía hacia su coche vio que había luz en la zona del gimnasio. Era tarde para que el equipo de limpieza estuviera allí, así que se acercó por si acaso alguien se la había dejado encendida.

Pero al abrir la puerta, encontró lo que menos esperaba: su alumna allí, tumbada bocarriba en un banco, y levantando pesas. Se acercó con rapidez para sujetar la barra y se las quitó, colocándolas en las guías traseras.

—¿Se puede saber qué estás haciendo? —preguntó.

Talisa, tan sorprendida como él, se sentó para frotarse los brazos.

—Entrenando —contestó. ¿Acaso no era obvio?

—Eso ya lo veo. Pero no puedes hacer esto sin alguien que te ayude, ¿y si te cansas o se te resbalan? Cualquier otro ejercicio no importa, pero esto…

Talisa entendió entonces que no la estaba riñendo por estar allí fuera de horario, sino por las pesas en sí. Que ahora que lo pensaba, tenía razón, pero no había querido decir a nadie que iba allí a entrenar para intentar mejorar sus marcas. De lo contrario, estaba segura de que Camilla la habría ayudado encantada.

—Lo siento, no volverá a ocurrir —se disculpó, temiendo otro castigo.

Él la observó unos segundos. La ropa se le pegaba al cuerpo y su piel brillaba, lo que le indicaba que llevaba allí un buen rato. Ella se sopló un mechón rebelde que le caía por la frente y se le metía en los ojos.

—¿He incumplido alguna norma? —preguntó.

—¿Qué? —Apartó la vista de su cara y carraspeó, poniendo en orden sus pensamientos—. No, no es eso. Pero sí me gustaría saber qué haces aquí a estas horas. —Levantó una mano cuando ella abrió la boca—. Y no me contestes que «entrenar», me refiero a por qué ahora.

—Porque está tranquilo. —Cogió aire, decidiendo ser sincera con él—. Teniente, no soy la mejor en las pruebas físicas, eso es un hecho. Pero quiero una plaza y, para eso, necesito esforzarme más que el resto. Eso implica más pesas, más horas aquí… así que todos los días vengo.

Darren se quedó callado, observando la determinación en su rostro. Sí, ella merecía uno de los puestos, y allí se lo estaba demostrando. No solo era una chica mona con genio, allí había mucho más.

Talisa cambió el peso de su cuerpo de un pie a otro, percibiendo que el ambiente se volvía denso entre ellos, de pronto parecía que hubiera surgido una tensión extraña, de esas que se podían cortar con un cuchillo. Acostumbrada a tener al teniente a bastante distancia, en ese momento casi podía percibir su colonia y… Dio un paso atrás de pronto, al ser consciente de que ella no llevaba colonia precisamente, sino una hora de ejercicio encima. Durante un segundo su mente fantaseó con una ducha caliente, bien larga y relajante, pero tuvo que sacudir la cabeza cuando entre la niebla formada por el agua aparecía una figura masculina… figura que tenía delante, vestida y que no dejaba de mirarla.

—Creo que… debería seguir… —farfulló—. Me estoy quedando fría.

Fría la ropa contra su cuerpo, porque lo que era ella… Vaya con su imaginación, porque Darren no había hecho nada, no, todo se lo comía y servía ella solita.

—Sí, es mejor que continúes, no quiero que te lesiones —contestó él, por fin—. Y eso va en todos los sentidos. Creo que eres una alumna admirable, Grady, si la mitad de los aspirantes tuvieran tu energía, podríamos crear un parque nuevo con todos ellos. Así que me parece perfecto que te esfuerces en las partes que ves más débiles en ti, eso dice mucho, pero también te aconsejo que controles tus límites. No te pases, porque puedes lograr el efecto contrario si tienes una lesión a estas alturas. Habla con tus compañeros y busca alguien que entrene contigo, igual que hacéis grupo de estudio para la teoría, lo mismo se aplica a la parte física.

Ella parpadeó sorprendida. No solo no la reñía, sino que la animaba y le daba consejos… Madre mía, madre mía, aquello no podía ser. Le daban ganas de tirarse a su cuello como agradecimiento y, peor aún, para algo más que eso.

—Sí, esto, gracias, teniente. Así lo hare.

Y salió trotando del gimnasio, el entrenamiento ya olvidado. Mejor una ducha fría, sí, a las pesas podía volver al día siguiente.

CAPÍTULO 8

—Empuja… —jadeó Leona, al mismo tiempo que hacía fuerza desde la parte superior de las escaleras para que la enorme caja de cartón se elevara—. ¡Vamos, nena, que se supone que vas a ser bombero! ¡Esto debería ser pan comido para ti!

Abby le lanzó una mirada avinagrada, pero arremetió contra la caja con el hombro izquierdo en un intento desesperado de terminar aquella faena. Trasladar una bicicleta estática y subirla por las escaleras porque el ascensor estaba estropeado sí que era un ejercicio jodido, a lo mejor si se lo proponía al teniente Shaw ganaba puntos.

Leona se apoyó sobre la caja, aun resoplando como un caballo en plena carrera.

—«¿Quiere que se lo llevemos a casa por treinta y cinco dólares más?» —repitió, con voz aguda—. «No, gracias, aquí mi amiga y yo podemos perfectamente». Sí, claro, dejándonos la vida por el camino.

—Vamos, casi lo tenemos, solo hace falta un último esfuerzo.

—Espero que después me compenses con un montón de copas y cotilleos.

Quince minutos después, ambas depositaron la enorme y pesada caja en el cuarto. Antes de mudarse a la academia, Abby había retirado los muebles de Deke a la habitación de invitados donde nunca se quedaba nadie, y allí solo se encontraba su material de entrenamiento.

Le gustaba irse los fines de semana a casa para no olvidar que tenía una vida fuera y comprobar que nadie se había instalado allí, además de poder pasar algo de tiempo con su amiga, a la que extrañaba bastante pese al poco tiempo libre del que disponía.

—Entonces… —comenzó Leona, cortando uno de los extremos del cartón—. ¿Deke no tiene la menor intención de trasladarse aquí en un futuro cercano?

—Se revisa cada seis meses, así que ya veremos. De momento, se queda con su padre.

—Bueno, casi mejor. No podrías estar en la academia si lo tuvieras aquí.

Por muy mal que sonara, Abby pensaba lo mismo que ella. Quería a su hijo, pero después de un último año de convivencia bastante complicado, entendía que era lo mejor para todos, sobre todo para él. Su prioridad era que Deke estuviera feliz y tranquilo, y si a su lado no era así… pues tenía que asumirlo y enfrentarse a ello con madurez. Cientos de hijos se quedaban con sus madres y los padres lo aceptaban, así que así era como debía tomárselo. Además, la propia psicóloga había dado la recomendación, y Abby nunca desobedecería semejante consejo viniendo de ella.

—Ya llevas allí dos meses. —Leona terminó de desembalar la bicicleta—. ¿Has empezado a trabajar en el reportaje?

—Claro, pero me cuesta, no creas. Para empezar, hay que estudiar mucho, y encima tengo un grupo donde no puedo ponerme a hacer otras cosas porque se darían cuenta.

—¿Y cómo te apañas?

—El fin de semana pasado me quedé allí, ¿recuerdas? Pude trabajar sin problema. Otras veces lo hago cuando me voy a la cama… En lugar de dormir, le dedico un rato. Pero estoy contenta, porque parece que a Finn le han gustado los borradores.

—Es verdad, me lo contó el otro día. Está satisfecho.

—Sí, eso me dice… un momento. —Abby emergió desde el lado contrario a la caja para echarle un vistazo a su amiga—. ¿Te lo contó el otro día? ¿Desde cuándo volvéis a hablaros?

—Desde hace un par de meses.

—¿Un par de meses? O sea, ¿desde que yo no estoy?

Leona frunció los labios e hizo un gesto, como si el tema fuera una obviedad y no mereciera la pena comentarlo. Pero Abby no estaba dispuesta a dejarlo correr, ni de broma. Después de meses de soportar las quejas de su amiga respecto a su jefe común, aquello merecía una explicación, por sencilla que fuera.

—A ver, Abby, ¡no tuve más remedio que buscarme otro amigo! Tú vives en la academia y apenas te veo. Ya sabes que no llevo bien la soledad.

—¡Pero si decías que era un imbécil inmaduro que usaba palillos!

—Y lo sigo diciendo, pero ahora nos llevamos bien. Vamos al cine y a tomar copas, cosas por el estilo.

Abby se cruzó de brazos.

—Entonces, ¿sois solo amigos?

—No, qué va, también follamos.

—Perdona que pregunte lo obvio, pero, ¿eso es que volvéis a salir?

—No exactamente —corrigió Leona—. Al menos ninguno lo ha matizado. Solo… estamos.

—Solo estamos —repitió Abby, anonada—. De verdad que alucino con vosotros, en serio. Primero os ponéis verdes mutuamente y ahora me sales con esto.

Leona no parecía sentirse culpable ni preocupada, de manera que Abby decidió dejarlo correr. Tampoco podía hacer mucho, excepto no volver a tomarla en serio nunca. La susodicha pasó la mano por el manillar para eliminar el polvo restante y sonrió.

—¡Qué bicicleta más bonita! Una pena que casi no la vayas a usar.

—Lo haré cuando vuelva a vivir aquí.

—¿Te imaginas que decidieras dedicarte a ser bombero? Entonces sí que no tendrías tiempo para nada. Venga, me debes una cerveza y algo de comida por este ejercicio extra.

Abby estaba preparada para la ocasión. Fueron a la cocina y de ahí a la nevera, que la joven había llenado la tarde anterior nada más llegar de la academia. Aquella desconexión le venía de fábula, porque el ritmo que llevaban era agotador y notaba que necesitaba oxigenarse. No era nada sencillo recibir órdenes durante todo el día.

Se sentaron en el sofá, con las cervezas y unos sándwiches comprados en el puesto de la calle que había cerca de su piso.

—¿Qué tal va todo, es muy duro? —Abby asintió—. ¿Y lo del machismo?

—Sí. —Suspiró—. Yo no me llevo la peor parte, lo admito, pero también me salpica.

—¿Por parte del profesorado o de esos idiotas que me comentaste?

—El profesorado es neutral. El teniente Levine se nota que está chapado a la antigua, pero me ha sorprendido para bien… Además, se puede hablar con él sin problema. Y el teniente Shaw reparte caña y gritos por igual, tampoco se puede decir nada malo de él.

—Entonces son los propios alumnos.

—He escrito bastante sobre ese tema, pero comentarios del estilo de «Las chicas no tienen suficiente fuerza para manejar el hacha» son lo normal. No veas lo que cuesta poder cogerla, enseguida te la quitan. Es frustrante.

Leona le frotó el hombro en un intento de animarla. Podía imaginar que no era en absoluto agradable, suficiente difícil era el entrenamiento para encima tantear tantos obstáculos. Y si las personas que debían animarte eran las que colocaban las piedras para que tropezaras, todavía peor.

—A veces me dan ganas de dejarlo —suspiró Abby.

—Eh, eh, de eso nada. Ya está bien de empezar cosas y después dejarlas a medias, por una vez tienes que ser constante… Piensa en tu futuro trabajo en una revista seria, ¿no merece la pena todo este esfuerzo?

Abby se encogió de hombros. La verdad era que resultaba todo un desafío, y no podía negar que estaba orgullosa del trabajo que estaba haciendo, pero…

Su móvil pitó, así que lo cogió para instantes después sonreír.

—¿Quién es?

—Leo —respondió—. Dice que acababa de llegar a casa de sus padres.

—Oh, ese chico tan mono. Dale recuerdos de mi parte.

—Tus deseos son órdenes —se burló Abby, tecleando.

«Leona te envía sus mejores deseos».

Leo soltó un resoplido al leerlo, pero en aquel momento sus padres se acercaban a la puerta y no tuvo tiempo de responder nada. Dejó la mochila en el suelo y se aproximó a ellos, notando cierta rigidez en la nuca… algo que siempre le sucedía cuando iba a verlos.

—¡Mírate! —exclamó su madre—. ¡Dios mío! ¿Has adelgazado?

Él se recordó a sí mismo que era el primer fin de semana que decidía visitar a sus padres desde que lo habían aceptado en la academia, los anteriores había preferido pasarlos en su apartamento para desconectar. Y también, porque sabía lo que le tocaría escuchar, algo muy parecido a lo que estaba oyendo en ese momento: la versión extralarga de «hijo, estás destrozando tu vida» aderezada con unas notas de «si escucharás mis consejos».

—Hola, mamá. —La abrazó mostrando una de sus mejores sonrisas—. No te preocupes, es por el ejercicio… Hola, papá.

Su padre le palmeó los hombros con afecto, aunque Leo podía percibir en su expresión corporal cierto escepticismo. Para no variar, Alden Jacobi nunca había confiado en sus posibilidades y tenía la costumbre de solucionarlo todo a golpe de talonario o, si procedía, de llamada privada.

—Así que te tienen todo el día corriendo —comentó.

—Nos movemos bastante —respondió Leo—. ¿No está Brandon?

—Tu hermano tenía una conferencia esta tarde, pero lo verás a la hora de la cena. Si piensas quedarte, claro.

—Pues claro que voy a quedarme, he venido a eso, ¿recuerdas?

Recuperó la mochila y se la cargó al hombro. Su antiguo cuarto sin duda estaría listo, preparado con todo lujo de detalles, y no se equivocó: flores frescas en la mesilla, chocolate en el primer cajón y la cama hecha al milímetro por Fabiola, la mujer que llevaba toda la vida trabajando para ellos y que tantas veces lo había cuidado cuando era niño.

Se dejó caer sobre la cama con un suspiro, posando la mirada en la lampara de diseño que decoraba el techo. Tenía por delante un largo fin de semana lleno de comidas donde le tocaría escuchar lo muy equivocado que estaba en sus decisiones, pero no podía cortar los lazos con su familia, eran lo único que tenía.

Unos golpes en la puerta lo sacaron de su ensimismamiento, y un segundo después vio a su madre asomar la cabeza.

—¿Puedo entrar?

—Claro, mamá. Gracias por el chocolate. —Se hizo a un lado en la cama para que ella se sentara.

—De nada, sé que es tu vicio. —Ella le guiñó un ojo.

—¿Papá sigue enfadado?

—Bueno, ya conoces a tu padre, cariño. —Anna le dio una palmada en la rodilla—. Él solo quiere lo mejor para ti, como todos. Tiene miedo de que esto… que has elegido sea peligroso.

—Sí, lo sé, él preferiría verme como banquero en una oficina de nueve a seis, pero no podría tener un trabajo así, mamá. Lo odiaría cada segundo de mi vida.

Anna lo sabía. Leo lo había intentado en una ocasión, hacía años, solo por tratar de complacer a su padre, pero fue incapaz. La rutina lo mataba, sencillamente. Existían personas incapaces de tener ese tipo de trabajos porque se apagaban por completo. Y pese a que compartía la preocupación con Alden, los ojos de Leo brillaban y nunca lo había visto tan feliz como en ese momento, así que no interferiría en sus deseos. Con veintiocho años no podía decirse que fuera un crío, ellos como padres debían respetar eso y apoyarlo en lo que necesitara.

Sin embargo…

—Debo advertirte que tu padre ha invitado a cenar a un par de amigos que considera «influyentes» para ver si así logra arrastrarte a su terreno.

—Oh, no, mamá, ¿en serio tengo que pasar por esto?

—Él sabe que no abandonarás, pero tiene que intentarlo. Es su trabajo como padre intentar protegerte, hijo, no puedes culparlo por eso —Anna sonrió, y le acarició la mejilla—. Solo debes ser educado pero firme.

—Vale, vale, lo haré.

—La verdad es que tienes buen aspecto, se te ve fuerte.

—Aunque no lo creas estoy trabajando como nunca, el ritmo es muy exigente.

Anna asintió. Al igual que no todo el mundo servía para trabajar en un horario fijo de oficinas, no todos valían para acatar ordenes en un ambiente poco menos que militar, pero al parecer, a Leo le gustaba eso. Uno nunca conocía a sus hijos del todo…

—Te dejo para que te cambies y descanses un poco antes de la cena.

—Gracias, mamá.

La mujer abandonó la habitación y Leo aprovechó para rescatar su móvil del bolsillo. Revisó los mensajes, pero excepto los saludos de Leona, no tenía nada más de Abby.

Aquello lo desilusionó, porque había notado que los fines de semana que estaba fuera parecían estirarse como un chicle kilométrico, al mismo tiempo que los días laborales pasaban a toda prisa. Y se preguntaba si la ausencia o presencia de la morena tenía algo que ver en su percepción de las horas, porque comenzar el lunes animado y llegar al viernes mustio era motivo de preocupación.

No podía esconder que Abby era con quien más afinidad sentía, estaba claro. Eran un equipo unido, pero Talisa y Camilla tenían una relación más estrecha, igual que ellos dos, y Leo no estaba seguro de si su sensación era un exceso de amistad o un principio de atracción, solo sabía que cuando ella estaba, su humor mejoraba. Y que tenía un cierto anhelo constante que no terminaba de comprender.

Para distraerse del hecho de no tener ni un triste emoticono de la chica, abrió su carpeta de fotos en el móvil y buscó una que le había hecho a Ekekiela justo antes de marcharse. En ella se veía al hawaiano agachado frente al maletero de su coche.

Leo abrió una aplicación con la que hacer un pequeño montaje y se la envió a Talisa con un emoticono sonriente.

«Juraría que había dejado un cerebro por aquí».

Talisa miró el meme que acababa de enviarle Leo y soltó una carcajada. Gail, su hermana, ladeó la cabeza al escucharla y se apresuró a sentarse a su lado en la cama. Al ser mellizas, ambas compartían rasgos generales como el cabello rubio, los ojos azules y la complexión delgada, pero ahí terminaban los parecidos. Gail era más baja y tenía labios finos, justo al contrario que Talisa. Siempre habían estado unidas, a pesar de los problemas.

—De modo que ya intercambias bromitas con tus compañeros de fatigas —comentó Gail, depositando junto a ella una enorme bolsa llena de piruletas y golosinas—. Y eso que papá dice que te está resultando muy duro.

—Sí, sobre todo la parte física. Voy muy justa en mis marcas, aunque he mejorado desde que entreno fuera de horario. —Se encogió de hombros ante el gesto interrogante de su hermana—. No tengo más remedio: estoy en desventaja frente a casi todos los alumnos.

Gail escogió un regaliz rojo y lo mordió.

—Así que entrenas fuera de horario. Dios, no sé cómo no estás agotada.

—Lo estoy. Cansada es mi segundo nombre —sonrió Talisa, pese a que hablaba en serio—. Pero esa es la manera, o al menos es lo que dice el teniente Shaw.

—¿Ese es el que te echó la bronca? —quiso saber Gail, y la vio afirmar—. ¿Y ahora te ayuda?

—Más o menos.

—¿Eso es normal? Porque no recuerdo que a papá lo ayudara nadie en su día, o al menos nunca lo ha mencionado en sus batallitas.

—A papá no le hacía falta, guapa. Tampoco lo hace siempre, no es como tener entrenador personal, ya sabes. —Las dos se echaron a reír al mismo tiempo—. A veces se acerca y me da algunos consejos para mantener el ritmo cardíaco, o la tensión en el cuerpo y así no cansarme antes de tiempo. Cosas por el estilo.

Algo en su expresión debió alertar a Gail, porque su siguiente pregunta fue:

—¿Está bueno?

Era obvio que su hermana conocía sus expresiones fáciles, en efecto.

—Bastante, sí —contestó.

—¿Como para acostarte con él? —siguió Gail, concentrada en su regaliz como si en realidad estuvieran hablando del tiempo, maniobra que ambas hermanas utilizaban desde tiempos inmemoriales y que consistía en despistar al oponente fingiendo desinterés con la esperanza de que hablara sin dejarse el menor detalle.

—Ajá.

Talisa respondió sin dudar. Podía haber mentido, pero Gail era su melliza y lo hubiera notado al momento. Además, ¿qué sentido tenía mentir a su propia hermana?

—Por la rapidez con la que has contestado veo que ya lo has imaginado —comentó, riendo al ver como Talisa se ruborizaba al instante—. ¿Y cuál es el problema? El tío te mola, ¿y qué? Ha pasado mucho tiempo desde aquel griego raro con el que trabajabas en el cine.

—Nikos.

—Como se llame, da igual. ¿El problema es que es tu superior?

—No lo digas como si fuera una nadería, porque de hecho es un problema bastante importante —protestó Talisa.

Gail le alargó la bolsa de dulces por si quería consolarse a base de azúcar del perjudicial, pero la chica lo rechazó con un gesto de cabeza.

—Me recuerdas a esas adolescentes que se cuelan por sus profesores —se burló—. ¡No estamos en los años sesenta, T!

—No, pero podría traer complicaciones. Y además…

—¿Qué?

—Pues que es solo en una dirección. O sea, la mía, claro —admitió Talisa fastidiada—. No noto ninguna señal, así que supongo que no tiene interés.

Su hermana le pegó un manotazo en el brazo que la sobresaltó.

—Mira, T, otra cosa no sé, pero que hemos salido guapas sí. Tú un poco chalada y yo un poco drogadicta, pero guapas.

—No debe ser suficiente, yo que sé. Siempre es muy profesional.

—A lo mejor es de esos a los que hay que provocar.

Como le había sucedido toda la vida, al lado de su hermana Talisa se sentía como una quinceañera inexperta. Gail había empezado a vivir una vida salvaje desde muy joven, lo que la había llevado por caminos bastante turbios, y siempre iba un paso por delante. Cuando eran adolescentes aprovechaba la menor oportunidad para alardear de todo lo experimentado, y ahora que eran adultas no pretendía molestar, pero todas esas vivencias le otorgaban un conocimiento que ella nunca tendría. A menudo se sentía inútil cuando la escuchaba hacer comentarios de ese tipo, porque seguro que Gail sabría cómo comportarse en todo momento con cada tipo de hombre. No es que ella fuera un angelito, había tenido sus novios como todo el mundo, pero al lado de su hermana...

—Es complicado —se limitó a explicar—. Camilla, que es con quien mejor me llevo allí, está loca por él. Así que a mí no puede gustarme.

—Ya veo —observó Gail, escéptica.

—Cambiando de tema, ¿qué tal el regreso a casa?

Gail se encogió de hombros. Recorrió la habitación con la mirada y agitó la bolsa de golosinas ante ella, como si fuera una declaración de intenciones.

—Cada vez que salgo de rehabilitación estoy aterrada, pero llevo una semana aquí y me encuentro mucho mejor. Papá y mamá han sido muy comprensivos y hacen todo lo que pueden para ayudar, esta enorme bolsa de mierdas me la han traído ellos.

Parte de los caminos turbios recorridos por Gail incluían las drogas, algo que la joven llevaba años intentando dejar. Salía de rehabilitación repleta de buenas intenciones, pero en cuanto le sucedía algo malo o recibía un revés inesperado, recaía. Ya había tenido dos sobredosis y cada vez era peor. Más duro, más difícil, más desesperante. Cuando Gail salía de casa, nadie tenía la certeza de que fuera a regresar.

Talisa se desplazó por encima de la cama hasta ponerse a su lado y le cogió la mano. Aún no la veía recuperada, la palidez de su rostro y sus ojeras acentuadas, además de la evidente pérdida de peso, evidenciaban que todo estaba muy reciente. Pero no podía hacer otra cosa sino apoyarla y ofrecerle su hombro, lo mismo que las ocasiones anteriores.

—¿Es la definitiva?

—Quiero que lo sea. —La miró—. De verdad que lo quiero, T.

—Por favor, no vuelvas a darnos otro susto como el de la última vez.

Ella se miró las manos, avergonzada. Porque estaba muy avergonzada, Talisa podía sentirlo como si le sucediera ella. No por nada estaban conectadas… No llegaban a la altura de los gemelos, pero sí leían la una en la otra como si de un libro se tratara.

—Lamento haceros pasar por esto una y otra vez. —La oyó murmurar.

Talisa la rodeó con el brazo para atraerla hacia sí y su hermana la abrazó, con los ojos brillantes por las lágrimas. No quedaba nada de la Gail experta en aquellos momentos, solo una joven de veinticuatro años muy perdida.

—Tú déjalo, ¿vale? —insistió Talisa, haciendo que la mirara a los ojos—. Por favor, Gail. No soporto la idea de que tú no estés.

Gail se restregó los ojos con la manga, tomándose unos minutos hasta que se vio capaz de volver a hablar.

—Zorra —murmuró—. Siempre has sido cojonuda haciéndome llorar.

—A unos les tocan los dones buenos y a mí me ha caído este…

Gail emitió una mezcla de sollozos y risitas que hizo sonreír a su hermana. Aguardó a que se le pasara el momento delicado y después le recolocó el pelo, notando que cada mechón que se deslizaba por entre sus dedos era débil y quebradizo. Un efecto más de la vida que había elegido vivir, un deterioro prematuro y doloroso que deseaba pudiera dejar atrás pronto. De adolescente, en muchas ocasiones envidió a su hermana por tener la osadía de hacer todas las cosas que ella no se atrevía a hacer. Era como si viviera mil vidas, mientras que Talisa seguía un camino recto del que no podía desviarse ni un ápice. ¿Cómo hacerlo? Ya había una rebelde en la familia Grady y a Talisa le había tocado el papel de chica buena, la que nunca daba disgustos, la que cada noche estaba en casa antes del toque de queda.

Sin embargo, ahora que observaba los ojos fatigados de Gail y su evidente fragilidad no se arrepentía de ninguna de sus decisiones, por mucho que su hermana se hubiera pasado toda la adolescencia llamándola muermo.

Alargó un bote diminuto de brillo labial y después cogió su móvil.

—Le prometí a Camilla una foto de las dos juntas. Dice que quiere ver si somos fotocopias.

—¿Otra persona ignorante que cree que los mellizos son gemelos? Bueno, si no tengo los ojos rojos adelante. Voy a parecer tu holograma zombi, pero qué le vamos a hacer.

Talisa se apretujó contra ella para que ambas entraran en el encuadre y disparó. Después de varios intentos, se decidieron por una en la que Gail se veía menos desmejorada y Talisa se la envió a Camilla con un mensaje, aprobado mediante carcajadas por su hermana, que decía: «Mi holograma zombi y yo».

Camilla se encontraba holgazaneando en el sofá de su piso cuando le llegó la foto. Se incorporó, animada al ver que era un mensaje de su amiga. Como el resto de los alumnos, se marchaba los fines de semana porque de no hacerlo sería penoso, pero en realidad, regresar a un piso vacío tampoco la emocionaba en exceso. Camilla y su padre llevaban años distanciados, desde la muerte de su madre, y si acaso coincidían en reuniones familiares inexcusables como bodas o cenas de navidad. El resto del tiempo tenía suerte si intercambiaban una llamada distante cada dos meses, y esos minutos terminaban siendo tan tensos que ambos se apresuraban a colgar por no alargar la incomodidad.

Pese a que Camilla poseía mucho sentido del humor y tenía facilidad para conocer gente, nunca pasaba de las amistades superficiales. En su teléfono existían cantidad de conocidos con los que salir de fiesta, pero muy pocos con los que poder charlar. Y de esos, algunos se habían mudado, otros formado una familia y… en resumen, se había encariñado bastante con la rubia, no podía negarlo. A Talisa no le ofendía su humor áspero y para nada sutil, y se le daba muy bien escuchar, además de aconsejar.

Abrió la foto, con una sonrisa en los labios por cómo la había titulado. Bromeaba, claro, pero lo cierto era que la melliza parecía un fantasma al lado de su hermana. Camilla conocía sus problemas de adicción y su reciente salida de un programa de desintoxicación, el tercero sino le fallaba la memoria. Talisa no se había extendido con los detalles, era obvio que el tema la incomodaba, pero aquella instantánea lo aclaraba todo.

Camilla estaba segura de que esas mellizas podrían haber anunciado cereales toda la vida, de tan rubias y perfectas que resultaban. Bueno, en ese momento la exdrogadicta era una versión fantasmal y demacrada, pero su aspecto no distaba mucho del de una modelo de pasarela típica.

Suspiró, cerrando la foto después de responder con una sonrisa, y se incorporó para ir hasta el espejo de la entrada, donde se observó.

Sus rasgos no podían ser más opuestos, claro, pero siempre había sido atractiva. La mezcla genética de sus padres suavizaba las facciones orientales y el resultado era bueno, así que… ¿por qué el teniente Shaw no terminaba de captar sus insinuaciones? ¿Acaso estaba siendo demasiado discreta? Tras guiñarle el ojo un par de veces, el teniente había terminado por preguntarle si se le había metido algo dentro.

Tampoco habían vuelto a hacer ningún ejercicio distinto a los entrenamientos habituales, de forma que Camilla continuaba en espera de ofrecerse voluntaria para algo. Puede que no consiguiera contacto, pero al menos la vería, ¿no?

¿Y si lo abordaba fuera de horario? Por ejemplo, yendo a su despacho. Podían ir sin problema, igual que hacían con el teniente Levine si tenían dudas respecto a la teoría o cualquier cosa, el teniente Shaw no ponía pegas. De hecho, Camilla sabía que allí era donde acababan algunos cuando les tocaba recibir bronca, pero también de otros que necesitaban ayuda, así que era otra opción.

¿Estaría en Facebook? Se dejó caer otra vez en el sofá, haciendo *scrolling* en la pantalla mientras abría la aplicación.

Después de dos intentos, frunció el ceño con frustración, ¡ni siquiera tenía perfil en Facebook para que pudiera espiarlo tranquilamente! Pero, ¿qué clase de persona no estaba en esa conocida red social hoy en día?

Entonces se fijó en que tenía una solicitud de amistad, así que pinchó encima. No era extraño, ya que entre su belleza exótica y el hecho de ser tatuadora siempre tenía un flujo constante de peticiones masculinas, pero aquella sí que no la esperaba: Ryan Lassek.

¿Y para qué demonios le pedía amistad el miembro mudo del trío de machitos? Cierto era que el chico nunca decía nada desagradable, pero tampoco lo había visto corregir o recriminar a sus dos amigotes ninguna de sus burlas. Era consciente de que no debía ser nada fácil contradecir a alguien como Ekekiela, que con su apabullante presencia física y su malhumorado carácter no solía recibir réplicas, pero ¿quién lo obligaba a permanecer con ellos? A menos que fuera tímido, o se hubiera visto incluido en el grupo sin saber cómo y ahora no encontrara el modo de escapar, no tenía excusa… después de dos meses, si permanecías con gente que no te caía bien, eras gilipollas.

«Y ese tipo de pensamientos radicales son los que hacen que tengas cuatro amigos», se dijo Camilla al momento.

Qué demonios. No se podía decir que ella fuera un ejemplo de conducta precisamente: era poco delicada, muy sincera, bebía de más cuando salía de juerga y tenía tendencia a enamorarse una y otra vez, así que quien estuviera libre de pecado, que tirara la primera piedra.

Le dio a aceptar a la petición y decidió cotillear en su perfil, a ver si encontraba algo interesante para después chivárselo a Talisa.

Ryan comprobó con cierta sorpresa que Camilla había aceptado su solicitud de amistad. Vaya, eso no lo esperaba… Las tres chicas lo ignoraban en general, de forma más acusada cuando estaba en grupo, pero tampoco se le acercaban si estaba solo. Lo entendía, la sombra de sus dos comparsas era alargada y ninguno se portaba bien con ellas, y tampoco con Leo, al que consideraban un pelele amanerado. Ryan compartía cuarto con el joven y tenía claro que de amanerado tenía poco, de hecho, era obvio para todo el mundo, pero ellos se empeñaban en tratar de descalificarlo de esa forma.

Algo que no parecía quitar el sueño al rubio, el tipo de actitud que Ryan desearía tener. Pero no se veía capaz; ya no era tan introvertido como de pequeño, eso lo había ido puliendo según cumplía años, pero aún le quedaba algún resquicio.

Recorrió la habitación con la mirada, todavía sin poder creerse que hubiera logrado estar allí. No se marchaba el fin de semana porque no tenía dónde, ni más ni menos. El día que recibió la carta de aceptación estaba a punto de dar con su culo en la calle, era una realidad. Estaba convencido de que ninguno de los demás se encontraba en una situación similar, ya que era el único que se quedaba los fines de semana en la academia, si exceptuaba la ocasión en que Talisa tuvo que pasarse dos días sacando brillo a la plata de las urnas.

Pero no le importaba, porque al menos tenía techo, cama y comida, que era más de lo que había tenido en muchas ocasiones durante su vida. Cuando crecías en un orfanato y saltabas de casa en casa gracias a servicios sociales, era de lo más habitual. Le había tocado pasar por unas cuantas experiencias desagradables hasta la mayoría de edad y su vida no era ningún camino de rosas, pero ahora estaba allí. Y no pensaba desaprovechar la oportunidad: para alguien como él la idea de un trabajo fijo significa poder relajarse por fin. Vivir sin pensar constantemente si podría pagar el alquiler, si lo despedirían de su siguiente curro, si cumpliría ochenta años sirviendo copas en un club de mala muerte. Que hubiera crecido en un pozo de mierda no significaba que tuviera que vivir en él de por vida, por eso se estaba dejando la piel allí, porque quería una vida mejor.

Se planteó acercarse a la enfermería para ver si Angelina estaba allí y podía prestarle el muñeco de nuevo, una excusa tonta para charlar con ella un minuto.

Por lo que había podido comprobar Ryan, los tenientes y Angelina no siempre se iban fuera los fines de semana… al estar rondando por allí, Ryan los veía ir de un lado a otro. Excepto al director adjunto, cuya presencia era anecdótica, allí se trabajaba bastante. Por ejemplo, en una ocasión que no tenía nada que hacer y el aburrimiento estaba a punto de aplastarlo en su cuarto, fue al despacho del teniente Shaw y le pidió una tabla de ejercicios específicos para entrenar. El teniente no solo se la hizo en un minuto, sino que le añadió unos cuantos consejos de lo más útiles para mejorar su resistencia. En otra ocasión, el teniente Levine lo encontró en la sala de estudio con los libros y le dio una pequeña lista con lecturas que podían ayudarlo. Podía parecer una estupidez, pero el hecho de tener tiempo libre empezaba a reflejarse en sus marcas, todos sus test cosechaban notas altas, al punto de estar a la altura de Talisa y Abby.

Si se cruzaba con la enfermera, intentaba hablar con ella, aunque solo fueran dos minutos. No había obtenido el tipo de respuesta que quería, pero no pensaba rendirse tan pronto. Angelina le había gustado desde el momento en que sus miradas se habían cruzado, pero andaba a ciegas… por lo que sabía, que era nada, podía tener marido, novio, hasta hijos. No llevaba anillo alguno, pero no todas las mujeres casadas lo hacían.

Sus ojos regresaron a la red social, aún sorprendido porque Camilla lo hubiera aceptado. Era un pequeño paso, un paso minúsculo, pero esperaba que se diera cuenta de porqué lo hacía: una ofrenda de paz, una manera de explicar que él no tenía nada en contra de ellas, todo lo contrario. Después de formar parte durante toda su vida de un colectivo desfavorecido, Ryan las comprendía mejor que nadie. Y esperaba poder hacérselo ver a Ekekiela y Jesse, pero mientras eso ocurría, debía ir despacio. A todos los niveles.

CAPÍTULO 9

Abby dejó caer el libro de golpe sobre la cama al oír una potente alarma. No la había escuchado hasta entonces, así que no tenía la menor idea de qué significaba con exactitud, aunque lo podía suponer: algún tipo de ejercicio.

No lo podía creer. Después de un día bastante duro en el que todos habían terminado agotados, la cena y la ducha le habían sabido a gloria, y más aún el hecho de meterse en la cama y leer un rato mientras notaba cómo los ojos se le empezaban a cerrar.

Miró el reloj, animada por no haber llegado a dormirse, y comprobó que solo eran las nueve.

¿De quién habría sido la brillante idea de montar un ejercicio a esas horas, cuando más cansados estaban todos y tan próxima la hora de acostarse?

Se respondió casi al instante. Los incendios no estaban programados para los momentos del día que más cómodos resultaran, sino que podían suceder en cualquier momento y ocasión, ya fuera en mitad de la noche o cuando aún les dolían las piernas del ejercicio matutino. No había tregua y para eso entrenaban tanto: para estar preparados en cualquier emergencia.

Saltó de la cama y se vistió con el uniforme lo más deprisa que pudo, sin saber bien los pasos a seguir. Era la primera vez que sucedía aquello fuera de horario y, cuando salió de su cuarto, aún con los cordones de sus botas sin abrochar, descubrió que el resto del grupo estaba en una situación similar: desorientados, con cara de no entender nada, y sin saber si la alarma era real o formaba parte del entrenamiento.

Talisa y Camilla se acercaron a ella., ambas con el pelo sin recoger, pero vestidas con el polo y el pantalón de entrenamiento. Parecían tan confusas como ella.

—¿Qué coño pasa? —preguntó Camilla, al ver que nadie parecía saber qué hacer—. Nunca nos han dado indicaciones de dónde ir cuando suena la alarma, ¿no?

—Yo estaba casi dormido —refunfuñó Leo, apareciendo por el lado izquierdo—. No me jodas que nos van a poner a correr a estas horas. No es que me sorprenda mucho, la verdad.

—Será ese cabrón que tenemos de teniente —repuso Jesse, terminando de ponerse la camiseta—. Otra putada más, seguro.

Ekekiela asomó la cabeza desde su cuarto, preguntándose si sería una broma. Pero no, pronto comprobó que no se trataba de eso, porque al final del pasillo se escuchó la voz del teniente Levine.

—Al edificio de prácticas, ¡vamos! —ordenó, al mismo tiempo que la alarma cesaba.

Misterio resuelto. Abby intercambió una mirada con sus dos compañeras y acto seguido las tres echaron a correr: ni de broma pensaban quedarse atrás, no en un ejercicio extraoficial, y no con un teniente que valoraba la participación.

—¡Espabila, hawaiano, que nos comen la tostada! —Jesse pegó un manotazo a Ekekiela—. Y recógete la melena o serás el hazmerreír del grupo.

Lo abandonó para seguir al resto, así que Ekekiela retrocedió para ponerse a toda prisa una camiseta y los pantalones. Se ató bien el pelo, no tanto por ser objeto de burlas (nadie en su sano juicio se reía de él a la cara) como por lo que podía soltarle Shaw al respecto… ya tenía claro que no era santo de su devoción, así que mejor no provocarlo de manera innecesaria.

Una vez tuvo puestas las botas, salió pitando con los más rezagados, mientras se maldecía por lo mucho que le costaba despejarse cuando estaba dormido. Menos mal que era buen corredor y pronto adelantó a unos cuantos, lo que hizo que llegara casi al mismo tiempo que Jesse.

Los aspirantes habían formado un grupo fuera del edificio de prácticas y Darren se encontraba allí, a punto de dar instrucciones. Ekekiela se detuvo con un jadeo, dispuesto a escuchar.

—¿Ya estamos todos? —preguntó Darren, repasando con rapidez que nadie se hubiera quedado atrás o incluso en la cama—. Bien, simulacro. Tenemos una situación crítica en ese piso. —Se giró y señaló el tercero, por cuya ventana se vislumbraba un resplandor anaranjado—. Hay dos personas atrapadas por el fuego. Necesito un equipo que… —Antes de que acabara, Talisa había dado un paso al frente—

. Está bien, está bien, Grady. Tú y… Cook, Ekekiela y Jacobi, los demás os quedáis abajo. Coged vuestros equipos —ordenó.

Ellos se dieron cuenta de que estaba todo preparado: mangueras, hachas y resto de utensilios que debían utilizar en un incendio. Habían practicado varias veces, pero sin llegar a utilizarlos en un ejercicio real. Se apresuraron a coger los equipos, sin querer perder más tiempo.

—Zhao y Cortez, venid conmigo al edificio —ordenó Darren, y volvió a dirigirse al grupo elegido para el simulacro—. Vosotros poneos en marcha en cuanto suene la alarma de nuevo, ¿entendido?

Camilla dedicó una sonrisa a sus dos amigas, sin parecer molesta por no formar parte del ejercicio. Al menos iría con el teniente a donde fuera que pensara llevarla a ella y Jesse, aunque visto lo visto, lo mismo era para arrojarlos por una ventana o algo similar.

Sacudió la cabeza antes de seguirlo al edificio mientras los cuatro elegidos terminaban de equiparse a toda velocidad y el resto de los alumnos permanecían observando.

—Me tenía que tocar un simulacro con mujeres —gruñó Ekekiela, con gestos bruscos—. Estoy seguro de que no podréis ni usar el hacha.

—A lo mejor lo hacemos sobre tu cabeza si no te callas —le replicó Abby enojada—. ¿Cuándo vas a acabar con esto y aceptarnos de una vez?

—Sí, porque se supone que debemos formar equipo —añadió Talisa.

Él sacudió la cabeza, ¡lo que le faltaba! ¡Que hicieran piña para meterse con él!

Les dedicó una mirada fría.

—Si es que estáis aquí robándole el trabajo a los hombres, joder. Hay otros trabajos más suaves para vosotras.

Las dos abrieron la boca para contestar, pero en ese preciso momento sonó la alarma. Intercambiaron una mirada dudosa, un poco asustados al ser el primer simulacro que hacían. En el tiempo que llevaban allí habían aprendido lo suficiente para resolverlo sin problemas y, sin embargo, no podían evitar estar nerviosos.

Talisa fue la primera en salir a la carrera. No podía explicarlo, pero su adrenalina se disparaba en momentos como aquellos: al final sí que iba a ser verdad que lo llevaba en la sangre.

Abrió la puerta y se asomó al descansillo, recorriendo el lugar con la mirada mientras el resto del grupo se reunía con ella.

—Vaya, sí que montan simulacros realistas —comentó Leo, impresionado al ver el humo en el interior—. Casi hasta huelo a quemado.

Justo en aquel momento escucharon la voz de Camilla, que provenía de alguna zona de los pisos superiores. Gritaba pidiendo ayuda, lo que les aclaró la parte que jugaba en aquella prueba: una de las víctimas.

—¡Es el tercer piso, pero no se puede entrar por la puerta, el vestíbulo está ardiendo!

—Genial —murmuró Abby, echando un vistazo a su alrededor para buscar otra alternativa.

—Por las ventanas —sugirió Talisa sin dudar.

Se dio cuenta en ese momento de lo mucho que había aprendido de su padre, algunas cosas ni siquiera tenía que pensarlas.

Los cuatro regresaron al exterior para coger la escalera, que lograron colocar a la primera en perfecta armonía. Mientras Leo subía por ella seguido de Abby, Talisa y Ekekiela utilizaron las que se enganchaban en los alfeizares. El humo comenzaba a salir por la ventana, lo que no dejaba dudas de donde estaba el supuesto incendio.

Leo llegó el primero y entró de un salto al interior. Sacó el brazo para ayudar a Talisa a entrar desde su escalera, para inmediatamente después hacer lo mismo con Abby, que llegaba un minuto después de él. Ekekiela fue el último, que no necesitó la menor ayuda: se lanzó de un salto desde la calle y aterrizó de forma limpia. Dio un paso, sacudiéndose la ropa.

—¿Y ahora qué hacemos? —siguió él, testarudo—. Ya estamos dentro, ¿cuál es el siguiente paso?

—Lo que dijo el teniente —replicó Talisa, impaciente—. Si no sabes qué hacer, sigue avanzando.

De nuevo escucharon los gritos de Camilla, eran bastante claros, pero seguían sin poder ubicarla con exactitud.

—¡Socorro! ¡Estamos aquí!

Abby miró a sus compañeros y sacudió la cabeza.

—¿Dos por la derecha y otros dos por ahí? —preguntó.

—Basta de charla —gruñó Ekekiela.

Se fue por la derecha, así que Talisa lo siguió. Hubiera preferido quedarse con Abby, pero sabía que ella y Leo formaban un equipo bien avenido y no quería desestabilizarlos.

Ekekiela encontró el cuarto de donde salía el humo en cuestión de segundos. Talisa entró detrás y comprobó que, tanto esa puerta como la ventana del pasillo, estaban cerradas. El hawaiano parecía haberse quedado en blanco, así que le dio en el brazo.

—Coge la manguera, yo voy a dar una salida al fuego.

Dejó la mochila en el suelo para sacar el hacha mientras él se cruzaba de brazos.

—¿Por qué no me encargo yo de eso? Me da que no vas a tener fuerza suficiente para usar el hacha.

—¿Quieres, por Dios, coger la manguera?

—No sé por qué te pones así. Esto es de mentira, no hay nadie en peligro…

Ella decidió ignorarlo. Cogió el hacha y la descargó contra la ventana sin dudar. Ahora entendía el motivo de que tuvieran que hacer pesas: hacía falta una fuerza considerable para manejar esa herramienta. Recordaba a la perfección que en sitios cerrados había que dar salida al fuego y al humo, era importante, así que no se detuvo hasta hacer añicos el cristal. Por fin Ekekiela reaccionó, desenrollando la manguera justo en el instante en que Leo aparecía con un jadeo.

—¡Acceso imposible por la izquierda!

Abby entró tras él, acarreando la otra manguera sobre su hombro.

—No hay ninguna otra entrada —informó, tosiendo por el humo—. ¡Hay a echar abajo esta puerta!

—Abre la manguera y enfría el ambiente antes —recomendó Leo.

Se acercó hasta la puerta para comprobar su grosor. Abby se dedicó a humedecer la zona, ayudada por un Ekekiela que no cesaba de gruñir y murmurar para sí, a pesar de que nadie le prestaba atención. Primero no le dejaban usar el hacha, ¿y ahora el otro tipo pretendía derribar la puerta cuando estaba claro que él podía hacerlo mejor y más rápido? Que les dieran a todos, ¿esa era su idea de trabajar en equipo, repartir las acciones entre todos para que ninguno sobresaliera? Valiente gilipollez. Cuando trabajaba como vigilante de seguridad todos se dedicaban a pisarse entre ellos para conseguir los mejores turnos. La rivalidad era muy sana, hacía destacar y…

—¡Apartaos! —ordenó Leo, tomando el mando—. Voy a derribar la puerta, entra en cuanto lo haga, ¿vale? —dijo, mirando a Talisa.

Ella afirmó, orgullosa de ver como el chico, que hasta entonces no había dado muestras de liderazgo, se hacía cargo de la situación. Se mantuvo a su lado mientras el rubio golpeaba la puerta hasta que finalmente la echó abajo de una patada.

Una densa humareda los golpeó de lleno, dificultando la visión. En menos de cinco segundos todos se habían convertido en unas figuras difusas y difíciles de localizar. El calor era real, el humo se les introducía en los ojos y los gritos recordaban que allí había víctimas que dependían de ellos.

Talisa cruzó la puerta, pero su visión era reducida, y de pronto notó que el suelo se movía bajo sus pies y cedía de pronto.

—¡El suelo falla! —exclamó, agarrándose al borde.

Hizo fuerza para no caer, a pesar de la lluvia de astillas que llovía sobre ella. Había mejorado mucho en lo físico, pero no iba a aguantar demasiado de aquella guisa… y entonces vio que Ekekiela se acercaba, asomándose al agujero.

—¿Estás ahí?

¿Cómo? Pero, ¿era gilipollas o qué? La veía de sobra, de hecho, hasta podía apreciar una mueca divertida en su rostro. ¡El muy idiota seguía creyendo que todo aquello era una broma!

—¡No seas imbécil y ayúdame! —le pidió, sin poder creer aquello.

Ekekiela le guiñó un ojo.

—No consigo localizarte —dijo, retrocediendo hasta que ella dejó de tenerlo a la vista—. ¡Equipo, abriendo manguera dos!

La madre que…

La joven se concentró en forzar la parte superior del cuerpo, tal y como el teniente le había enseñado, pero los bordes eran demasiado irregulares y no logró ascender ni un milímetro. A lo mejor si gritaba, Abby la oiría y…

Escuchó un ruido similar a una explosión y de repente notó que caía al vacío. La angustia se apoderó de ella durante los interminables segundos que tardó en aterrizar, por suerte en una colchoneta preparada. Aun así, se llevó un buen golpe y quedó aturdida, mientras continuaba escuchando el ruido que llegaba de los pisos superiores. Suponía que un incendio real sería aún más caótico, pero desde luego ese simulacro estaba a la altura.

—¡De acuerdo, basta! —Oyó la voz del teniente, sin saber de dónde venía—. ¡Todos fuera del edificio, ahora!

Talisa se sentó, frotándose el hombro sobre el que había aterrizado. No le dolía nada de manera aguda, así que estaba claro que sus huesos estaban bien, pero jamás hubiera imaginado que aterrizar en una colchoneta fuera a dejarla tan dolorida.

No tenía ni idea de qué estaba sucediendo fuera, pero en aquel momento vio aparecer al teniente Shaw y suspiró, aliviada. Se acercó hasta ella con gesto preocupado.

—Grady, ¿estás bien? —preguntó.

—Sí, sí. Bueno, un poco atontada, pero no sé si echarle la culpa a la caída.

Al momento se horrorizó del comentario. Pero ¿cómo se le ocurría decirle eso al teniente? En lugar de pensar que solo bromeaba, creería que tenía una conmoción cerebral.

Notó que él tardaba unos segundos en darse cuenta del chiste (muy malo, era consciente, pero no se veía con fuerzas de afinar su humor en esos momentos), y entonces movió la cabeza.

—Está bien que tengas ganas de bromear —repuso, ayudándola a incorporarse—. Podías haberte roto algo.

—Oh. En ese caso, ¿por qué no se usan colchonetas mejores?

«Dios mío. Cállate de una vez, Talisa.»

—¿Qué?

—No, nada. Lo siento, estoy aturdida. Será por el golpe.

Darren no hizo ningún comentario más. Tras comprobar que parecía libre de fracturas, excepto el golpe que se había llevado en el hombro y unos cuantos arañazos, fueron hacia la puerta del edificio y de ahí a la calle, donde permanecían el resto. Abby, Leo y Ekekiela aún tenían puestos los uniformes y los dos primeros parecieron aliviados al verlos salir. Camilla se aproximó hasta su amiga, olvidando los formalismos.

—¿Qué ha pasado, estás bien?

—Tranquila, solo ha sido un golpe leve.

—Bueno —dijo Darren—, será mejor que vayamos a la enfermería. Mañana hablaremos del simulacro y de por qué has dejado caer a tu compañera desde una altura de cuatro metros. —Señaló a Ekekiela—. Lo analizaremos bien.

Él se quedó mudo. No esperaba que lo hubieran visto, pero claro… pensándolo bien, ¿de qué iban a servir los simulacros si los superiores no podían comprobar sus actuaciones?

—Venga, vamos —dijo Darren, señalando con la cabeza hacia el edificio central—. Los demás, a la cama. Nos veremos mañana.

Aguardó a que Talisa pasara por delante de él en dirección al edificio central y después la siguió, no sin antes lanzar una mirada poco amistosa al grupo que dejaba atrás. Ekekiela fue consciente en ese momento de que acababa de meterse en un lío, no solo por las palabras del teniente, sino por el modo en que lo miraban sus compañeros.

—Ni siquiera lo pensé —se excusó—. Fue una especie de coña, nada más.

No recibió respuesta. Poco a poco, el grupo se disgregó para regresar a sus habitaciones mientras Ekekiela suspiraba, cruzándose de brazos. El teniente Shaw no le había mandado a su despacho ni nada por el estilo, pero no se engañaba: estaba convencido de que le iba a echar una buena bronca, probablemente al día siguiente, y sabía que la merecía.

¿Cómo había calibrado la situación tan mal? En efecto, no había pensado que estaba haciendo algo tan mezquino, solo… pretendía fastidiar, como todos los días, como llevaba haciendo desde el inicio en la academia. Desde niño había molestado a muchas niñas en el colegio, tanto si le gustaban como si no, era algo que hacía para hacerse notar, pero esta vez lo había llevado demasiado lejos. Solo esperaba que no lo expulsaran… si se libraba, decidió en aquel momento que cambiaría por completo de actitud.

Mientras atravesaban el pasillo en dirección a la enfermería, Talisa seguía aturdida. Sí, al final se había dado un buen golpe, y ahora empezaba a sentir las molestias: estaba magullada y con unos cuantos cortes, además del dolor del hombro. El maldito Ekekiela… Solo esperaba que no la obligaran a hacer reposo por su culpa, no estaba en situación de perder clases.

—¿Seguro que estás bien, Grady? —insistió Darren de nuevo, mirándola con cara preocupada.

—Sí, más o menos. Un poco dolorida.

—Hacía mucho que nadie caía en esa colchoneta desde tanta altura —comentó él, deteniéndose ante una puerta.

—Ya, imagino que lo normal es que los compañeros se ayuden entre ellos, no que se dejen caer —murmuró, notando que aquellas palabras se volvían amargas en sus labios.

Darren buscó una llave en su juego y abrió.

—Ekekiela va a recibir una buena bronca, eso no lo dudes. Esto es motivo de expulsión —dijo.

Talisa no se había parado a pensar que a esas horas Angelina no estaría allí. Pensó que quizá tendría que regresar al día siguiente, pero, ante su mirada atónita, Darren empujó la puerta y le hizo un gesto para que entrara. La rubia no había vuelto allí desde el primer día, cuando les habían hecho las pruebas de toxicología, y no se alegraba mucho precisamente de estar de vuelta, pero pasó.

—Siéntate aquí —dijo él, dando un golpecito encima de la camilla.

Ella obedeció, observando sorprendida como el teniente se encaminaba hacia el botiquín y lo abría para buscar lo que necesitaba.

¿Acaso pretendía ocuparse él mismo? Sus sospechas se vieron confirmadas al verlo apartar el agua oxigenada, un paquete de gasas y unas tijeras.

Solo pensar que estaban allí a solas hizo que se le pusiera un nudo en el estómago, porque… se había imaginado muchas veces que se quedaban solos, pero nunca había sospechado que pudiera pasar.

—Puedo volver mañana…

—Tranquila, Grady, creo que tengo las nociones básicas para poner una tirita —bromeó Darren, acercándose hacia ella con todo lo que había cogido del botiquín entre los brazos.

Talisa permaneció muda sin dejar de mirarlo. Darren dejó lo que iba a utilizar sobre la camilla y se deshizo de su cazadora, quedándose en manga corta. La joven trató de no desviar la mirada hacia aquellos brazos, pero la alternativa era mirarlo a la cara y tampoco resultaba muy tranquilizadora. No lo había tenido tan cerca nunca y ahora podía observar a la perfección esos rasgos que tan irresistibles le parecían. No sabía qué tenía, porque no era un adonis al uso, pero aquellos ojos azules la tenían loca.

—Vamos allá —dijo él, al parecer ajeno al interés que despertaba en su alumna.

Rompió el paquete que contenía las gasas y se aproximó un poco más para poder ver bien los cortes. Tenía un par de arañazos feos en la mejilla, un corte en el cuello y alguno que se acercaba peligrosamente a la zona del escote, donde no debería intervenir él. Se dio cuenta de que ocuparse de esa tarea había sido un error, pero ya no tenía remedio y no podía echarse atrás, debía portarse como un profesional.

Aunque no se sentía muy profesional con la chica a solo unos milímetros de distancia, la verdad. No, un teniente que enseñaba en una academia no podía permitirse esos pensamientos, se suponía que debía dar ejemplo. Y estar tan cerca de una alumna a punto de meter la mano en su escote… de actitud ejemplar tenía poco.

—Esto que ha pasado hoy —comentó, en un intento de distraerse—, no ha sido un hecho aislado, ¿me equivoco?

«Cuidado, Talisa», se dijo ella. Si le contaba al teniente Shaw todo, Ekekiela podía tener muchos problemas. Y aunque era un gilipollas, Talisa no quería ser la responsable de que lo expulsaran o algo así, a pesar de que el teniente le había confirmado que lo sucedido podía tener esa consecuencia. Para ella, si le daban un toque se sentiría satisfecha, eso era todo.

Darren estudió su expresión, mirándola como si pudiera adivinar lo que le pasaba por la cabeza, y eso hizo que se revolviera, incómoda.

—Bueno, teniente, nada nuevo bajo el sol. Una broma por aquí…

—…un empujón por allá… —comentó él, cogiendo un algodón empapado de agua oxigenada.

—Puedo manejarlo.

—Sí, ya lo he visto.

Talisa abrió la boca para protestar, pero la cerró al notar un escozor terrible en la mejilla cuando Darren presionó el algodón contra ella. Se mordió el labio, decidida a no quejarse más. No quería parecer una cría llorona que no soportaba ni un poco de agua oxigenada, pero joder, ¡cómo picaba aquello!

—Es una abrasión —comentó Darren—. Molesta más que un corte limpio.

La rubia se dio cuenta de que estaba siendo muy cuidadoso, dando toques suaves para no molestarla más de lo necesario. Eso contrastaba con la rudeza que mostraba en ocasiones en los entrenamientos, y era… excitante, esa era la palabra.

¿Cómo era posible que un compañero suyo acabara de dejarla caer varios metros abajo y ella estuviera en una enfermería llena de arañazos mientras el calor avanzaba de manera inexorable por todo su cuerpo? Más le valía estar en silencio para que no se le notara nada de nada. Pero lo tenía tan cerca que era difícil no quedarse hipnotizada, de haber sabido que eso podía ocurrir se habría tirado ella sola por el agujero antes.

Apretó los labios para no emitir el menor sonido y permaneció inmóvil mientras el teniente repetía la operación con un nuevo algodón para el otro corte. Deseaba cerrar los ojos e imaginar aquellas manos recorriéndola a ella y no solo su rostro mientras le prestaba unos primeros auxilios muy básicos… que también podía haber elegido no hacer. Dos arañazos en la mejilla no parecían tan urgentes.

Pero, ¿qué tonterías estaba pensando? El teniente no sabía ni que existía. Y aunque así fuera, lo veía demasiado recto como para que hubiera contacto entre ellos.

—Doy por hecho que no quieres hablar mal de ningún compañero —comentó Darren.

—¿Qué? —respondió Talisa, en tono fastidiado por haber sido sacada de sus pensamientos.

—Me refiero a que puedes contármelo.

—Vale…

—Entonces, ¿esto viene de lejos? ¿Te ha molestado en más ocasiones?

—A veces. —La joven se encogió de hombros, de nuevo incómoda.

—Está bien, no tienes que hablarlo conmigo si no quieres, lo comprendo. Puedes hacerlo con el teniente Levine si confías más en él.

—No es un tema de confianza, teniente, es solo que…

Darren se detuvo, dejando caer el algodón en la papelera. Percibía su incomodidad y le hubiera gustado tranquilizarla, que se sintiera con libertad para hablar con él, pero comprendía que no fuera así. Para generar respeto era necesaria la mano dura, y al final nunca era compatible con que los aspirantes se sentaran a charlar con él de sus problemas. A él le había sucedido lo mismo con su propio instructor.

Por otro lado, no era el primer grupo que entrenaba y nunca se había enfrentado a un tema de ese estilo. Talisa ya se había convertido en una de sus alumnas favoritas. Que le pareciera guapa hasta magullada no tenía nada que ver, porque admiraba su constancia y tesón, y la idea de que un compañero pudiera molestarla le desagradaba mucho.

—Temes las represalias —terminó por ella.

La rubia se encogió de hombros, pero Darren supo que había dado en el clavo. Y si ella temía algo, era porque había más de lo que parecía a simple vista.

—Será mejor que me cuentes qué sucede —pidió, con un tono más autoritario.

—No quiero más problemas —murmuró ella.

—Si alguien te molesta tienes que decírmelo. Yo entreno equipos que ponen sus vidas en manos de sus compañeros… Sea lo que sea que esté pasando, debemos atajarlo. Así que habla.

—Pero yo…

—Habla, Grady —insistió Darren con firmeza.

—Son un montón de pequeñas cosas —explicó la joven—. A primera vista sin importancia. Bromitas, burlas, uniformes que desaparecen … cosas así. Comentarios un poco humillantes, y no solo a mí.

—¿Qué quieres decir?

—Bueno, es general, se meten con nosotras. Aunque conmigo más, porque soy la de menor puntuación y capacidad en el físico.

Darren parecía estupefacto, como si no diera crédito. Sí, recordaba el castigo derivado de la falta de puntualidad y vestimenta. ¿Y llevaban así desde el principio?

—¿Cuánto hace de esto? ¿Y por qué demonios no me lo has contado antes? —preguntó, enfadado.

Talisa tragó saliva al ver su reacción. Joder, ¿y aún tenía que preguntar por qué? ¿No se daba cuenta de que, si se burlaban de ella por ser más débil, si acudía corriendo a contarle sus lloriqueos al profesor todavía sería mucho peor? Tenía que echarle huevos al asunto y trabajar para superar sus límites, no acudir a esconderse bajo sus alas. Eso era un código no escrito, la gente tenía que sacarse las castañas del fuego ella sola.

Abrió la boca para justificarse, pero él la hizo callar con un gesto cortante. Talisa no se atrevió a replicar, de modo que obedeció, cohibida por su expresión malhumorada. ¿Se preocupaba por ella, o en realidad lo que le molestaba era no haber sido capaz de detectarlo?

Mientras pensaba en algo que decir para arreglar la situación, vio que él cogía un tercer algodón limpio y lo empapaba de agua oxigenada. Le hizo un gesto con la cabeza señalando su cuello y ella miró hacia abajo, donde encontró otro corte. Y estaba en un sitio… complicado.

Bueno, y qué. Seguro que cuando un médico tenía que desfibrilar a una paciente no estaba pensando en ella de manera sexual, aunque la tuviera desnuda. Eso era parecido, ¿no? Además, tampoco tenía que desnudarse.

Aturullada, se desabrochó el primer botón de su polo, pero se dio cuenta de que no era suficiente, así que soltó el segundo también.

Aquello solo mostraba el principio de su escote, había salido mil veces de fiesta enseñando mucho más, así que no pasaba nada. Era rarísimo encontrarse en esa situación con el teniente Shaw… pero como él siempre había sido tan distante, imaginó que no le parecería nada del otro mundo ver su ropa interior.

Y a lo mejor para él no, pero para Talisa, cada vez que posaba aquellos ojos en su piel, sentía el calor de la habitación ascender. Casi se olvidó de respirar cuando notó que su mano se movía por la zona, ni siquiera percibió el escozor del desinfectante en la herida. Se sentía como si fuera material inflamable, convencida de que en cualquier momento explotaría cual cañón de confeti.

Dejó escapar el aire retenido cuando él terminó la cura y arrojó la gasa a la papelera. Bueno, al menos uno de ambos era profesional.

—¿Cuántos? —Lo oyó preguntar.

Estaba claro que el teniente no se despistaba tan fácil como ella.

—¿Qué?

—Cuántos son, Grady. ¿Todos?

—Claro que no. Son solo un par, teniente.

—Dime sus nombres —exigió Darren.

—Es que no quiero ocasionarles problemas…

—Si no me dices sus nombres ahora, la que vas a tener problemas eres tú. No tolero este comportamiento en mi grupo, las personas así no tienen cabida ni en la academia ni en este trabajo donde el compañerismo lo es todo —dijo él, sin abandonar su tono de enfado—. Y sinceramente, no pensaba que alguien como tú ocultaría este tipo de actitud.

Ella lo miró, desconcertada.

—Con lo que trabajas, lo que te has esforzado, ¿aún piensas que callarse es lo mejor para terminar con estas actitudes? No se consiguen avances en silencio, Grady, y nadie mejor que tú debería saberlo.

Y cuanto más se enfadada él, más excitada se sentía ella. No podía evitarlo, no le gustaba el tono con el que le estaba echando la bronca, pero sí las palabras que decía. Nunca le habían gustado los hombres que tapaban la mierda de otros hombres, aunque en ese momento se dio cuenta de que el primer fallo era suyo. ¿Por qué tomó la decisión de callarse? Desde el primer día deberían haber protestado. Pero claro, todas temían las consecuencias, aunque… ¿había algo peor que un compañero se negara a prestarte ayuda y te dejara caer por un agujero? Si la situación hubiera sido real y no un simulacro, se habría partido el cuello. El teniente tenía razón.

—¿Ekekiela y Cortez? —preguntó Darren.

Talisa asintió, despacio.

—¿Lassek? —añadió él, pensativo.

—No, Ryan no suele decir nada. Tampoco lo frena, es verdad, pero supongo que no cree que es nada malo o fuera de lo común.

—Ya, bueno, contra la pasividad no puedo hacer nada. Pero contra lo otro sí. —La observó, relajando un poco la expresión y el tono de su voz—. Ya sé que te preocupa que haya consecuencias, pero créeme, no las habrá. Confía en mí.

—Ya confío en ti —murmuró ella, olvidándose de llamarlo teniente.

Darren no la corrigió. No le molestaba que lo tuteara, al menos en aquel momento en el que se encontraban solos, porque delante del resto no podía ser. Utilizar el título era algo más que una forma de respeto, implicaba una separación, una distancia que en aquel momento no sentía ni quería tener con ella. Ni figurada, ni físicamente, pensó mientras se acercaba con otro algodón en la mano. Por norma tenía que bajar la vista para hablar con ella, pero al estar sentada en la camilla sus ojos se encontraban a la misma altura. Y se dio cuenta de que no podía apartar la vista de ellos. Talisa le sostenía la mirada, sin decir nada, y él tampoco habló, consciente de que la situación se estaba volviendo extraña. Acercó el algodón a la comisura de sus labios, presionando la zona con cuidado.

—Aquí apenas tienes nada —comentó.

La rubia siguió en silencio y movió un poco el rostro hacia él para facilitarle la tarea. Al hacerlo, uno de sus dedos le rozó el labio inferior y una corriente eléctrica sacudió su cuerpo al roce.

Darren tragó saliva, quedándose inmóvil. Había conseguido no tocar nada de su piel de manera directa, solo a través del algodón, pero aquel maldito labio era tan suave que solo quería pasar su pulgar por él.

Lentamente.

Era como si un imán lo empujara hacia ella, manteniéndolo quieto pese a no tener nada más que curar. Mientras sujetaba un algodón en la mano y mantenía una conversación profesional, su mente había conseguido centrarse en lo que estaba haciendo. Pero ya no. Porque los botones que Talisa mantenía sueltos seguían ahí, inocentes, pero a la vez insinuantes. ¿Se le habría olvidado abrochárselos o lo estaba haciendo a propósito? Talisa no le había dado ningún indicio de que sintiera atracción por él, a diferencia de Camilla, sin embargo notaba la tensión entre ellos, cada vez mayor.

—Ya he terminado—murmuró, por si no estaba claro.

Ella movió la cabeza de forma afirmativa, aturdida por su cercanía. De forma inconsciente, movió las piernas a los lados para que no chocara con sus rodillas. Si antes tenía calor, en aquel momento pensó que podía entrar en combustión espontánea. Dios, si hasta se daba cuenta de que seguía con los botones desatados, pero lo que le apetecía era terminar de quitárselos todos en lugar de cerrar el polo.

—Gracias... —susurró, con la garganta seca.

Se preguntó por qué no se movía él tampoco. Seguía con la mano levantada, rozando su labio, en lo que ya no parecía un gesto casual. Talisa los entreabrió y sacó la lengua para humedecérselos, rozando su pulgar al hacerlo... y al instante vio cómo la mirada de Darren se oscurecía.

El algodón cayó al suelo, olvidado por ambos, cuando el teniente cogió el rostro de Talisa entre sus manos, suave pero firmemente, y sin pensarlo más la besó. Aquella punta rosada que se había asomado de forma accidental había logrado terminar con las pocas defensas que le quedaban, y lo único que quería era probar su sabor.

Y qué dulce era… suave, tierna, pero también había algo de salvaje en su interior, porque la chica no dudó un segundo en rodearlo con las piernas y tirar de su camiseta para pegarle a ella.

Talisa no sentía ni un solo dolor en el cuerpo, nada que no fuera la necesidad de arrancarle cada prenda de ropa a tiras. Tenía mucha imaginación, había pensado tantas veces en él… pero la realidad superaba todo. Qué bien besaba, por Dios, qué bien olía tan de cerca, ¿se rociaba con feromonas o algo así? No importaba. Bajó las manos para sacar la camiseta de su pantalón, mientras notaba cómo él se peleaba con los botones del polo. Le daba igual que estuvieran en la enfermería, que la camilla se moviera como si fuera a romperse… hasta que unos golpes se abrieron paso en la niebla que se había formado en su mente. Y, de pronto, Darren ya no estaba junto a ella y sintió como si se hubiera alejado de una estufa.

El teniente se dio la vuelta en dirección a la puerta, mientras se metía la camiseta de nuevo por el pantalón. Antes de abrir, cogió aire un par de veces y se pasó la mano por el pelo.

—Zhao —dijo, al ver a la chica al otro lado.

—¿Qué tal está? —preguntó ella. Se asomó y localizó a Talisa con la mirada—. Eh, ¿cómo te encuentras?

—Bien, todo bien —contestó ella, abrochándose los botones con dedos temblorosos.

—Ya puedes irte —dijo Darren, haciéndose a un lado—. Pásate por aquí mañana para que te vea Angelina, por si acaso.

—Claro.

Se bajó de la camilla evitando mirarlo y fue hacia Camilla. Al pasar por su lado carraspeó, con la vista en el suelo.

—Gracias —murmuró.

Cogió a Camilla del brazo y se alejaron pasillo adelante. El teniente esperó a que se hubieran alejado para cerrar con llave y apoyarse en la puerta con un suspiro.

¿En qué lío se estaba metiendo? ¡Era su alumna!

Por su parte, Talisa se dejaba llevar por Camilla, que gruñía con fastidio.

—Bien podía haber sido yo —protestó. Talisa la miró—. Quiero decir, no por la caída y eso, pero vaya, que ya me gustaría a mí que me curara el teniente.

—No ha sido nada.

Ese «nada» retumbó en sus oídos como la mentira que era y notó un escalofrío solo de recordar lo que había pasado.

—¿Estás destemplada? —preguntó Camilla.

—Algo así.

—Claro, el susto… Perdona, y yo haciendo el tonto con mis comentarios. ¿Quieres que te lleve un té o algo?

—No, no, estoy bien, solo necesito descansar.

Le sonrió para tranquilizarla y Camilla la acompañó a su habitación. Ya sola y de nuevo en la cama, Talisa no fue capaz de conciliar el sueño en toda la noche, a pesar de las horas, el cansancio y la mala experiencia.

¿En qué lío se había metido? ¡Darren era su instructor!

CAPÍTULO 10

Ekekiela se presentó en el campo de entrenamiento con la sensación de que iba a pasar uno de los peores días allí desde el ingreso. Apenas había logrado conciliar el sueño durante la noche, dando vueltas a la idea de ser expulsado. Y cuanto más lo pensaba, más claro lo veía. Hasta se le había pasado por la imaginación disculparse con Talisa antes de ser interpelado, pero después pensó que eso podía parecer una maniobra hipócrita y desesperada, y decidió que lo mejor era afrontar lo que le venía encima de frente. No tenía otro remedio.

Sin embargo, no lo recibieron un montón de gritos como esperaba: el teniente los puso a correr y hacer los ejercicios habituales como todos los días, acentuando su malestar. Era igual que cuando estabas en el colegio y sabías que el profesor te sacaría la pizarra a resolver un complicado problema de matemáticas, mejor pasar al trago cuanto antes y no consumirse con lentitud en espera del fatídico momento. El entrenamiento era largo, nadie decía nada y cada vez sentía más un nudo en el estómago hasta que al fin el teniente Shaw decidió llevarlos de vuelta al edificio de prácticas.

—Muy bien, vamos a hablar del simulacro de anoche. Era el primero, así que tampoco esperaba demasiado, aunque hubo algunas cosas… las dos personas estaban atrapadas en la planta tres y con la entrada principal en llamas. Comprobasteis que no había más entradas que por la ventana: bien, y usasteis las escaleras de emergencia para ahorrar tiempo: bien también.

Ninguno abrió la boca, ni siquiera para hacer preguntas. El teniente Shaw no lucía su mejor humor esa mañana y, cuando eso ocurría, lo mejor era permanecer callado.

Ekekiela lanzó una mirada a Talisa, pero ella no se la devolvió. Joder, qué difícil era aquella mierda de sentirlo y tener que encontrar palabras para…

—¿Y las mascarillas de aire? —El teniente interrumpió sus pensamientos—. Ah, en la calle, junto al resto del equipo: mal.

Todos parecían incómodos, incluso los que solo habían observado el simulacro desde fuera.

—Se dio una salida al fuego con el hacha: bien. Ekekiela, ¿por qué no la usaste tú?

Él carraspeó.

—Bueno, porque se la pedí a mi compañera y ella no me la cedió.

—Y no te parece correcto, ¿verdad?

Ekekiela dudó. No había marcha atrás, había visto todas sus decisiones, así que no tenía sentido mentir ni disfrazar las cosas.

—Creo que un hombre tiene más fuerza, teniente. Y no comprendo por qué no quiso dármela.

—Primera regla del bombero: nunca cederle una herramienta a otro bombero. Eso equivale a reconocer que se es un inepto, alguien que no sirve para nada. Si alguien os pide vuestra hacha o gancho de derribo, hay que responder «Yo lo haré».

—Entendido.

—Por otro lado, se enfrió el ambiente y se derribó la puerta: bien también. Hasta aquí lo que estuvo bien, ahora hablemos de lo que no.

Y aquí llegaba, lo que Ekekiela había temido durante la noche y parte de la mañana, y ni siquiera sabía cómo respondería.

—Fuisteis lentos, perdisteis mucho tiempo hablando, esperasteis a que uno diera las órdenes y no había trabajo en equipo. Esto no es nada nuevo, aunque lo ocurrido con Ekekiela sí. Os ilustraré al respecto —comentó, mirando a los aspirantes.

El grupo pasó la mirada del teniente al mencionado, con curiosidad. La gran mayoría no sabían qué había sucedido en el interior del edificio, solo Camilla, Abby y Leo tenían los detalles por boca de la propia Talisa. Recordaban el comentario del teniente Shaw, sí, pero eso era todo.

—Con este edificio intentamos recrear cualquier posible peligro o dificultad que podéis encontrar ahí fuera. Igual que el humo y el ruido es real, porque dificulta la visión y altera el sentido, hay zonas preparadas de forma estratégica para fallar sin previo aviso. Muchas veces, los bomberos entran en lugares inestables, sin suelo, con madera en mal estado y mil ejemplos más que pueden ponerlos en situaciones de vida o muerte. Y si hay una humareda densa, es fácil no detectarlo, como lo que pasó aquí anoche entre Grady y Ekekiela. Ella encontró un agujero y él la dejó caer sin prestarle ayuda.

Señaló con la cabeza a Ekekiela, que se movió incómodo ante una descripción tan breve y concisa. Al alzar la vista y mirar a sus compañeros, descubrió que hasta Jesse parecía sorprendido ante su comportamiento, al igual que Ryan.

—Por supuesto, están las colchonetas para amortiguar caídas, pero en un incendio real y con esa altura de cuatro metros, ya sabemos el final.

Muchos de ellos fueron conscientes en aquel momento de lo que estaban escuchando. Era la primera vez que la palabra «muerte» se colaba en sus cabezas, a pesar de que todos sabían el peligro implícito en la profesión. A nadie le gustaba pensar eso, pero era obvio que debían asumir que formaba parte del trabajo. Un mal paso y podían morir.

—Esta es la lección más importante de todas y la que parece que tanto os cuesta entender: los bomberos son una unidad —les dijo Darren—. Se apoyan y ayudan los unos a los otros. Ekekiela, abandonaste a tu compañera de forma deliberada sin prestarle ninguna ayuda, ¿en qué estabas pensando?

Ekekiela no sabía qué responder. Todo lo que se le ocurría sonaba a tontería. ¿Le molestaba la presencia de Talisa y las demás? Había pasado de verlas como intrusas a sentirlas como rivales y no le gustaba, vale, pero realmente no le molestaban.

Tampoco la había dejado para que se arreglara sin él porque pensara en las víctimas.

—No pensaba —admitió, con sinceridad.

Darren lo examinó, poco satisfecho con aquella respuesta, pese a que estaba seguro de que era la auténtica.

—No, si eso ya lo vi. Lo de no pensar, digo. ¿Sabes que puedo expulsarte por ello?

—Lo lamento, teniente, no pensaba con claridad. —Ekekiela tragó saliva y se giró hacia la rubia—. Lo siento, Talisa.

Ella le devolvió una mirada agria y se encogió de hombros.

—No tolero este tipo de comportamiento. Quiero verte en mi despacho a última hora, cuando termines tus clases —dijo—. A los dos —añadió, incluyendo también a la chica.

Ella pareció confusa, pero no protestó. Todavía estaba mareada tratando de organizar la locura de sensaciones que bullían en su interior como para concentrarse en lo que Darren explicaba... ¿Ir a su despacho? ¿Con Ekekiela? ¿Podía haber un momento más incómodo?

Miró a Darren, pero enseguida dejó de hacerlo. Él estaba en modo profesional y no era momento de recordar lo ocurrido, aunque eso era más sencillo de decir que de hacer... ¿Y ahora qué? ¿Seguía su vida como si nada hubiera pasado? ¿Por qué era tan complicado todo?

—Retomamos los ejercicios —ordenó Darren, haciendo un gesto con la cabeza para que regresaran al campo de entrenamiento—. Quiero a todos corriendo en dos minutos.

Dio un par de palmadas y el grupo obedeció al instante.

Para Ekekiela, el día fue una tortura. Sus compañeros le lanzaban miradas furtivas como si lo hubieran pillado estrangulando a un gatito, y en las clases de la tarde no consiguió concentrarse nada. Cuando al fin el teniente Levine los dejó marchar, ni siquiera tenía ganas de ir al comedor para la cena, solo quería terminar con aquel asunto lo antes posible y saber si estaba expulsado o no.

De repente, se arrepintió de no haber sabido ser mejor. Amaba el entrenamiento y la idea de poder demostrar sus habilidades físicas, ya que sabía que las intelectuales eran muy inferiores. Al apuntarse, solo deseaba tener un trabajo heroico y un buen sueldo. Pero después del tiempo que llevaba allí, empezaba a comprender el esfuerzo y sacrificio que implicaba esa profesión. Y no quería abandonar, porque estaba seguro de que podía ser bueno si se dejaba de tonterías.

¿Sería capaz de decir eso y convencer al teniente de que merecía una segunda oportunidad?

Movió las piernas, impaciente, sentado fuera del despacho mientras aguarda a que el teniente Shaw lo llamara. Talisa apareció poco después y se sentó lo más alejada posible de él, cruzándose de brazos. Era obvio que continuaba enfadada y no le sorprendía. De hecho, tenía claro que ella no se había tragado su disculpa, pese a que había sido sincero.

Se preguntó si serviría de algo repetirlo, pero decidió no tentar a la suerte.

Talisa se dio cuenta de que tenía el ceño fruncido y relajó su expresión. Seguía sin comprender qué hacía allí, para qué quería Darren que estuviera presente en la charla. Sentía como si de algún modo él diera a entender que era un problema de ambos que debían arreglar, ¡ni que fueran dos críos en la guardería!

Ella no había hecho nada. No se había metido con nadie por su físico o fragilidad, no había robado uniformes para meterlo en un lío y, por descontado, no había rehusado ayudar a un compañero en apuros. ¿Por qué estaba allí sentada como si fuera parte del problema?

Recordaba cuando Darren le prometió que no habría consecuencias, pero en ese momento no estaba tan segura.

Después de diez interminables minutos en los que ambos se ignoraron, finalmente la puerta del despacho se abrió y Darren se asomó.

—Vamos, entrad —dijo, haciéndose a un lado.

Ekekiela obedeció al instante, y Talisa también, haciendo un esfuerzo considerable por acercarse lo menos posible a él.

—Sentaos —ordenó Darren, haciendo lo mismo.

—Teniente, quiero volver a pedir disculpas… —empezó Ekekiela, de forma atropellada.

Darren cogió una carpeta que tenía sobre el escritorio y que al parecer había estado hojeando.

—He leído tu historial y tu evolución —comentó—. Veo que eras vigilante de seguridad, y antes monitor en un gimnasio. Y antes de eso, socorrista.

Ekekiela asintió.

—Tienes muy buenas marcas en la parte física, pero no puede decirse lo mismo de la teórica… Con estas notas no vas a conseguirlo, lo sabes, ¿verdad?

—Yo…

—No dominas las clases, no creo que hayas tomado medidas para solucionarlo y encima tu actitud tampoco acompaña. Será mejor que me cuentes por qué quieres estar aquí.

—¿Que?

—Convénceme para que no te expulse.

Ekekiela tragó saliva. ¿Por qué le hacía eso, encima delante de Talisa? No le apetecía explicar su vida o motivaciones, él era una persona de blanco o negro, si le iba a expulsar quería largarse y punto. Pero entendió que no iba a ser tan sencillo, y como en el fondo lo último que deseaba era abandonar, se encogió de hombros.

—Siempre he tenido trabajos muy físicos. Desde pequeño fui un chico grande, y si elegí esto fue porque pensé que sería pan comido. Era algo en lo que podía destacar, ganaría una pasta y los bomberos ligan mucho.

Talisa lo miró anonada. ¡Menudos propósitos para ser bombero! La simple idea de que él pudiera conseguirlo y ella no… casi tuvo que controlar las ganas de darle una colleja.

—No he terminado —se apresuró a decir Ekekiela, al ver la cara de Darren—. Esa era la idea que tenía, pero no quiere decir que siga pensando de ese modo. Admito que no le he dado muchas vueltas, pero anoche en el simulacro… bueno, me ha hecho reflexionar. Creo que, si me esfuerzo, puedo ser bueno, teniente. Bueno para la profesión.

—En eso estoy de acuerdo. ¿Y qué hacemos con tu comportamiento? Lo que has hecho… nunca he visto a un compañero negándose a ayudar a otro, ¿comprendes la gravedad del asunto?

—Sí. Y lo siento. —Se giró hacia la rubia—. De verdad que lo siento. Esto y lo de la ropa, que también fui yo. Ha sido un comportamiento de crío.

La joven se sorprendió con la segunda confesión, aunque en ese despacho todos los presentes sabían que había sido él, pero que lo admitiera no estaba mal.

—No quiero irme. —Ekekiela volvió a mirar a Darren—. Haré lo que sea necesario, si tengo que quedarme todos los fines de semana sacando brillo a lo que sea, lo haré.

Darren lo estudió unos momentos, pensativo, y después se encogió de hombros.

—Que lo decida ella —comentó.

Ekekiela se quedó con la boca abierta. ¿Cómo? ¿El teniente dejaba su futuro en manos de la chica a la que había hecho la vida imposible el tiempo que llevaban allí? ¡Era del todo injusto!

La misma expresión tenía la rubia, ¿que lo decidiera ella? Pero… pero… no estaba capacitada para tomar semejante decisión, ¡solo era una alumna! No comprendía por qué Darren le daba el poder de manejar el futuro de Ekekiela, menos después de lo que acababa de escuchar.

Lo miró unos segundos, tratando de adivinar si había sido sincero o solo estaba haciendo el papel de su vida. Cosa que no creía, el hawaiano era una persona muy clara.

Ekekiela permanecía rígido, a la espera de que Talisa hablara.

—Que se quede —dijo ella, después de unos segundos.

—Muy bien —aceptó Darren—. Ya la has oído, puedes quedarte.

—¿De verdad?

El chico parecía no dar crédito, pero cuando vio que la rubia resoplaba exasperada supo que hablaba en serio y que estaba salvado.

—Ya podéis iros. —La voz de Darren interrumpió sus pensamientos—. Cerrad la puerta al salir.

Una vez fuera, Ekekiela parecía incómodo. Y lo estaba, mucho, no tenía la menor idea de cómo debía actuar con Talisa después de lo que acababa de hacer por él.

—Gracias, en serio —dijo, con cierta torpeza—. En fin, otra vez, lamento lo ocurrido. No volverá a pasar nada parecido, te lo prometo. Y oye, si necesitas algo, cualquier cosa… intentaré compensarte.

—Está bien. Pasemos página de una vez, Jimmy.

Ekekiela no terminaba de creerse que hubiera logrado evitar la expulsión, pero hasta alguien como él sabía que estaba en deuda con la chica. Y descubrió que aquello no le importaba, ya se le ocurriría la manera de compensarla por haberle dado otra oportunidad, seguro. Una pequeñísima parte de él se molestaba porque le hubieran dado una lección de humildad, pero al final había salido bien, así que decidió eliminar los pensamientos negativos.

Se despidió con una sonrisa de agradecimiento. Talisa lo vio ir y se quedó indecisa delante de la puerta del despacho de Darren. Quería preguntarle por qué aquello, pero casi al instante se respondió ella misma: él había prometido que no habría represalias y la había puesto en la mejor situación para que eso fuera así. Perdonando a Ekekiela era casi seguro que no volvería a molestarla más, pero de una manera que no implicaba amenazas ni castigos. ¿Cómo coño se le había ocurrido esa manera tan acertada de solucionar el problema?

Se apoyó en la puerta, autoconvenciéndose de que no debía abrirla. Se moría de ganas, cierto, lo sucedido la noche anterior había prendido una chispa que más bien era un chispazo, y ahora no sabía cómo detenerlo.

Pero no debía. Ni siquiera sabía si él estaba interesado de verdad o solo había sido un jugueteo y, por otro lado, de querer hablar con ella, ya lo habría hecho. Aunque comprendía que su situación era peor, porque estaba al mando y podía tener muchos problemas. ¿Cómo algo tan bueno podía estar tan mal?

Se alejó de la puerta con un suspiro, dispuesta a olvidar ese anhelo que sentía. Mejor iba al comedor para la cena y se concentraba un poco en los libros, era lo más inteligente que podía hacer en ese momento.

Sus amigos aún estaban allí, terminando sus cenas, y la miraron expectantes cuando se sentó.

—¿Y bien? —preguntó Abby—. ¿Lo han echado?

—No.

La morena frunció el ceño y se cruzó de brazos, molesta.

—Ya me gustaría saber a mí qué hubiera pasado de haber sido al revés —protestó—. Seguro que si yo dejo caer a alguien me echan sin pensarlo. Eso es machismo, ni más ni menos.

—Bueno, no sé, no creo que Dar… que el teniente Shaw lo hiciera —contestó Talisa—. Jimmy se ha disculpado y él me ha dado a mí la última palabra.

—¿Qué? —repitieron todos.

—¿Tú has permitido que se quede? —preguntó Camilla, incrédula.

—Sí, a ver. Parecía arrepentido de verdad e incluso ha confesado lo de mi ropa. —Se encogió de hombros—. Puede que me haya equivocado, pero creo que todos merecemos una segunda oportunidad.

—Eres demasiado buena —dijo Camilla, levantándose.

—¿Dónde vas?

—A aprovechar que el teniente todavía está aquí, quiero comentarle una cosa.

Le guiñó un ojo y se marchó sin ver la forma en que la rubia la miraba. Talisa imaginaba que realmente Camilla no tenía nada que hablar con Darren, solo era alguna excusa inventada para estar a solas con él, y no pudo evitar sentir una punzada extraña en el pecho.

—¿Estás bien? —preguntó Leo.

—¿Eh? —Lo miró—. Sí, claro, tranquilo. No es nada, solo esta situación. —Carraspeó—. Quiero dejarla atrás ya.

Mejor que pensaran eso que no que estaba celosa de Camilla o a saber qué, porque en aquel momento, su cabeza era un lío total. Por un lado, quería ir detrás de su amiga y ser ella quien se quedara de nuevo a solas con el teniente. Pero por el otro, no tenía claro que haría de suceder eso. ¿Tirarse a su cuello? ¿Hablar con él? ¿Esperar a ver qué decía? Por Dios, qué lío… Hasta la caída le parecía una tontería al lado de todo aquello.

Ajena por completo a lo que pasaba por la mente de su compañera, Camilla llegó al despacho de Darren y llamó a la puerta. Abrió al escuchar su voz, y cuando entró vio que estaba de pie recogiendo los papeles que tenía encima de la mesa.

—¿Podemos hablar un segundo? —preguntó ella.

—Ya me iba, pero no hay problema. ¿Sucede algo, Zhao?

—Oh, bueno, no es nada grave.

Se acercó y se apoyó en la esquina de la mesa junto a él, lo que hizo que la mirara.

—Si quieres sentarte… —Darren señaló la silla.

—Aquí estoy cómoda —contestó ella, con una sonrisa.

Darren metió los papeles en una carpeta y volvió a mirarla, esperando. No tenía ni idea de qué podía ocurrirle a la chica: no había tenido problemas, sacaba buenas puntuaciones…

—Estaba preguntándome… —empezó ella —. ¿Cómo es la vida fuera de aquí?

—¿A qué te refieres?

—A cuando se es bombero. ¿Cómo se mantiene una relación, con los turnos tan duros que hay? Por ejemplo, tú, ¿cómo lo lleva tu novia?

Darren elevó una ceja. Aquello, más que una indirecta, le sonaba a un ataque frontal, pero se mantuvo serio.

—No puedo hablar por experiencia propia, lo siento —le contestó—. Pero puedes preguntar al teniente Levine, que tiene familia.

—Pero imagino que habrá tiempo para salir, ¿no? Relajarse… divertirse…

Se había inclinado ligeramente hacia él y Darren cogió la carpeta, retrocediendo a su vez.

—Es cuestión de organizarse, supongo —le contestó—. Zhao, ahora mismo creo que debes centrarte en las pruebas y lograr entrar. Ya tendrás tiempo de vida social después.

Con esas palabras se dirigió a la puerta y la abrió. Camilla suspiró, reconociendo una invitación a irse cuando la veía, y caminó hacia allí.

—Gracias por la charla —dijo—. Hemos oído de bares y sitios donde suelen ir los bomberos, seguro que alguno nos puedes recomendar. —Le guiñó un ojo—. O incluso llevar.

—No me encargo de las excursiones.

Camilla tuvo ganas de darle un manotazo, porque o no pillaba lo que le estaba diciendo o no quería. Pensó en seguir insistiendo, pero él estaba tan serio que no le pareció que serviría de mucho. En fin, ya probaría otro día alguna estrategia diferente. Le hizo un gesto de despedida con la mano y se marchó a su habitación.

Jesse estaba leyendo un libro sobre ordenanzas municipales cuando Ekekiela entró la habitación. El chico bajó el libro y le miró, sin saber cómo interpretar su expresión.

—¿Estás enfadado, alegre o qué te pasa? —preguntó—. ¿Qué te ha dicho el teniente?

—Sigo en la academia, que es lo importante —contestó él, quitándose la ropa.

—¿Entonces por qué no pareces feliz?

—No me vale ser bueno solo en lo físico. Y lo que hice con Talisa…

—Bueno, a ver, eso fue un poco estúpido, la verdad. Podías haber disimulado o algo para que no pareciera culpa tuya. De todas formas, acabas de decir que no te han echado, así que…

—¿No te parece mal que la dejara caer?

—Me parecería mal que me hubieras dejado caer a mí. Ellas… me da igual, qué quieres que te diga. Solo las veo como un impedimento para lograr mi plaza, están ocupando un sitio que no merecen.

Ekekiela había pensado igual, no tenía sentido negarlo, pero tampoco comentó nada sobre la reunión con Darren y el papel de Talisa en ella. No quería que pareciera que le estaban haciendo ningún favor, ni podía explicar bien por qué la chica había tomado aquella decisión. Él no lo habría hecho, seguro.

Se sentó en su cama y miró el libro de su compañero.

—Hay más. No puedo seguir como hasta ahora, Jesse. La parte física sola no me vale.

—La media…

—No, es que… —Señaló el libro—. Eso, por ejemplo. Es como chino para mí.

—Pues estudia más.

—No me entiendes. Lo leo, subrayo, pero no me entra.

—Es cuestión de hincar codos, no hay más.

Volvió su atención al libro como para remarcar sus palabras, por lo que el hawaiano se tumbó y cogió su propia copia. Abrió por el primer tema, que ya había leído unas tres veces, pero al terminar estaba igual que al principio: los datos se mezclaban en su cabeza y no conseguía retener ninguno. Necesitaba ayuda… y estaba claro que no la obtendría de su compañero de habitación.

Al día siguiente, el entrenamiento fue igual de duro que siempre, pero el ambiente era extraño. Ekekiela notaba las miradas de sus compañeros sobre él y no había que ser una lumbrera para suponer por qué: se preguntaban si les haría lo mismo que a Talisa, si podrían confiar en él en una situación de peligro. Y aquello era tan grave como suspender, no necesitaba que le recordaran que el trabajo en equipo era lo más importante en el trabajo ide bombero. De nuevo se dio unas cuantas collejas mentales por no haber calibrado en lo más mínimo las consecuencias de su estúpido acto durante el simulacro.

—¡Ekekiela, concéntrate! —le gritó Darren—. ¡Dos vueltas más, que te veo distraído!

El hawaiano no protestó, bajó la mirada y siguió corriendo, adelantando a Ryan, que se detuvo de pronto con un gesto de dolor. El chico levantó la mano y Darren se acercó, mirándolo de arriba abajo.

—¿Te encuentras bien? —preguntó.

—Un tirón, aquí. —Se tocó un gemelo—. Creo.

Darren se agachó y palpó la zona.

—Ve a la enfermería, que te miren. Puede que sea solo un tirón o que se te vaya a subir la bola, en cualquier caso, mejor que Angelina le eche un vistazo.

Ryan afirmó con la cabeza y salió cojeando de la zona de entrenamiento. No había mentido en cuando al tirón, aunque sí que lo había exagerado un poco. Ya ni le dolía, pero no tenía excusas para ver a la enfermera si no era pedirle el muñeco y eso ya lo había hecho dos veces, no podía repetirlo más sin llamar la atención.

La puerta estaba abierta, así que se asomó dándole unos golpecitos. La enfermera estaba dentro y, al verlo cojear, se acercó con gesto preocupado.

—¿Una lesión? —preguntó.

—Espero que no sea para tanto —comentó él, con una sonrisa—. Pero el teniente me ha mandado venir.

—Siéntate en la camilla.

Le cogió del brazo para ayudarlo a subirse. A Angelina le pareció que el chico se apoyaba en ella y se acercaba más de lo necesario, o quizá era cosa suya, que lo hacía inconscientemente. En cualquier caso, en cuanto estuvo sentado, evitó mirarlo a los ojos y se centró en su gemelo.

—Dime si te duele.

Se frotó las manos para calentarlas y le palpó la zona, apretando con más o menos intensidad.

—¿Sientes algo? —preguntó.

—Bueno, esa es una pregunta a la que podría responder de muchas formas.

A ella no se le pasó por alto el tono en que lo dijo: el chico estaba tonteando con ella, no había duda. Mientras pensaba cómo contestar, cogió un espray relajante muscular y roció el gemelo con él.

—Con esto se te pasará —dijo, decidiendo hacer como que no había oído nada—. Por si acaso, no fuerces la pierna hoy ni mañana.

—Vale. —Ryan se quedó en la camilla. Angelina había ignorado su comentario, pero no importaba, si había que ser directo, ya era hora—. ¿Te puedo hacer una pregunta?

—Adelante.

—¿Qué haces este fin de semana?

Y entonces ella lo miró, sorprendida. Bien, se había acabado el coqueteo y el chico había ido directo a preguntar. Abrió la boca para contestar, pero la cerró de nuevo, insegura. ¿Por qué no?, pensó. ¿Por qué no le decía que no tenía nada que hacer?

Se dio la vuelta y se alejó, contestándose también ella misma: Ryan era más joven, iba a ser bombero… No, no quería complicarse la vida.

—Estoy muy liada —contestó, fingiendo estar ocupada con un cajón de instrumental—. Los fines de semana también.

—Entendido.

Ryan bajó con cuidado de no hacerse daño y se marchó de la enfermería. Vaya, se lo había dejado bastante claro… Tendría que dejar de pensar en ella, aunque en aquel momento no le pareció que fuera una tarea fácil. No sabía qué tenía la mujer, pero no podía quitársela de la cabeza.

Fue a contarle a Darren el tema del reposo, pero en lugar de enviarlo a su habitación, el teniente le indicó que se fuera a uno de los bancos a levantar pesas.

—En los brazos no te pasa nada, ¿no? —dijo.

Ante aquello Ryan no tenía nada que decir, así que obedeció mientras los demás hacían un circuito de obstáculos.

Al saltar de un neumático a otro, Talisa tropezó, pero antes de llegar al suelo notó que una mano fuerte la sujetaba del brazo y le impedía caer. Al levantar la vista, se sorprendió al ver que era Ekekiela, quien al parecer solo necesitaba un dedo para enderezarla.

—Gracias —dijo.

—No hay problema.

—¿Te está molestando? —preguntó Camilla, llegando a su altura junto con Abby.

—No, todo en orden.

—Ya que estáis aquí… —empezó él, tragando saliva antes sus miradas llenas de desconfianza—. Quería pediros disculpas a vosotras también. No me he portado como un buen compañero.

Las dos chicas se miraron entre sí, pensando si habrían escuchado mal.

—¿Es algún truco? —preguntó Abby.

—¿Te ha obligado el teniente Shaw a disculparte con todas nosotras? —dijo Camilla, suspicaz.

—No, no, es cosa mía. De verdad, lo siento. Sé que he perdido la confianza de todos por lo que pasó…

—Más bien lo que hiciste, no pasó solo —corrigió Abby.

—Sí, lo que hice. Lo admito. Pero no volverá a ocurrir, lo prometo.

—Las cosas se demuestran actuando, no hablando —dijo Camilla.

Siguió corriendo y Abby se unió a ella. El chico suspiró y Talisa, que iba a continuar, se quedó a su lado.

—Tienen razón —dijo—. Así que lo único que necesitas es tiempo.

—No solo eso. —Suspiró—. Necesito algo más, necesito ayuda.

—¿Ayuda para qué? —Hizo un gesto abarcando el circuito—. Si esto lo haces sin sudar.

—Con la teoría. Ya oíste al teniente y no es ningún secreto: no se me da nada bien. En las clases con Levine presto atención, de verdad que lo hago, pero luego cojo los libros… y es como si estuvieran en otro idioma.

—Es que él lo explica para que los entendamos, pero la terminología no es tan fácil en los manuales.

—Ya, ese es precisamente el problema.

Talisa dudó, observándolo. ¿Es que ninguno de sus amigos lo ayudaba? Visto lo derrotado que parecía y los resultados de los exámenes, ya tenía la respuesta. Seguro que ni siquiera se lo había pedido, tenía pinta de que su orgullo se lo impedía. Por otro lado, Jesse no parecía de los que ayudaban, y aunque Ryan no le inspiraba esa antipatía y el chico resultaba más cercano, tampoco podía asegurarlo. No estaba segura de sí se arrepentiría de la decisión, pero…

—Si quieres puedo ayudarte —ofreció.

Ekekiela la miró por si estaba bromeando. Se lo merecería, después de lo ocurrido, pero la rubia permanecía seria.

—Mira, a mí se me da bien —continuó la chica—. Y está claro que a ti esto. Yo entreno todas las mañanas, el teniente me ha dado algunas tablas para mejorar… pero me vendría bien alguien para ayudarme. Ya sabes, controlar el cronómetro, cambiar las pesas…

—De acuerdo. —Jimmy se apresuró a aceptar, no fuera a cambiar de idea—. Lo que sea.

—Genial. Pues quedamos después de las clases con Levine y hacemos un plan, ¿te parece?

—Perfecto.

—¡No veo movimiento por esta zona! —gritó Darren, que se había acercado a ellos—. ¡Vamos, el circuito no se hace solo!

Frunció el ceño mientras veía a los dos aspirantes continuar corriendo. ¿Se habría equivocado al dejar que Talisa decidiera? Porque en ese momento parecían muy unidos. A ver si ahora debía preocuparse de que se volvieran demasiado «amigos».

Apartó la vista, molesto porque lo sucedido en la enfermería volvía a su mente. Había intentado apartarlo a una esquina, olvidarlo como si no hubiera ocurrido, pero nada: ahí seguía. Sintió un hormigueo en las yemas de los dedos, casi podía sentir la piel de Talisa en ellos y…

Mierda, ya estaba otra vez. Dio un par de palmadas y les gritó para que corrieran más, decidido a hacerlo él también en cuanto terminaran. Cualquier cosa para desfogarse y distraer su mente.

Como resultado del aumento en la intensidad de los ejercicios, cuando llegaron a las clases teóricas estaban todos más agotados de lo normal. Por suerte, el teniente Levine no iba a darles un discurso sobre las leyes medioambientales, como tocaba, sino que cuando entraron, vieron que había un oficial de policía junto a él.

—Buenas tardes —saludó—. Teníamos preparada la visita de la policía para mañana, pero por problemas de agenda la hemos cambiado a hoy. El capitán Maple está aquí para hablar de sus competencias, para evitar problemas entre departamentos. Con frecuencia, los bomberos interfieren en el trabajo de la policía y viceversa, así que se acordó dar a cada promoción unas clases especiales sobre cuando es asunto del cuerpo de bomberos, del cuerpo de policía o de ambos a la vez.

Ryan le dio un codazo a Jesse.

—Esto te lo sabrás bien, ¿no?

El chico afirmó con la cabeza, aunque como agente de tráfico, sus responsabilidades no eran muy complicadas y para nada heroicas. Una vez hizo el intento de demostrar que valía para más que eso. Mientras ponía una multa de aparcamiento, descubrió humo saliendo de una casa y había entrado antes de que llegaran los bomberos y la policía… Le pareció buena idea hasta que el humo lo había obligado a salir y, además, después lo informaron de que el sofá que se había quemado lanzaba emisiones tóxicas, por lo que podría haberse ahogado. La bronca por parte de su superior y por la policía cuando llegaron al lugar resultó memorable.

El capitán dio las gracias al teniente Levine y avanzó para dirigirse a los aspirantes. Sacó su placa y se la mostró.

—¿La veis bien? —Todos afirmaron—. Perfecto. Porque si no tenéis una de estas, no podéis tener un arma. Que se os quite de la cabeza, no importa lo que os encontréis cuando entréis en un edificio en llamas, un derrumbamiento o cualquier otro accidente. Puede ocurrir que tengáis que intervenir porque alguien se haya quedado atrapado en un coche al chocar con otro. Bien, no es vuestro trabajo decidir de quién es la culpa: ayudaréis a ambos conductores por igual. Da igual si oléis alcohol o veis pastillas. Nos lo explicaréis en vuestro informe, pero no podéis actuar de ninguna manera contra ellos.

El teniente Levine cogió unas hojas que tenía sobre la mesa y repartió por toda la clase. En ella había unas tablas comparativas con acciones propias de la policía y de los bomberos, cómo se debía actuar cuando cada uno llegaba y así evitar conflictos o impedir la buena actuación del otro.

—Lo más importante, siempre, es la coordinación —continuó el capitán—. Ninguno estamos para fastidiar al otro, todos hacemos nuestra parte y si cooperamos, las situaciones de peligro se resuelven, no se empeoran. ¿Alguna pregunta?

—¿Estás casado? —Se escuchó la voz de Camilla, lo que hizo reír a todos y aligeró el ambiente.

—Os aseguro que vuestra futura pareja debe ser paciente y comprensiva —sonrió el capitán—. La vida del policía o bombero es muy dura, no se puede dedicar mucho tiempo al hogar. Conozco cantidad de matrimonios que se han roto por este motivo.

—¿Por qué? —preguntó Jesse—. Por tradición, el hombre ha trabajado toda la vida fuera de casa mientras la mujer se quedaba dentro. ¿Por qué con esto es diferente?

—Pues porque ahora hay muchas más mujeres en ambos cuerpos —explicó el capitán Maple— Las mujeres empiezan a ocupar cargos importantes que antes se reservaban a hombres y eso es un hecho probado con estadísticas. Desde el punto de vista marital, un hombre lleva peor que su esposa se ausente durante períodos largos por trabajo.

—Lógico. Yo no toleraría esa situación —comentó Jesse.

Escuchó unos breves abucheos, pero no se dejó provocar.

—Bueno. —El capitán parecía divertido—. No se puede negar que, hoy en día, las mujeres progresan de modo imparable. No solo son más pequeñas y comen menos, sino que trabajan más y son más fuertes psicológicamente.

Jesse decidió dejar de escuchar aquellas tonterías y volvió a revisar la lista y el lado al que, hasta hacía poco, había pertenecido. Pensaba que echaría de menos no estar en la academia de policía en lugar de allí, pero el sentimiento no apareció. Siempre había querido subir, cambiar de puesto, ser un policía de verdad. Pero solo había encontrado dificultades. Demasiadas piedras en el camino, demasiada gente que ascendía o cambiaba a algo mejor por enchufe en lugar de por méritos. Había generaciones enteras de policías cubriéndose entre ellos y había llegado un punto en el que había visto que no lograría nada más que poner multas o dirigir el tráfico. Aquello lo había frustrado hasta el límite y al ver que se abrían las pruebas para bombero, había decidido probar suerte. Sí, sabía que también había familias enteras en el cuerpo, pero necesitaba un cambio y también había comprobado que las pruebas eran iguales para todos: ahí no existía enchufe ninguno. Estaba decidido a aprobar y en sus planes no había opción B: no pensaba volver a su vida anterior. Tensó el puño el pensar en todo ello y se obligó a relajarlo al ver que había comenzado a arrugar el papel.

—¿Te pasa algo? —le susurró Ryan, al notar su expresión.

—No, nada.

Su tono fue seco, pero no quería hablar con él ni con nadie de aquello. Su exmujer era parte de aquella vida anterior y no quería desperdiciar ni un minuto pensando en aquella traidora, aquella mentirosa que mientras le sonreía cuando volvía agotado de un turno en la calle a pleno sol, y parecía preocuparse por él, en realidad se había estado acostando con su mejor amigo. Exmejor amigo, se corrigió, porque a veces no sabía qué traición le había dolido más: si la de él, o la de ella.

Ya no importaba. Aquella era su nueva vida, empezaba de cero y nunca volvería atrás.

CAPÍTULO 11

El lugar elegido para la celebración oficial de la mitad de curso fue el Blend Lounge. La idea había partido de Camilla, quien pensaba que ya les iba haciendo falta una buena noche de fiesta para despejarse un poco de tanto entrenamiento y estudio.

Lo había propuesto el lunes en el aula, minutos antes de que llegara el teniente Levine, y como respuesta llovieron los aplausos. Implicaba quedarse el fin de semana en la academia sin ir a sus pisos o de visita familiar, pero nadie se excusó: todos necesitaban desconectar. Las clases se habían vuelto muy duras a todos los niveles y solo quedaban veinte, después de que durante la última semana cuatro fueran expulsados.

—¿Por qué un sitio tan pijo? —preguntó Jesse, que ponía pegas a todo por defecto.

—Somos de categoría —se burló Camilla, dedicándole una mueca.

—Vamos a parecer una excursión escolar —protestó alguien, desde las filas traseras.

—¡A ver! —La chica dio unas palmadas para restaurar la calma—. No hace falta ir todos juntos como en una procesión, joder. Quedamos allí y que cada cual vaya con quien quiera y a la hora que le apetezca. Si la idea es celebrar que hemos superado los tres meses y así conocernos mejor, eso es todo.

Aquello pareció despejar las posibles dudas, de forma que Camilla escribió en la pizarra el nombre del club y las ocho como hora oficial.

Segundos después apareció el teniente Levine, quien echó una mirada hacia esa pizarra y sacudió la cabeza, con algo similar a una sonrisa.

—Recuerden, nada de fumar. Nunca se sabe cuándo pueden caer análisis por sorpresa.

Se dio la vuelta para borrar la pizarra.

—¿Puedo invitar a mi amiga Leona? —susurró Abby—. No sé si querrá venir ahora que tiene una especie de relación, pero lo mismo se anima.

—Sin problema —contestó Camilla—. Así estarán más repartidos estos mendrugos. —Sus dos amigas empezaron a soltar risitas—. ¿Qué? ¡Son unos pesados, todo el día tirando la caña a ver si alguna pica!

—Desde que aquel policía dijo que era difícil mantener una relación —siguió Abby—. Deben creer que lo más sencillo es buscarse la novia aquí mismo.

—Qué divertido, ¿os imagináis? —Camilla se echó a reír sin alzar el tono—. Tener a tu pareja en el mismo turno. ¿Cuándo te lo…? —Talisa le dio un manotazo al darse cuenta de que el teniente Levine las observaba con el ceño fruncido—. Perdón, teniente.

—Abandonen el Blend Lounge hasta el sábado y vuelvan conmigo, por favor. Hoy tenemos una interesantísima tarde en la que hablaremos de salvamentos en espacios reducidos, así que abrid el libro por la página setenta y dos.

Se escucharon algunos gemidos tímidos, pero el teniente Levine alzó una ceja y regresó el silencio, solo interrumpido por el sonido de las hojas.

Abby trató de concentrarse en la lectura sin demasiado éxito. La noche anterior había recibido la llamada semanal de su exmarido y, a pesar de haber respondido con cautela, él parecía mucho más accesible que las otras veces. Se interesó por su experiencia en la academia, sorprendido porque se hubiera decantado por algo así cuando jamás la había escuchado expresar ningún interés hacia el cuerpo de bomberos. Abby no le confesó que lo hacía por un reportaje, hacía tiempo que él parecía orgulloso de ella y de verla centrada, así que mejor no sacarlo de esa idea. Si creía que era responsable, quizás valorara la idea de dejar volver a Deke… siempre que su hijo estuviera de acuerdo, por supuesto.

Por otro lado, y pese a que su trabajo evolucionaba de manera favorable, cada vez se sentía más atraída por aquel mundo. A veces fantaseaba con la idea de dedicarse a ello, pero rápidamente la desechaba: era incompatible con su hijo. Y ella prefería la comodidad de un despacho, ¿no?

Leo le dio un toque en el brazo para que regresara a la clase y Abby le sonrió. El chico, siempre tan atento… no se podía quejar del equipo que formaban, ambos llevaban los exámenes muy bien y tampoco podían quejarse de sus marcas en la parte física. Trabajaban duro, el descanso del sábado les iría genial.

Talisa miraba el libro distraída cuando notó que Camilla alargaba la mano hacia ella para dejarle una nota. A veces parecía tan adolescente…

Cogió el papel y lo desplegó:

«¿Qué te vas a poner el sábado?»

Talisa miró a su amiga y se encogió de hombros. ¡Aún era lunes y Camilla ya estaba con la cabeza en el sábado! ¡No tenía remedio! Por otro lado, era bueno verla emocionada por salir de fiesta, y quien sabía, tal vez de ese modo dejara de hablar todo el tiempo de lo frustrada que se sentía por no recibir respuesta del teniente Shaw. Ojalá Talisa hubiera podido expresar su frustración en voz alta también, pero no le quedaba otro remedio que callarse y disimular. Le había resultado imposible quedarse otra vez a solas con él, y como Ekekiela se portaba bien, tampoco había motivos para que ella fuera a verlo. Su lado racional le recordaba que era lo mejor, que no tenía sentido implicarse con alguien en una academia si después iba a terminar destinada a saber dónde, que además no estaba bien… pero su lado menos sensato no hacía otra cosa que azuzar y llenar su cabeza de malas ideas, ideas que lograba mantener a raya a duras penas. Bueno, la idea de salir de juerga no resultaba tan descabellada, con suerte podría quitárselo de la cabeza, aunque solo fuera una noche.

Al menos, en el resto no tenía problemas… arriba en la teórica y con una mejoría importante en las marcas físicas, tanto que ya no estaba en la parte final de la lista ni de lejos. Ekekiela se tomaba el tema muy en serio, así que, de la noche al día, había pasado a tener una especie de entrenador personal. Se notaba que sabía mucho del tema al haber sido monitor deportivo, y ella pronto aprendió cómo y cuándo usar la fuerza para superar sus debilidades. Y al revés también funcionaba: descubrió que Ekekiela era incapaz de memorizar textos como un papagayo, pero que reaccionaba bien cuando había que debatir, así que trabajaban en los temas y después hablaban de ellos como si estuvieran charlando de cualquier otra cosa hasta que él era capaz de contar el tema de arriba abajo sin dudas. La terminología resultaba complicada, pero Talisa notó que cuando estaban en la sala de estudio solos, Ekekiela se relajaba y asimilaba mejor los conceptos que en las clases ante la atenta mirada del teniente Levine y el resto de sus compañeros. Puede que parte de su problema fuera el temor a parecer idiota delante de los demás.

«No vas a ir en vaqueros y ya. Bastante desastrosas vamos aquí».

Talisa se preguntó cuando habría llegado esa nueva nota a sus manos. La metió bajo el libro y señaló al teniente Levine, a lo que Camilla puso los ojos en blanco y meneó la cabeza, justo como había hecho Gail toda la vida.

Al cuerno, ya no tenía quince años, sino veinticuatro. No se iba a morir por despistarse un poco en alguna clase, así que cogió el papel, garabateó algo en él y se lo devolvió a Camilla.

«¿Quieres que te preste un vestido para que te tape justo el culo y los pezones?»

Camilla soltó un resoplido, mordiéndose la lengua para no echarse a reír. Vio como el teniente la miraba con el ceño fruncido, así que lo transformó en una especie de ataque de tos raro que, si bien no engañó a nadie, logró que al fin dejara las notas y prestara atención a la clase.

El Blend Lounge se encontraba en una calle animada, y era un lugar muy sofisticado con un llamativo letrero en luces de neón. Dentro, el local estaba decorado de manera minimalista, y aunque poseía algunas mesas altas con sus sillas correspondientes, casi todo el local estaba destinado a la pista. La barra era sencillamente espectacular, con tantas botellas y camareras como cartas de cócteles. También servían comida, pero no era lo más habitual por la noche.

Leo reconoció al instante el ambiente que en tantas ocasiones había frecuentado cuando salía con cierta asiduidad. No es que no le gustara, aunque le recordaba demasiado a la vida que pretendía dejar atrás… quizás se hubiera sentido más cómodo ante unas cervezas en un pub normal, pero el sitio estaba decidido, así que no daba tiempo a cambios de última hora.

Aparcó el coche en la calle paralela y miro de reojo a Abby, que iba sentada en el asiento del copiloto. Era la noche perfecta para tratar de acercarse a ella, todas estaban de buen humor y felices por la idea de salir a divertirse… y seguía impactado desde el momento en que la había visto llegar. No es que no estuvieran todas guapas, pero claro, él solo tenía ojos para la morena… que esa noche le iba a costar apartarlos de ella, con aquel vestido rojo que llevaba puesto. Y encima hablaba con él y se reía como si nada, totalmente inconsciente de lo que provocaba.

—¡Venga, chicas! —exclamó Camilla, saliendo del coche.

Cruzó la carretera sin esperar a nadie, directa al local.

—¿Qué pasa, se ha sentido poseída por la música disco? —se burló Talisa.

—Oye, ¿cómo quedamos después? —preguntó Abby, mirando a ambos—. ¿Juntos, cada uno por su cuenta…? Que ya se sabe, la gente se desperdiga por ahí, desaparecen, unos quieren irse antes, otros más tarde…

Leo y Talisa se miraron, desconcertados.

—Seguro que nos vamos viendo durante la noche —comentó Leo, quien de hecho no tenía la menor intención de alejarse de ella.

—Existen los taxis —añadió Talisa—. Y tampoco estamos tan lejos de la academia.

—Me muero de ganas de ver a Leona, venga, vamos.

Fue detrás de Camilla a toda prisa, mientras Leo la observaba.

—Oye, esa Leona seguro que solo es amiga, ¿no? A ver si van a ser algo más y…

—¿… aquí estás tú, perdiendo el tiempo? —terminó la rubia, divertida.

Él pareció ofendido.

—Leo, que no pasa nada. Si es obvio que tenéis muy buen rollo… además, tiene exmarido y un niño, así que supongo que le gustan los hombres.

Leo suspiró, rodeándola con el brazo mientras cruzaban.

—Ya, el tema del niño aún no lo hemos hablado, pero a mí no me importa.

—Hace poco que se ha divorciado… no lo tomes como algo personal, es muy posible que no esté siquiera pensando en echarse novio.

—Ya, yo tampoco he mencionado esa palabra.

—Por si acaso, que pareces de esos de relaciones formales.

Talisa le dio una palmadita y entró en el local, dejándolo confuso. ¿Tan transparente era? ¿A lo mejor Abby no demostraba interés porque no quería ninguna relación y por lo visto, él llevaba un letrero luminoso de «mejor novio»? ¿Por qué se había fijado en una mujer con tantos problemas a sus espaldas?

Suspiró, entrando detrás de la rubia, aunque la perdió de vista a los tres minutos.

Talisa se sentó en la barra, pensando lo larga que se le iba a hacer esa noche. Camilla ya estaba hablando con un grupo de chicos en medio de la pista, y Leo parecía tener toda la intención de acaparar a Abby, así que… ¿y si hacía una bomba de humo?

Aunque, ¿no había decidido intentar divertirse para olvidar el tema de Darren? Pues eso. Le hizo una señal al camarero, que se acercó al mismo tiempo que Ryan.

—Eh, hola —saludó el chico, ocupando el taburete que había junto a ella—. ¿Qué tal? ¿Te importa si te acompaño?

—No, para nada. ¿Qué quieres? Yo un twist italiano.

—Una cerveza —dijo Ryan, deslizando un billete sobre la barra—. Un twist italiano, veo que eres de sabores cítricos.

—¿Cómo lo sabes?

—He sido camarero. —Ryan apoyó los codos sobre la barra—. Las cartas de cócteles no tienen secretos para mí. Ni las cocinas de las hamburgueserías. —Sonrió—. ¿Y tú? ¿A qué te dedicabas antes de aspirar a apagar fuegos?

—Trabajaba en un parque infantil y en un cine. Una mierda de trabajos, sí, pero me gusta ser independiente sin ayuda paterna.

—No, si ya se nota que eres de ideas fijas —se burló Ryan.

Ella le dedicó una mueca, agarrando su copa. Parecía que en la academia no sabías cómo acertar, si era tu vocación se burlaban de ti, si no lo era… se burlaban también.

—Oye, que era una broma. En realidad, es algo que admiro —se apresuró a decir Ryan—. Ojalá yo lo hubiera tenido tan claro, no habría perdido el tiempo en trabajos basura.

Talisa lo miró de reojo. Ryan no parecía afectado, vestía muy informal (quizá demasiado) y estaba claro que no pedía bebidas sofisticadas ni siquiera en un local donde componían el noventa por ciento de la carta. Sí, podía imaginar la humildad de sus orígenes, pero lo cierto era que no sabía casi nada de él, excepto que jamás se marchaba los fines de semana ni mencionaba a su familia.

—¿Tus padres no viven aquí? —preguntó—. Nunca vas a visitarlos.

Él dio un sorbo a su cerveza.

—No, de eso no tengo.

—¿El qué? ¿Padres?

—Exacto. Crecí entre servicios sociales, ya sabes, muy glamuroso. Digamos que llevo buscándome la vida desde pequeño… no ha sido un camino fácil, pero ahora estoy aquí. Y no voy a perder esta oportunidad.

La rubia lo examinó unos segundos antes de sacudir la cabeza.

—¿Por qué te relacionas con Ekekiela y Cortez? No pareces tener nada en común con ellos. Es decir, eres normal. Simpático incluso.

—Ya, no sé. Los conocí el primer día y como no soy muy abierto… mira, hablando de ellos, ahí se acercan. Aunque ahora Ekekiela y tú os lleváis bien, ¿no? Es una cosa rara.

Ella se encogió de hombros.

Ekekiela se detuvo para terminarse la bebida y dejarla en la bandeja de una camarera que pasaba por allí en aquel momento. Iba directo a reanudar la marcha cuando notó que Jesse lo sujetaba por el brazo, así que ladeó la cabeza hacia él.

—¿A dónde vas?

—Pues a saludarla, ¿tú qué crees?

—A ver, que yo me entere. —Jesse lo agarró de los hombros para que se girara del todo hacia él y pudiera verle la cara—. No has hecho más que mirarla desde que ha llegado. ¿Primero no la soportas y ahora te mola? Porque por abstinencia no creo que sea.

Ekekiela procesó las palabras de Jesse, pero ya se había tomado tres copas y el alcohol comenzaba a hacer su efecto, mezclándolo todo.

—Me ha ayudado un montón —contestó.

—Y por eso no dejas de mirarle el escote, porque el cerebro es lo que más te gusta de ella.

—Bueno, ¿y a ti que más te da? —protestó Ekekiela, tratando de zafarse de sus brazos.

—No, lo que digo es que puedes enrollarte con cualquier tía de este local y así no cometer un error, ¿no?

Ekekiela entrecerró los ojos, pensando en sus palabras. No comprendía por qué Jesse creía que tener algo con ella iba a estropear las cosas. No era como si solo pensara en un rollo de una noche, que era lo habitual, porque durante el tiempo que pasaban juntos ayudándose habían tenido tiempo de charlar. De contarse cosas sobre sus respectivas vidas. Y resultaba que se llevaban bien, ¡hasta se reían! Si además se podían entender en ese otro terreno, mucho mejor.

Además, le parecía tan angelical que solo deseaba llevarla por el mal camino. Y eso que aquel vestido azul que tenía puesto no se veía demasiado inocente, pero le daba igual: era un depredador sexual y tampoco se planteaba mucho más, aunque Jesse tuviera una pizca de razón en lo que decía.

—¡Ekekiela! Lo vas a estropear.

—Pero yo...

—¡Hola! —Camilla apareció para interponerse entre los dos, chispeante y con los ojos brillantes a causa de las endorfinas y el alcohol—. Venga, que somos compañeros y tenemos que hacer migas, ¿cuál de vosotros me invita a una copa?

—Jesse estará encantado —intervino Ekekiela, empujando a su amigo hacia la joven.

—¿Qué, yo? Ni de coña, loca, si crees que me vas a sacar las copas gratis…

No terminó la frase al ver que Camilla no le hacía el menor caso, arrastrándolo de la camiseta hacia la barra. Se apoyó en ella, fastidiado, mientras veía como Ekekiela iba directo hacia la rubia sin la menor vacilación.

—Toma. —Camilla le alargó un vaso de chupito—. He pedido el tren de ocho. Yo te invito, pero hay que bebérselos en cinco minutos. ¿Te atreves?

Jesse alzó la ceja, pero no existía desafío al que dijera que no, así que aceptó el vaso y se lo tragó de golpe. Hizo una mueca al notar que le abrasaba la garganta, pero no emitió la menor queja, porque Camilla se los bebía como si fueran agua y él no podía quedar por debajo.

Una vez se terminaron todos, parpadeó.

—No sé si seré capaz de levantarme de aquí —repuso, y la miró—. ¡No imaginaba que bebieras como un camionero!

—No te dejes engañar por mis delicadas facciones, soy una chica dura.

—¿Tus delicadas facciones? —repitió él, burlón—. No eres tan guapa como te crees.

—¡Y esto me lo dice el tío más feo de toda la academia! Deberías estarme agradecida, si soy la única mujer que va a invitarte a una copa hoy.

—¿Me acabas de llamar feo? —preguntó Jesse, pasmado.

—No es nada personal, no me atraen mucho los puertorriqueños, eso es todo —contestó la chica, sin dejar de sonreír.

—Soy de Pensacola, pero bueno. Que a mí tampoco me gustan las chinas, vaya, por mucho que se vistan de chica mala.

Ella se miró, sin comprender que tenía en contra de su ropa. Al final había pasado de ponerse un vestido, ella era más de pantalones de piel apretados y camisetas rockeras, todo ello coronado con un montón de maquillaje y unos buenos tacones.

—Seguro que en realidad eres una niña de mamá y hoy vas disfrazada. ¿A qué te dedicabas antes, si se puede saber?

—Era tatuadora.

—¡Una tatuadora sin tatuajes! —exclamó Jesse, después de corroborar que no veía ninguno en los brazos o cuello.

—Tengo tatuajes, gilipollas, pero no están a la vista.

—Y ahora vas de tímida. Mira. —Jesse se levantó la camiseta, dejando su estómago al aire y haciendo que Camilla retrocediera—. No te va a morder, chica.

El tatuaje, un águila con las alas desplegadas, no era original, pero sí estaba muy bien hecho. Camilla lo observó, sorprendida, pero al ver su expresión decidió que no quería parecer una remilgada, de modo que se dio la vuelta y se levantó su propia camiseta para enseñarle la cintura. Allí llevaba uno de sus favoritos, un dragón chino de la suerte, y para mostrarlo entero hubiera tenido que quitarse los pantalones, algo que no pensaba hacer.

—¡Anda! —exclamó Jesse, olvidando su tono pedante y mordaz—. ¡Es enorme! Me gustan un montón los tatuajes con color, mira este.

Le dio la espalda a su vez, estirando de la camiseta hasta llegar a los omoplatos. Debajo surgió un complicado reloj lleno de colores con una frase debajo: «Aprovecha el momento». Camilla estuvo a punto de tocarlo, pero no lo hizo. Ahora que se fijaba, Jesse estaba en bastante buena forma, después de enseñarle el material por delante y por detrás se podía decir que…

—¿Tienes algún otro? —preguntó el chico, con expresión interrogante.

Camilla se hizo la remolona, recorriendo el lugar con la mirada. Descubrió que Abby y Leo bailaban en la pista, y al parecer se lo estaban pasando de maravilla, seguramente gracias a un exceso de alcohol. Localizó a Talisa en la barra, a la cual acababa de llegar Ekekiela.

—¿De qué habláis? —preguntó este, lanzando una mirada a Ryan que pretendía ser una indirecta para que desapareciera.

No debía estar muy fino, porque Ryan no se movió.

—¿Estás bien? ¿Has bebido demasiado?

—Puede… ¿y si me traes un poco de agua?

Esa vez, Ryan pareció captar la indirecta, porque asintió antes de alejarse hacia el otro extremo de la barra. Mierda, en realidad se había acercado a Talisa con intención de pedirle consejo respecto a Angelina y se veía expulsado antes de conseguirlo…

Talisa le echó un vistazo a Ekekiela y enseguida notó que, en efecto, había bebido de más. Y también percibía sus intenciones, que eran muy obvias… Se notaba que el hawaiano estaba acostumbrado a tener a cualquier chica con solo lanzar una mirada, y a lo mejor en otras circunstancias le hubiera parecido hasta bien, pero no esa noche. Ahora que por fin tenían una relación amistosa y empezaba a parecerle humano, no quería que lo estropeara con un absurdo intento de ligue.

—Déjame invitarte a algo —comentó él—. Qué menos, después de cómo me he portado.

—No hace falta…

—Sí, sí, quiero compensarte —insistió Ekekiela, sin dejar de estudiar aquel vestido, ya buscando la manera de desabrocharlo.

Talisa tuvo claro que pretendía compensarla arrancándole el vestido o algo así, lo que la hacía sentir muy incómoda. Sus marcas iban perfectas, trabajaban bien juntos y lo último que quería era estropear ese ambiente. Pero eso sucedería si lo rechazaba, seguro, los tipos como él no se tomaban muy bien las calabazas. Tendría que recurrir a otro truco, de modo que se deslizó taburete abajo y le hizo un gesto.

—Voy un segundo al lavabo y vuelvo.

—¿Y qué quieres tomar?

—Cualquier cosa, decide tú. —Le dedicó una sonrisa antes de desaparecer.

Pasó junto a Camilla, quien al parecer estaba jugando a alguna clase de perversión con Jesse en la que ambos se mostraban mutuamente partes de su cuerpo. La morena se detuvo al instante, bajándose la camiseta que unos segundos antes tenía a la altura del cuello.

—¡Hey! ¿Te vas?

—Solo a tomar el aire —mintió Talisa, convencida de que su amiga no la dejaría salir si presentía que el destino final era la cama de su habitación.

—¿Te acompaño?

—No, tranquila, tu sigue… haciendo lo que sea que estés haciendo —contestó Talisa, dejándolos solos, no sin antes lanzar una mirada de desconfianza hacia Jesse.

Dios, solo esperaba que Camilla no se enrollara con él. Que el tío era un borde de cuidado… Se sintió aliviada al salir a la calle y dejar atrás el barullo del local. Quizá Gail tuviera razón y nunca hubiera sido una juerguista, solo sabía que se sentía fuera de lugar entre tanta gente bebida que bailaba apretujada en un espacio reducido.

Tampoco era que le esperara nada mejor en la academia, la verdad, pero lo prefería a pasar el domingo tirada en la cama con una resaca de las que hacían época. Ella no era así, y en realidad, lo único que lamentaba era haber perdido tiempo poniéndose mona para nada.

Cogió el primer taxi que vio, no fuera que Ekekiela sospechara que acababa de dejarlo plantado en la barra y saliera a buscarla.

Abby se miró en el espejo, estudiando su reflejo con mirada crítica. Había entrado con la idea de retocarse el maquillaje, pero después de cuatro apple martinis bien cargados desconocía si había puesto el lápiz de ojos en su sitio, o el brillo en los labios y no en el pelo.

Leona salió del lavabo con una risita, recolocándose la falda, y se acercó hasta ella.

—A ver, ¿voy bien maquillada? —preguntó Abby—. Que cuando bebo de más siempre pienso que estoy bien y luego veo alguna foto y estoy para echar a correr…

—Mmmm. —Leona la observó unos segundos—. Bien, bien. Estás perfecta.

Abby no pareció muy convencida, sobre todo porque Leona aún llevaba puestas las gafas de sol y dudaba de que enfocara bien, pero tendría que confiar en que sus manos trabajaran por inercia a la hora de retocar maquillaje y no dependieran de su estado cerebral.

—Oye, ese tío tan grande de pelo largo que hay por ahí, ¿crees que querrá ligar?

—¿Quién? ¿Ekekiela? —Abby se ahuecó el pelo un par de veces antes de darse la vuelta—. ¿Y qué pasa con Finn?

—¿Qué pasa con Finn?

—¿No me dijiste que estabais juntos?

—No, te dije que hacíamos cosas juntos, pero no en exclusividad. La vida es muy breve para ir de monja. —Leona se echó a reír al ver su cara—. ¡Pero si él hace lo mismo, no te preocupes! Y tú también deberías espabilar, ya puestos.

La morena levantó una ceja de manera interrogativa.

—Sí, no me mires extrañada, tienes a ese chico rubio tan mono detrás de ti y no dejas de hacerte la tonta, ¿por qué no le das una alegría al cuerpo?

—¿Leo?

—Mira, aquí el nombre es lo de menos. Solo sé que un chico que consigue bailar sin parecer un imbécil se merece un poco de sexo. ¿No le encuentras atractivo?

—Es guapo, claro, pero… no sé, como nos llevamos tan bien siempre lo he visto como un amigo.

—Mucho mejor, así puedes repetir cada vez que te apetezca. De verdad, no sé por qué nos complicamos tanto a veces… Te espero ahí fuera, aunque si eres lista me dejarás plantada.

Leona se arregló como pudo la melena y abandonó el lavabo, aún con las gafas de sol en la cara. Abby volvió a mirarse en el espejo, aún con las palabras de su amiga en la cabeza. ¿Tener una aventura de una noche con Leo? Lo cierto era que, cuanto más lo pensaba… mejor idea le parecía. Porque claro, llevaba bastante tiempo sin enrollarse con nadie, y aunque un novio no era lo que buscaba en ese momento, un rollo de una noche no tenía tantas complicaciones.

Salió de los lavabos para regresar a la barra, donde Leo charlaba con Ryan. A medio camino divisó a Leona, que se encontraba al lado de Ekekiela y se reía a carcajadas.

Madre mía, su amiga no perdía el tiempo, no. Se acercó hasta los chicos con una sonrisa y dio un sorbito a su quinta copa.

—¿Dónde están los demás? —preguntó.

—Ni idea —respondió Ryan—. A algunos he dejado de verlos hace un rato. Camilla le está dando la paliza al que pone la música para que suene no sé qué tema, y Ekekiela ahí está, rodeado de féminas que se lo disputan.

—¿Y tú qué? —preguntó Leo, rodeándole con el brazo para ejercer una pequeña presión mientras le lanzaba una mirada—. ¿No hay nada que te guste a la vista?

Ryan notó hacia donde se encaminaban sus palabras, y suspiró. Se bebió la copa de un trago antes de darle una palmadita al rubio.

—Sí, por supuesto, no sé por cuál decidirme. Os veo después —dijo, guiñando un ojo a Abby.

Ella soltó una risita y esperó a que se marchara del todo antes de mirar a Leo.

—Eso no ha sido muy sutil.

—Es que me apetecía charlar un rato contigo, eso es todo —contestó él—. Y llevan toda la noche interrumpiéndonos. Antes me decías que te preocupa un poco el segundo período del curso, ¿no?

La joven juguteó con su copa, asintiendo.

—El nivel está subiendo. Es lógico, si lo piensas, porque las plazas son limitadas, pero aun así tengo miedo de quedarme a mitad de camino, ¡eso sería tan frustrante!

—No creo que ocurra.

—Por otro lado, si apruebo, ¿qué haré? —murmuró Abby, dando vueltas en su cabeza a la idea de continuar su carrera como periodista o no.

El borrador resultaba ser bueno, como el propio Finn le había comunicado. Cada dos semanas enviaba unas cuantas hojas con todas las experiencias, incluidas las de sus amigas, algo que por descontado ellas desconocían. Cada vez que lo releía, se convencía de que se llevaría el gato al agua con aquel artículo. Ahora bien, ¿era lo que deseaba?

—¿Respecto a qué?

—Ah… bueno, ya sabes. Si finalmente logro una plaza, ¿cómo me las apañaré con Deke? Eso si al final decide no quedarse a vivir para siempre con su padre. —Apoyó los codos en la barra para mirarlo a los ojos—. ¿A ti te gustan los niños?

—Claro que sí, me encantan. Solo necesitan atención, eso es todo.

Era tan majo, tan mono…

Abby no las tenía todas consigo sobre si Leo querría ligar con ella, pero las palabras de Leona le daban fuerzas para intentarlo. Se aproximó a él, traspasando el espacio personal mientras el rubio parecía sorprendido ante su iniciativa.

—¿Nos vamos? —preguntó.

Leo tardó unos segundos en reaccionar, no se esperaba aquello para nada. Es más, dudaba que Abby fuera consciente de su interés, o al menos jamás había dado muestras de saberlo.

—Espera —dijo, retrocediendo—. Si has bebido demasiado no creo que sea buena idea.

—Cuatro apple martinis. Estoy consciente —dijo, con una sonrisa traviesa, para segundos después susurrarle en el oído—: Y caliente…

Leo se preguntó si habría oído mal, porque no estaba acostumbrado a ver a Abby tan desmelenada. Tampoco es que el ambiente en la academia diera pie, cierto era… y, si la memoria no le fallaba, los dos habían bebido las mismas copas y él estaba en buenas condiciones. La chica parecía que también, no se tambaleaba ni hablaba mal, solo lucía unas mejillas ruborizadas a juego de su vestido que mejor no le podían sentar. Dejo un par de billetes para pagar la consumición y la cogió de la muñeca, dispuesto a no dejar escapar la oportunidad.

Nada más salir a la calle, Abby recordó vagamente que no había avisado ni a Camilla ni a Talisa de que se marchaba… pero ese pensamiento voló de su cabeza al sentir cómo Leo la empujaba contra la pared y buscaba sus labios con urgencia.

Vaya, el chico dulce parecía que se había esfumado… pero no importaba, porque esa faceta desconocida de Leo, lejos de disgustarla, hacía que subiera la temperatura.

Le devolvió el beso, tratando de imponerse sin lograrlo. Al final se rindió, concentrándose en seguir sus movimientos mientras sentía cómo una de sus manos la acariciaba por encima del vestido. Casi se quedó sin aliento cuando su pulgar encontró uno de sus pezones, momento en que recordó que se encontraban en medio de la vía pública.

Lo apartó y él pareció entender, porque buscó las llaves del coche en su bolsillo. En unos segundos se encontraban dentro, mirándose.

—¿Dónde vamos? —preguntó Leo—. Podemos volver a la academia. No creo que vuelva a estar tan vacía como hoy nunca.

—Vale. —Abby se mordió el labio, pensando en lo eternos que se le iban a hacer esos veinte minutos hasta llegar.

Leo estaba pensando exactamente lo mismo, pero ¿qué iban a hacer, montárselo en el coche como cuando tenían quince años? No era lo que le hubiera gustado hacer con Abby, prefería mil veces tener un cuarto, fuera donde fuera, y poder dedicarse a ella. Por otro lado, la manera en que lo miraba, con tanta urgencia… era imposible controlarse así.

Al cuerno la comodidad, pensó, lanzando una mirada al asiento trasero. Abby siguió su mirada, y al instante abandonó el lugar del copiloto, de manera que Leo hizo lo mismo por el otro lado. Se reencontraron en la parte de atrás a la vez, la chica con unos ojos tan brillantes que deslumbraban y él con la respiración tan agitada que parecía llenar todo el espacio.

—¿Tú estás segura de esto? —preguntó.

—Deja de hablar —murmuró Abby, solo concentrada en aquella necesidad que deseaba satisfacer.

Leo hizo ademán de inclinarla, pero la morena no parecía muy dispuesta a dejarse dominar de nuevo, porque lo empujó contra el asiento y se puso encima de manera ágil. Bloqueado por completo, Leo se resignó a no mandar, al menos en esa ocasión… pero no importaba, porque de esa manera podía contemplarla a su antojo. Le bajó los tirantes del vestido con suavidad hasta que la prenda resbaló del todo y pudo descubrir lo que tantas veces había imaginado desde que la conociera: aquellos diminutos pero perfectos pechos, hechos a medida para él.

Abby se inclinó hacia él para besarlo, con el cabello acariciando su cara, y entonces el chico oyó un golpe y un quejido.

—¿Estás bien? —preguntó, deteniéndose.

—Auh… este techo es un poco bajo —murmuró ella, frotándose la frente.

—Lo siento —dijo Leo con una risita—. Me parece que eres muy alta para estar ahí encima.

—Entonces tendremos que buscar una solución.

Se movió para dejarse caer en el asiento y, segundos después, tenía a Leo sobre ella. Le desabrochó dos o tres botones de la camisa mientras él metía las manos bajo el vestido, buscando la manera de librarse de su ropa interior.

—¿Qué pasa, tienes problemas? —Ahora fue el turno de Abby de empezar a lanzar risitas.

El vestido era ajustado y no tan sencillo de quitar, y parecía que Leo empezaba a ser consciente de eso en aquel momento.

—Joder. He visto cajas de seguridad más sencillas de abrir —refunfuñó, haciendo que ella volviera a reírse.

Abby terminó de desatarle la camisa y buscó los botones de su pantalón, logrando desabrocharlo al momento. Leo soltaba un juramento tras otro sin dejar de pelearse con el vestido, frustrado por no poder acelerar aquello y también por el cachondeo que estaba provocando el tema, que Abby no dejaba de soltar risas ahogadas. A ver, que tenía su parte cómica, vale, pero estaba a punto de explotar y aquella tardanza lo desesperaba.

Oyó un chasquido y se detuvo de golpe, porque había sonado a tela rasgándose. Abby pareció alarmada, pero enseguida tiró de él para acercarlo a su cuerpo, rodeándole con las piernas.

—Problema resuelto —murmuró, en su cuello.

Leo estaba convencido de que después le daría un par de collejas por romperle la ropa, pero en aquel momento no podía pensar más en ese tema, aquello empezaba a ser doloroso. La sujetó de las caderas y en menos de un segundo estaba en su interior, tan cálido y excitante como había imaginado. Eso hizo que se descontrolara un poco, pero Abby se adaptó a sus movimientos a la perfección. De vez en cuando lo agarraba de la cintura para que fuera más deprisa, y aunque a Leo le hubiera gustado que durara un buen rato, minutos después ambos llegaron al orgasmo como si hubieran tenido una pelea y no una sesión de sexo.

Él se derrumbó sobre la morena, jadeando para recuperar el aliento mientras ella resoplaba. Nunca hubiera imaginado que el bueno de Leo pudiera ser tan…tan…

—¿Cómo va todo por ahí abajo? —preguntó, y lo oyó reír contra su cuello.

—Esto debería convalidar parte del entrenamiento —dijo, incorporándose para liberarla de su peso.

—Seguro que todos irían más motivados a la pista.

Abby se incorporó a su vez, reubicando los tirantes del vestido y examinando los daños de la parte inferior. En efecto, la tela aparecía rota por el lado derecho, desde el bajo hasta la cintura, lo que había necesitado Leo para abrirse camino.

—Un vestido menos —murmuró.

—Y un orgasmo más —bromeó el.

Aquello la hizo sentir cómoda. Había temido que, una vez pasado el calentón, las cosas se volvieran extrañas y densas entre ellos, y no deseaba perderlo como amigo. Le apartó un mechón de pelo rubio y le sonrió.

—¿Todo bien? ¿Seguimos siendo amigos después de este pequeño desahogo?

Leo le sostuvo la mirada.

—Sí, claro. Por supuesto, ha sido un desahogo.

Abby le besó en la mejilla y salió del coche para pasarse al asiento del copiloto. Leo lanzó un suspiro antes de seguirla.

CAPITULO 12

Talisa se bajó del taxi delante del edificio de la academia y miró el reloj: aún no eran las nueve, ¡menuda noche de juerga! En fin, aprovecharía para dormir hasta tarde, ya que entre semana no tenía la oportunidad. Solo esperaba que cuando llegaran lo demás, no montaran demasiado escándalo. Sacó sus llaves y, al pasar por delante del edificio, escuchó un ruido en el interior. Le pareció extraño, así que se asomó por una de las ventanas que daba a un pasillo y vio pasar una sombra. Se agachó para que quien fuera no pudiera verla, mientras valoraba la situación. ¿Sería algún ladrón? Porque los servicios de limpieza no iban los fines de semana, eso seguro. Los aspirantes tampoco entraban allí fuera de horario, no tenían llave, así que no podía ser ningún conocido. Miró a su alrededor, pero no había nadie a la vista. Debería llamar a la policía, ya lo había dejado claro el oficial en aquella clase. Y, además, ni siquiera habían recibido todavía la formación para la defensa personal. Por no hablar de su atuendo, para nada adecuado en caso de confrontación o necesidad de huida, aquellos tacones no estaban hechos para una maratón. No, lo mejor era retirarse con discreción y llamar a las autoridades.

Con esa idea en mente, se pegó a la pared para avanzar hasta una esquina y sacar su móvil del bolso, pero antes de que pudiera avanzar un par de pasos, alguien se abalanzó de pronto sobre ella. Por suerte, al estar agachada, la caída no fue muy dura y pudo reaccionar. Lanzó un par de patadas al aire y utilizó su bolso como arma, algo inútil porque era de fiesta y pequeño. Pero con la rodilla sí consiguió golpear algo porque escuchó un gruñido y… un segundo. Aquel sonido… era conocido, como la voz que emitió una queja a continuación. Su atacante aprovechó el momento de indecisión para conseguir inmovilizarla con su cuerpo, sujetando también sus brazos con las manos, y entonces, al mirar hacia arriba, Talisa comprobó que no se había de persona.

Darren.

—Pero qué… —murmuró él, confuso, al ver a quién había atrapado—. ¿Qué haces aquí?

—Podría preguntar lo mismo, digo yo.

—Se me había acumulado trabajo y he tenido que venir en sábado. ¿Y tú? ¿Qué hacías escondida bajo una ventana? Pensaba que eras un ladrón.

—Lo mismo que tú, he visto algo y creí que habían entrado a robar.

Darren había aflojado la presión en sus brazos, pero seguía sobre ella, como si estuviera cómodo y no fuera a apartarse. Donde estaban apenas llegaba la tenue luz de una farola lejana, pero Talisa podía verle los ojos perfectamente, la forma en que de pronto cambiaron mientras el teniente se fijaba en la ropa que llevaba. Con el forcejeo, uno de los tirantes del vestido se había caído, la parte de abajo se había subido más allá del decoro y Talisa se preguntó qué aspecto tendría su pelo… Aunque seguro que mejor que el que solía tener a diario, con la coleta medio deshecha. Bueno, al menos por una vez no la veía hecha un adefesio como siempre, algo bueno tenía haberse preparado tanto al final. Qué cosas le pasaban. No se encontraba una moneda en el suelo o le tocaba un premio, no, le llovía un teniente del cielo. Un teniente que ni la dejaba ir ni apartaba la vista de ella, algo que comenzaba a ponerla nerviosa. Y que traía de regreso aquel calor que siempre sentía en su presencia.

—Creo que ya me puedes soltar —consiguió decir, entrecortada—. No soy un peligro.

Darren tenía mucho que objetar a aquella frase. Podía no ser un peligro en términos generales, porque para él… vaya, era justo eso. Había intentado obviar el beso de la enfermería, se había comportado como si nada hubiera ocurrido, además de evitar por todos los medios quedarse a solas con ella. Pero nada lo había preparado para encontrársela en mitad de la noche, con un vestido de escándalo y más atrayente de lo que nunca había pensado. Joder, si ya con el uniforme le costaba no mirarla, así era imposible no hacerlo.

—¿Ibas a salir? —preguntó, intentando cambiar de tema pero sin moverse un milímetro.

—No, estoy de vuelta.

—¿Tan pronto?

—Ya ves.

¿Y a él qué le importaba?, se preguntó Talisa. La realidad era que poco, a Darren le daba igual que la chica saliera o entrara, era sábado y en su tiempo libre como si se tiraba todo el día haciendo sudokus. Pero hablar era la única forma que se le ocurría de no pensar en sus labios, en lo jugosos que parecían con aquel carmín y… un segundo, ¿en qué momento se había inclinado más hacia ella? Si lo que tenía que hacer era levantarse y dejarla ir. Y marcharse a su casa como había tenido intención de hacer, que últimamente parecía que la academia era su hogar.

Pero nada de eso caló en sus pensamientos, que estaban solo centrados en ella y en su recuerdo, en lo bien que sabía. Se había preguntado muchas veces por qué la había besado. No era un hombre que tomara decisiones a la ligera, todo lo pensaba mil y una veces, le gustaba tener las cosas planificadas y así evitar riesgos. Como en su trabajo de bombero: nada podía quedar al azar o el peligro aumentaba. Pero aquel momento en la enfermería… Había sido algo del todo insólito. Y sobre lo que había sacado conclusiones, ninguna buena: relacionarse con Talisa solo podía traerle problemas. Pero claro, todo eso era más fácil de pensar en su casa, solo en el sofá viendo un partido. Con ella bajo su cuerpo, mirándolo en la penumbra con los ojos brillantes y los labios entreabiertos, era otra historia.

Sí, tenía que apartarse y seguir su camino, eso era lo mejor. Pero…

A la porra. Terminó de cubrir la distancia que los separaba y la besó, lenta y profundamente, saboreando sus labios y acariciándole el interior de la boca con la lengua de una forma que hizo gemir a Talisa. Darren bajó las manos por su cuerpo, despacio, de los costados a la cintura hasta llegar a sus caderas, mientras la rubia enredaba las manos en su pelo y le devolvía el beso con pasión. Darren se movió para no aplastarla y ella alzó una pierna para rodearlo con ella, acercándole más hacia su cuerpo. Al hacerlo, Darren quedó entre ellas y Talisa notó el bulto en su pantalón.

—Espera —murmuró.

Darren, que había bajado a su cuello y la estaba torturando con pequeños besos, levantó la cabeza para mirarla con los ojos entrecerrados y suspiró, apoyando su frente en la de ella.

—Sí, esto no está bien, tienes razón —dijo.

—No, esto no, el sitio —corrigió ella, dándole un beso—. Que estamos en el suelo, se me están clavando piedras en la espalda. Y además estamos cerca de una farola, cualquiera nos puede ver, así que… —Señaló la residencia con la cabeza—. Ahí tengo una habitación con una cama muy cómoda, ¿sabes?

Levantó las cejas de forma interrogativa.

Él dudó un segundo, mirándola a ella y al edificio.

—Te recuerdo que no comparto habitación —añadió la joven, por si acaso estaba pensando que se aparecería alguien de pronto.

Aquello terminó de convencerlo, porque Darren se levantó y la ayudó a incorporarse. Le dio un beso en la frente, pensando en que debía despedirse y seguir su camino, por muchas facilidades que la chica le estuviera poniendo. Pero, en cambio, afirmó con la cabeza y la cogió de la mano.

Con una sonrisa satisfecha, Talisa tiró de él y avanzó lo más rápido que sus tacones le permitían, llevándolo hasta el interior de la residencia primero, y después a su habitación. Suponía que los demás aún estarían de fiesta, puesto que no se escuchaba nada y tampoco se encontraron con nadie.

Entraron en la habitación y Talisa se apresuró a cerrar, poniendo el seguro por si acaso. No sería la primera vez que Camilla o Abby aparecían por allí y, aunque no sabía si llegarían demasiado borrachas para charlas, nunca se sabía. Mejor prevenir.

Apenas había terminado con la puerta cuando Darren la apoyó contra ella y cogió los bordes del vestido, tirando hacia arriba para quitárselo por la cabeza y lanzarlo al otro extremo de la habitación.

—Qué hábil —murmuró ella, agarrando a su vez su camiseta.

Se la quitó sin miramientos y le pasó la lengua por el pecho, trazando un camino desde el cuello hasta el ombligo. Le pasó los dedos por los abdominales, perfectamente marcados, comprobando que estaba tan duro como se había imaginado. Con una sonrisita, le soltó el pantalón y lo empujó sobre la cama.

«Vaya», pensó él. «Pequeñita pero matona, también aquí.»

Se quedó quieto mientras ella terminaba de desnudarlo.

—No es justo —protestó—. Tú todavía llevas…

Talisa le puso un dedo en los labios. Volvió a agacharse sobre él, de forma que el pelo cayó sobre su pecho mientras retomaba las caricias sin la menor timidez. Entre los sueños eróticos y su imaginación, no quería dejar pasar la oportunidad de disfrutar de su cuerpo un buen rato. Le sujetó las muñecas para ponérselas a los lados, indicándole así que la dejara hacer, y él obedeció. Se quedó quieto, estremeciéndose mientras notaba sus labios y manos por todas partes. Cuando pensaba que no aguantaría más, la chica se apartó y se levantó para terminar de quitarse toda la ropa interior. Darren se apoyó en los codos sin perder detalle, más al límite de lo que se había imaginado que podría llegar. Aquella chica lo estaba volviendo loco, pero le daba igual: no podía dejar de mirarla y solo quería tenerla entre sus brazos.

Por fin, ya desnuda, Talisa le pasó las manos por los muslos mientras subía sobre él y lo obligaba a tumbarse de nuevo. Se apartó el cabello a un lado y se inclinó para besarlo. Darren la cogió por las caderas, guiando su cuerpo hasta tenerla en el lugar exacto que quería. Sin dejar de besarla, y de forma lenta para que ambos lo disfrutaran cada segundo, entró en ella.

Talisa gimió y se mordió el labio, notando su cuerpo cada vez más caliente. Era mejor de lo que había llegado a imaginar, sentirle así, tan dentro de ella… Quería más, quería…

Pero antes de que pudiera empezar a moverse, Darren enganchó su cintura y se sentó, sin salir de su interior, y la inclinó un poco hacia atrás para llevar uno de sus pechos a su boca. Cogió el pezón entre los dientes y lo acarició con la lengua hasta que se puso duro, para después repetir la misma operación con el otro. Una vez satisfecho, subió con los labios por su cuello hasta el lóbulo de la oreja, que mordisqueó también con lentitud. A continuación, regresó a su boca, donde la besó de forma apasionada.

Talisa apenas si tenía conciencia de nada aparte de sus cuerpos unidos, de la piel caliente de Darren y de la suya propia, que se derretía con cada una de sus caricias. Aquello superaba a cualquiera de sus sueños húmedos, por Dios. Lo abrazó del cuello con fuerza, comenzando por fin a moverse sobre él. Notaba sus manos en la cintura, su aliento en la oreja mientras jadeaba, y no supo si era ella o él quien marcaba el ritmo, solo que parecían estar perfectamente acompasados, como si sus cuerpos se reconocieran o se hubieran estado esperando durante mucho tiempo.

Comenzaron a moverse más rápido y, en algún momento, Darren se giró para colocarse encima y, así llevarla hasta un éxtasis que la dejó sin aliento. Necesitó unos cuantos segundos para descender de la nube o lo que fuera a lo que su mente había llegado, para tomar conciencia de nuevo y descubrir que él estaba tumbado sobre ella, con la cabeza en la curva de su cuello, y que su respiración también estaba acelerada.

—Vaya… —murmuró.

—Vaya… —corroboró él.

Darren levantó la cabeza despacio y la miró, acariciándole una mejilla antes de besarla.

—Me alegro de que no hayas sido un ladrón —bromeó él.

—Lo mismo digo.

Le sonrió y Darren se echó a un lado después de darle un beso. Talisa se giró para mirarlo, y así se quedaron unos segundos, con los ojos fijos en el otro, ambos asimilando lo que acababa de ocurrir y recuperando el ritmo normal de sus respiraciones.

Darren le pasó un dedo por el brazo, consciente de lo que debía decir, y al mismo tiempo sin querer hacerlo. Se sabía el discurso, pero…

Ella se dio cuenta del momento exacto en que entraba en conflicto interno, la forma en que la miraba y cómo se oscurecieron sus ojos se lo dejaron claro.

—No me digas que esto ha estado mal —soltó.

Él suspiró, dejando de acariciarla. Se tumbó bocarriba y miró el techo, con las manos bajo la cabeza.

—No ha estado mal y lo sabes, ha sido… increíble. Pero no está permitido que un teniente, un instructor, intime con una alumna.

—Bueno, teniendo en cuenta que no ha habido mujeres en los últimos años…

Él la miró, levantado una ceja.

—Sabes lo que quiero decir —le dijo.

—Sí, pero no puedes ignorar que hay algo entre nosotros.

—No he dicho eso. —La besó en un hombro—. Pero si nos ven juntos… La academia puede pensar que no soy neutral, habría un conflicto de intereses. Es complicado, Talisa.

—Ya. Pero si no nos ven, no pasa nada, ¿no?

—No, pero… —Suspiró—. Hay muchas variables aquí.

—Entiendo. Odiarías perder esto, ¿no?

—No tanto —respondió él, a lo que la joven no logró ocultar una expresión de sorpresa.

—¿No? Pensaba que era vocacional, que te gustaba enseñar.

Darren se encogió de hombros.

—Pues no —contestó—. Me ofrecieron cubrir el puesto hasta que se reincorporara el dueño de la plaza y no podía decir que no. Ya sabes cómo funciona el mundo, cuantos más méritos haces más fácil te resulta llegar a dónde quieres.

—¿Y a dónde quieres llegar?

Talisa continuaba sorprendida. Darren se tomaba tan en serio el trabajo que nunca había imaginado que en realidad no fuera el puesto de su vida. Fuera como fuera, no pensaba dejar escapar la oportunidad de que le contara cosas sobre él.

—A poder elegir el sitio y el puesto que busco. Nada de brigada de socorrismo, por ejemplo. Lo mío es ser bombero de estación.

—Ya veo. Y yo creyendo que esto te encantaba.

—¿En serio? ¿Jugar al teniente malo de película bélica que trata de preparar a equipos para lo que se les viene encima? Rotundamente no. Llevo un par de años aquí, créeme si te digo que no lo echaría de menos.

—Y entonces, ¿por qué te preocupa tanto que nos descubran?

Darren hizo una mueca al oírla.

—Porque no quiero un expediente disciplinario, gracias.

—¿Podría pasar?

—Claro que podría pasar. Soy tu superior, piénsalo por un momento. No se trata de lo que yo quiera, Talisa, es lo que no puedo hacer —murmuró él, cuyo tono dejaba claro que pensar en el tema lo agobiaba.

—Bueno, el curso acabará tarde o temprano.

—Exacto. No sé cuánto tiempo me tocará estar aquí, pero espero poder regresar a mi estación pronto. Y tú, si apruebas, cosa de la que no tengo duda, irás a otra.

—¿También se ven mal las relaciones entre bomberos?

—No es que se vean mal, es que no conozco ninguna. Es algo imposible.

—Bueno, a ver. —Se sentó, pasándose las manos por el pelo revuelto—. ¿Lo que intentas decirme es que esto no va a ir más allá?

Él se sentó también, cogiendo uno de aquellos mechones y acariciándolo con los dedos.

—No debería, no.

—Entonces no crees que podamos vernos, ¿no? ¿Ni siquiera quedar en algún sitio de la academia y hablar? No creo que nadie sospeche si voy a tu despacho, por ejemplo.

La imagen de Talisa en su despacho, o más bien, sobre la mesa del mismo, se le apareció sin mucho esfuerzo. Era una mala idea, pensó. Si estuviera contemplando esa escena en una película, tendría muy claro que el tipo era un gilipollas que se iba a buscar un problema gordo. Tenía que mantenerse firme, debía parar aquello antes de que fuera a más y…

De pronto, el sonido de la puerta de un coche cerrándose y unas risas llegaron hasta ellos. Darren miró hacia la puerta, sin recordar si estaba cerrada. Al menos Talisa no compartía habitación, como bien le había recordado ella, pero claro, si algún alumno lo veía salir de allí o del edificio, un sábado por la noche…

Se levantó y se puso la ropa, mientras Talisa lo seguía con la mirada.

—¿Te marchas? —le preguntó.

—Es mejor que no me vean aquí.

—Pero si no hemos terminado de hablar…

Y, ante la mirada asombrada de la chica, se dirigió a la ventana en lugar de la puerta. La abrió y se asomó.

—No me digas que vas a salir por ahí —comentó ella, sin dar crédito a lo que veía.

—Sí, es solo un piso y da a la parte de atrás. Es más seguro que la puerta.

—En el mundo al revés, como te caigas…

Pero él ya estaba sacando una pierna fuera y a Talisa no le quedó más remedio que levantarse y correr a ver si era una broma. Pero no: Darren se descolgó por el alféizar hasta apoyarse en una tubería y, de ahí, saltó al suelo sin el menor problema. Antes de alejarse le hizo un gesto con la mano que ella no supo cómo interpretar. Cerró la ventana y regresó a la cama, confusa porque después de la conversación y la forma de marcharse, no tenía ni idea de en qué situación se encontraban, aunque no sonaba demasiado alentador.

Cruzó las piernas y se quedó pensativa, analizando una y otra vez lo ocurrido. Vale, la situación era jodida, sobre todo para él, motivo por el cual todo aquello podía quedar en una anecdótica noche de sexo que tenía la sensación de que no se volvería a repetir.

Bueno, era adulta: sabía cómo funcionaba el mundo. Sí, sabía que existía esa posibilidad porque no había seguido el curso natural de una relación, gracias en parte a su mala cabeza. Y sabía que el deseo podía jugar malas pasadas y que una chica tenía que protegerse para no caer enamorada a las primeras de cambio.

Y ella estaba protegida. Podía aceptarlo, incluso si Darren decidía que lo sucedido fuera una excepción.

¿Podía?

Se tumbó en la cama, acomodándose contra la almohada donde minutos antes había estado apoyado él. Sí, claro que podía, seguro. Era sencillo, solo tenía que asumir que aquello era todo y punto. Si volvía a suceder, genial. Y si no, pues como ya lo tenía asumido, genial también. Lo que tenía que hacer era concentrarse en estudiar y, muy importante, no pensar más en él.

Era sencillo, se repitió varias veces antes de quedarse dormida.

Talisa acababa de salir de la ducha cuando escuchó unos golpes en la puerta. Se acercó para abrir, encontrándose a Camilla al otro lado:

con el pelo revuelto, el pijama del revés y parte del maquillaje sin eliminar; bostezó dos veces seguidas antes de echarle un vistazo.

—¿Por qué has cerrado con pestillo? Nunca lo haces por el día.

—Ya, se me ha olvidado abrir. Es que hace poco que me he levantado. —Y le lanzó un poco de agua del pelo para dejárselo claro.

Camilla soltó una mezcla de grito y risita, y entró en su cuarto para dejarse caer sobre la cama de su amiga.

—¿A qué hora volviste?

—Muy tarde. Serían las cuatro o así. —Camilla se frotó los ojos, sin dejar de mirar el techo.

—¿Y qué haces levantada? Creí que dormirías hasta la hora de comer, por lo menos.

—¿Y desaprovechar el domingo? De eso nada. Casi nunca pasamos el fin de semana aquí, quería ver si te apetecía que hiciéramos algo juntas. Por cierto, ¿dónde te metiste anoche, zorra? Ibas a tomar el aire y no volví a verte.

La rubia se sentó a su lado, apretando la toalla para escurrir el agua del pelo.

—No estaba de humor.

—Ryan me contó que Ekekiela te estaba tirando la caña a lo bruto y que se imaginó que por eso habías desaparecido. ¿Se puede saber qué diablos te pasa?

—¿A qué te refieres? —La rubia pareció sorprendida.

Camilla le pegó en el hombro, como si fuera el ser más idiota en varios kilómetros a la redonda.

—¡Pero si está tremendo! Vale que es un poco tonto, pero para un polvo eso no importa.

—Mira, con lo que me ha costado que Jimmy y yo nos llevemos más o menos bien, no pienso estropearlo por un lío. Además… no me atrae.

—¡Pero si es un dios griego!

—¿Y por qué no te lo ligas tú? —contraatacó Talisa, regresando al lavabo para enchufar el secador.

Camilla saltó de la cama, rebuscó en el escritorio de la rubia hasta encontrar una bolsa de patatas y la siguió hasta el baño. Se acomodó encima de la taza con las piernas cruzadas, agitando el botín hallado.

—¿Puedo? —Talisa asintió—. Un rato después de que te marcharas se dio cuenta de que lo habías dejado plantado, pero no pasaron ni dos minutos cuando dos chicas se sentaron con él en la barra y, por lo que he oído, se fue con las dos.

Soltó una carcajada sin dejar de comer. Talisa meneó la cabeza, en parte porque no le sorprendía ese comentario, en parte para continuar secando su pelo.

—Pues ya está, todos contentos. ¿Y tú qué? ¿Tuviste suerte?

—¿Yo? Pues no, pero tampoco lo intenté demasiado. A ver, estuve un buen rato charlando con Jesse y no sé, cuando se relaja parece que no es tan mal tío. Hicieron falta un montón de chupitos, pero me contó que está divorciado y eso, así que de ahí puede venir el resquemor que tiene hacia las mujeres.

—¿Y a qué venía eso de despelotaros el uno delante del otro?

—Solo nos enseñábamos los tatuajes —explicó Camilla divertida—. Muy inocente todo.

—Muy inocente… ¿quieres decir que no te fijaste?

—Un poco, pero chica, ¡lo tenía delante! ¿Qué iba a hacer, cerrar los ojos? Mira, te confieso que hubo un rato que estaba tan relajada que hasta pensé que podría enrollarme con él.

—¿Pero?

Camilla se encogió de hombros, pensativa, mientras su amiga la observaba con curiosidad. Vale, a ella Jesse le parecía un capullo, pero si Camilla pensaba que podía merecer la pena, ¿por qué se frenaba?

—Es que me gusta menos que el teniente —comentó.

Talisa estuvo a punto de tirar el secador al escuchar aquello, pero se recuperó a tiempo. ¿De verdad continuaba con esa cantinela? ¿No iba a darse por vencida o qué?

—Camilla…

—Sé lo que me vas a decir —la interrumpió la joven.

—¿En serio?

—Sí, que no sea inmadura y me fije en otra persona porque hasta ahora el teniente no ha respondido ni a uno solo de mis coqueteos sutiles.

—¿Sutiles?

—Tienes que comprenderlo, estamos en una academia y él es nuestro superior. No va a mostrar interés por una alumna de forma evidente, ¿no? Eso lo entiendo, y ojalá pudiera encontrármelo fuera o en otras circunstancias, porque estoy convencida de que íbamos a congeniar.

Talisa detuvo el secador, notando como si el cuarto de baño se hiciera diminuto y ella con él. ¿Se podía sentir más miserable que en ese momento?

«Díselo ya», pensó.

Pero, por algún motivo, su boca no obedecía.

—No sé qué decirte.

—No me conoce. ¿No piensas que si tuviera la oportunidad de charlar conmigo podría gustarle?

—Supongo que sí…

—Entonces, ¿piensas que soy idiota por esperar mi oportunidad? Porque tendré mi oportunidad, eso te lo garantizo. Antes o después conseguiré quedarme a solas con él y esa vez no seré nada sutil.

Lo cual no hacía ninguna gracia a Talisa, obvio. Era evidente que Darren no sentía interés por Camilla, había quedado muy claro, así que el sentimiento era irracional. Pero, ¿no lo era todo en ese momento? La idea de que Camilla se quedara a solas con él y desplegara sus armas de seducción la hacía sentir como si una pequeña nube de avispas la estuvieran acribillando sin compasión, una sucesión de picotazos que no cesaban. Su amiga era atractiva, ¿cómo podía saber si Darren no era de esos que pasaba de una a otra?

Volvió a pensar en sincerarse con ella. Era la mejor manera de que se le quitara la idea de seducir al teniente, explicarle que a ella también le gustaba. Pero si le confesaba eso, tendría que decirle también lo sucedido la noche anterior, y no podía arriesgarse a que Camilla se enfadara con ella.

No tenía otro remedio que permanecer callada y observar desde la distancia los intentos de su amiga, no había más.

—¿No vas a darme ningún consejo? —protestó Camilla, levantándose para echarse un vistazo en el espejo— Ay, Dios, qué pinta.

—No sé… Jesse sabes que me parece un imbécil, pero…

—Ya sé, ya sé, crees que lo del teniente es un *crush* estúpido que no va a ninguna parte. Pero tú mejor que nadie debería entenderme.

—¿Yo?

—Tú eres la prueba de que quien la sigue, la consigue. ¿No? Lograste una plaza aquí contra viento y marea cuando lo tenías todo en contra, y no te va nada mal. Pues esto es lo mismo, es como… ¿cómo se llamaba la película esa donde la adolescente fea se enamora de un bailarín barra gigoló al que sus padres no aceptan?

Talisa la miró, con los ojos abiertos de par en par.

—¿*Dirty dancing*?

—¡Exacto! Pues esto es parecido, aunque claro, sin la adolescente fea —aclaró Camilla.

—Perdona, ¿en qué se parece lo tuyo a esa película?

—Pues eso, un tío distante y una relación complicada que no es aprobada por nadie. Chica, si es casi lo mismo que esto.

—Camilla… en la película los protagonistas no terminan juntos, no sé si sabes —carraspeó Talisa.

—¿No? Bueno, pero el final no importa. Quiero decir, la moraleja es la superación de la chica de la nariz enorme, ella no ceja en su empeño y tampoco le sale del todo mal, que tienen una relación.

Talisa no sabía qué decir, porque su amiga pensaba desmontar todas y cada de sus observaciones coherentes, y contra eso poco podía hacer. Vaya, sí que le costaba aceptar una negativa… con la buena pasta que tenía para todo lo demás, lo de rendirse no parecía ir con ella.

Reanudó el secado de pelo mientras de reojo la veía desmaquillarse con desgana.

—¿Te apetece ir a la playa? —propuso—. Podemos invitar a Abby, ¡sé que anoche tuvo un lío con Leo y estoy ansiosa porque nos lo cuente!

—Anda, ¿de verdad? —Talisa agradeció el cambio de tema, sorprendida además por el hecho en sí—. Yo pensaba que solo eran amigos, no sé, no los imaginaba liados.

—Mira, voy a vestirme. Tú termina con esto y quedamos fuera en media hora, le mando un mensaje a Abby para que se apunte también.

Abandonó el cuarto de Talisa sin añadir nada más, así que la rubia terminó con el secador y fue a vestirse con ropa cómoda y ligera. Metió un par de toallas en una bolsa y salió a esperarlas, dando un rodeo para evitar la zona donde había terminado con Darren encima. Ni siquiera podía tirarse en la cama para pensar en ello con todo lujo de detalles, porque debía centrar su atención en los líos de Camilla. Era desesperante y se sentía fatal, una traidora con todas las letras…

Abby apareció la primera, vestida con una camiseta de tirantes y unos pantalones cortos. Tenía buen color y una sonrisa relajada que la rubia captó al momento.

—¡Hola! Qué buena idea ir a cotillear a la playa con un montón de helados. Camilla siempre tiene planes geniales, ¿verdad?

La rubia asintió, distraída. Camilla llegó un par de minutos después, con mucha mejor cara que cuando había aparecido por su habitación.

—¿Llevo mi coche o vamos dando un paseo? —preguntó Abby—. Por un lado nos vendría genial movernos, para no perder ritmo… por otro, descansar tampoco va mal.

—Caminemos, que el entrenamiento se está poniendo cada vez más duro. Hay que aprovechar cualquier oportunidad.

Talisa siguió a ambas chicas, que al momento se pusieron a comentar la noche anterior. Al haberse ido no pillaba casi nada de lo que decían, pero tampoco le importó porque eso le dio un respiro. Pudo dedicarse a pensar en sus cosas mientras caminaban hacia la playa, que no estaba tan cerca como hubieran deseado, limitándose a sonreír cuando le hacían algún gesto con la cabeza. Solo reconectó cuando escuchó a Abby decir:

—Y me rompió el vestido.

Se dio cuenta de que se había perdido una parte importante de la historia, pero ya no tenía remedio, de modo que sacudió la cabeza para despejarse y se unió a sus amigas.

—Pues era un vestido precioso —añadió, como si nada.

—Dímelo a mí, que me costó un dineral… Pero bueno, las faldas entalladas no son la mejor prenda para tener un escarceo en un coche.

Camilla soltó una carcajada, mirándola con aprobación.

—Coge sitio, voy a por comida —dijo.

Las dos entraron en el camino hacia la playa, ambas suspirando al sentir la arena bajo sus pies y la suave brisa del mar, que les traía aquel característico olor a sal y calma. Extendieron las toallas cerca del agua y se sentaron, disfrutando de aquel placer.

—Pensaba que Leo y tú erais buenos amigos.

Abby abrió los ojos al oírla. Durante unos segundos pareció confundida, pero se recuperó casi al instante, resoplando.

—Lo somos —replicó.

—Pero lo de anoche lo cambia todo, ¿no?

—Oh, no, no, espero que no. —Abby la interrogó con la mirada—. ¿Crees que…? Me refiero a que solo fue un momento, una noche. A los dos nos apetecía y bueno…

Talisa se apresuró a encogerse de hombros, dando a entender que no tenía ni idea.

—No sé, a veces la amistad se estropea cuando se cruza esa línea. No digo que tenga que pasaros a vosotros, supongo que si se tiene claro por ambas partes que ha sido una vez… ¿Leo lo tiene claro?

—¿Por qué? ¿Piensas que no?

Talisa no estaba muy segura, aunque siempre le había parecido que Leo bebía los vientos por ella, prácticamente desde el primer día. Que era su amigo, sin dudar. Pero que no la miraba solo de esa forma, también. Y mucho se temía que ese escarceo durante una noche de juerga no tuviera la misma importancia para ambos, aunque supuso que el chico lo habría sopesado.

—¿Lo habéis hablado? —preguntó, evitando así responder.

—Le pregunté si seguíamos siendo amigos después de lo ocurrido y dijo que sí. —Ahora Abby permanecía pensativa, como si analizara los hechos.

—Entonces no le des vueltas. Si además ya sabemos cómo son los tíos, estas cosas no significan lo mismo para ellos.

Pese al comentario de Talisa, Abby no quedó convencida. Ahora que lo pensaba, la cara de Leo al decirle lo del «desahogo» había sido un poco…

—¿Qué me he perdido?

La voz de Camilla las sacó de la charla. Ambas miraron a la morena mientras se arrodillaba y depositaba en el centro de la toalla tres gofres con tres granizados para acompañarlos.

—Qué bien, un montón de calorías —comentó Talisa.

—Las batallitas de las noches de juerga no saben igual sin un poco de azúcar. —Les guiñó el ojo a las dos, sonriendo—. Y ahora quitad esas caras tan serias, es hora de hablar de chicos. Abby, más vale que nos cuentes lo tuyo con todo lujo de detalles, que aquí nosotras estamos en plan monja. Necesitamos saber, no te cortes, ¿tiene oblicuos? Porque parece delgado pero fibroso…

Abby casi escupió la pajita del granizado que acababa de meterse en la boca al oírla, prorrumpiendo en carcajadas. Camilla no conocía la palabra discreción, no. Pero era justo lo que necesitaba, frivolizarlo todo y quitarle importancia.

—Venga, os lo cuento —susurró, como si conspirara.

CAPITULO 13

A pesar de haber estado todo el domingo descansando, al grupo le costó madrugar el lunes en mayor o menor medida y se dirigieron a la zona de entrenamiento como si les pesaran los pies. Pero, una vez allí, se encontraron con que solo estaba uno de los ayudantes. El chico contó para asegurarse de que estuvieran todos y los envió al gimnasio, lo que ocasionó murmullos de inquietud en el grupo. Cada vez que les tocaba ir al interior, Darren los machacaba con pruebas duras como subir por cuerdas colgadas del techo o bajar por un tubo imitando el clásico que había en las estaciones. Aquel día incluso habían llegado a pensar que era algo divertido, hasta que el primero descendió y fue consciente de que deslizarse no era lo complicado, sino frenar. Más de uno terminó con moratones en sus partes traseras.

—¿Qué nos tocará hoy, Dios mío? —suspiró Leo.

—Venga, seguro que no es para tanto —le dijo Abby, dándole un ligero codazo de ánimo.

Él se lo devolvió, dispuesto a demostrar que seguía pensando en ella como una amiga y que la camaradería que había entre ambos no iba a cambiar, aunque en su fuero interno tuviera esperanzas de lo contrario.

—Quizá sea algo de equilibrio —comentó Camilla—. Solo hemos hecho un día.

Y no les había ido nada mal: en ese tipo de ejercicios, en los que la agilidad y la concentración eran más importantes que la fuerza física, ellas sobresalían.

No bien habían terminado de colocarse en el centro del gimnasio cuando Darren entró. Al momento se hizo el silencio.

—Buenos días —saludó él, recorriéndolos con la mirada, pero sin detenerse en nadie—. Id practicando las sonrisas mientras preparamos el gimnasio.

Hubo suspiros de resignación. Talisa comenzó los ejercicios mirándolo, por si conseguía que sus ojos se cruzaran, pero no hubo forma: el teniente se dio la vuelta y fue a buscar unas colchonetas junto a sus dos ayudantes. Las depositaron en el suelo, mientras todo el grupo hacía muecas preguntándose qué demonios iban a hacer.

—Esto me da mala espina —susurró Leo—. Creo que hoy alguno va a pasar una vergüenza espantosa.

Ninguno le llevó la contraria, temiendo lo que vendría después.

Los ayudantes terminaron de colocar todo y se fueron tras saludar a Darren con la cabeza. Él se quitó la sudadera, quedándose en manga corta, y los miró con las manos en la cintura.

—Dios mío —murmuró Camilla—. Mal empezamos. Talisa, ¿has visto qué brazos?

«Demasiado bien», pensó ella. En cambio, chistó para que no siguiera hablando.

—Bien —empezó Darren—. Hoy vamos a dar una clase de defensa personal. Ante todo, quiero que tengáis bien claro que no se trata de quién es el más bruto ni dejar a nadie inconsciente. No quiero lesiones, todo lo contrario. Esto no es boxeo y, como ya os explicó la policía, no debéis enfrentaros a ningún delincuente. En todo caso, defenderos de él si os encontráis en peligro. La defensa personal no se mide por la fuerza ni por el tamaño corporal, sino por la agilidad y los reflejos. Bien, empecemos con una demostración.

Volvió a recorrerlos con la vista y entonces sí, su mirada se cruzó con la de Talisa. Al momento se dio cuenta de que se había detenido en ella un segundo más de lo necesario, y señaló a Leo, que estaba a su lado, tanto para disimular como para dejar de mirarla.

—Jacobi, sal aquí.

El chico se quedó blanco. Si antes hablaba… Con la de gente que había alrededor, seguro que cualquiera tenía más ganas de aprender que él.

—¿Yo?

—Tú. Vamos, que no tenemos todo el día.

Leo avanzó con resignación y se quedó en el borde de la colchoneta.

—¿Aquí? —preguntó.

—No, a mi lado. No creo que desde ahí puedas atacarme.

Leo volvió a suspirar y subió a la colchoneta, aunque dejando un par de pasos entre ellos.

—Aquí me vale —dijo.

Darren se acercó al ver que no iba a lograr que Leo lo hiciera y se dirigió al grupo.

—Bien, prestad atención. Quiero que os fijéis bien en todas y cada una de las caídas de Jacobi, porque no quiero que cometáis después los mismos errores.

¿Todas y cada una? Pero, ¿cuántas veces iba a acabar en el suelo? Si ya de por sí no le gustaba aquello, con ese comentario se le quitaron las ganas del todo.

—No sé si… —empezó.

—Venga, atácame.

—¿Que le ataque?

—Sí, como si quisieras atracarme o lo que se te ocurra.

—Pero… usted es el teniente.

—Eso ya lo sé, Jacobi. Ataca de una vez.

Con lo pacífico que era él… En fin, no le quedaba otra. Estiró las manos para agarrarlo, pero, sin saber cómo, se encontró de pronto bocabajo en la colchoneta, con un brazo doblado sobre su espalda y el teniente sobre él, sujetándolo. Emitió una queja, pero este se mantuvo en su sitio.

Talisa levantó la mano. Le había parecido que Darren la ignoraba de forma deliberada, incluso evitaba mirarla, así que quería comprobar si tampoco tenía intención de dirigirle la palabra.

—Tengo una pregunta —dijo.

Él la miró, aún sin soltar a Leo, y afirmó con la cabeza. Bueno, no le había hablado pero tampoco ignorado.

—¿Qué ha pasado? —preguntó la joven—. No sé los demás, pero ha sido tan rápido que no me he enterado de nada.

Hubo murmullos de acuerdo. Darren liberó entonces a Leo, que se incorporó frotándose el brazo y los riñones. Algunos comenzaron a reír al ver su cara, pero dejaron de hacerlo al momento, cuando Darren les dirigió una mirada seria.

—Silencio —ordenó—. La rapidez es la clave en la defensa personal. Hay que observar al oponente, anticipar sus movimientos, y de esa forma se puede saber por dónde atacará. Jacobi, otra vez.

—Pero…

—Vamos.

Leo intentó recordar cómo lo había agarrado la primera vez para intentar anticipar sus movimientos y así tener una oportunidad de vencerlo, pero no lo tenía nada claro.

—Te lo pondré fácil —dijo Darren, dándole la espalda.

El chico cogió impulso para lanzarse sobre él, pero en el momento en que lo tocó, de nuevo salió por el aire y acabó en la colchoneta, esta vez bocarriba. El teniente le sujetó un brazo, doblándole la muñeca.

—Ay, ay, ay —se quejó Leo, temiendo por la integridad de su mano mientras ignoraba las risitas de fondo.

Darren lo soltó y dio un paso atrás.

—Puedes volver a tu sitio, Jacobi. —El aludido no tardó en obedecer—. Ekekiela, eres el siguiente.

—¿Podrá con él? —le susurró Abby a Talisa.

La chica se encogió de hombros.

—Si la teoría es cierta, el tamaño no importa.

—Bueno, depende de para qué —comentó Camilla.

Las tres rieron por lo bajo.

—¿Qué pasa? —gruñó Darren, con tono impaciente y mirándolas de forma desaprobadora—. Como oiga una sola risita más, os iréis todos a dar unas cuantas vueltas antes de comer. —Ante aquello, el grupo se calló abruptamente—. Muy bien, vamos a probar algo diferente. Ekekiela, dame un puñetazo.

El hawaiano vaciló. ¿Y si le daba de verdad? Le podía dejar un ojo morado como mínimo, pero claro, tampoco iba a desobedecer. Tras pensárselo unos segundos, decidió que lo mejor era hacer lo que le ordenaba. Lanzó el puño hacia delante, directo a su mandíbula, pero solo chocó con el aire. El teniente lo esquivó, lo agarró del brazo y utilizó su propio impulso para hacerlo caer al suelo. Antes de que pudiera reaccionar, notó que Darren le clavaba la rodilla en la espalda, inmovilizándolo.

—Me voy a ofrecer voluntaria ahora mismo —susurró Camilla con decisión—. Me parece que va a ser lo más cerca que lo voy a tener nunca, y ahí hay mucho roce.

Darren se levantó y extendió la mano hacia Ekekiela para ayudarlo a levantarse.

—Como veis —explicó—, esto es cuestión de reflejos, ni más ni menos. Haré otra demostración más y después os colocaré por parejas para practicar.

—¡Voluntaria! —exclamó Camilla, levantando el brazo antes de que dijera ningún nombre.

Darren le hizo un gesto con la mano para que se acercara.

—Adelante, Zhao.

La chica avanzó con una sonrisa de oreja a oreja.

—Está loca —comentó Abby.

—Déjala, si así es feliz… —contestó Talisa.

De nuevo, pensó que quizá debería haber hablado con su amiga para explicarle lo ocurrido entre Darren y ella y que no siguiera con sus intenciones, pero al momento volvió a convencerse de que no era lo mejor. Quizá después de que hablara con el teniente, si es que lo lograba, y conseguía aclararse ella misma.

Camilla se subió a la colchoneta y Darren le señaló un punto.

—Ataque a distancia —ordenó—. Y por la espalda.

Se dio la vuelta. Camilla lo contempló fijamente, aunque la idea que correteaba por su mente no tenía nada que ver con atacarlo.

—¿Zhao? —preguntó él.

—Estoy preparando el ataque sorpresa, si está prevenido es más fácil esquivarme —improvisó ella.

Darren lo dio por bueno y se quedó con los brazos cruzados, esperando. Pero en cuanto notó que intentaba cogerlo por detrás, reaccionó y la pobre chica se encontró volando por los aires hasta llegar a la colchoneta y aterrizar bocarriba. Pero lo peor de todo fue que él no se acercó, sino que se mantuvo alejado.

—De esta forma, no hay necesidad de retener al agresor —explicó Darren—. Se queda aturdido por el golpe en el suelo y tenéis tiempo de huir. Arriba, Zhao.

Se aproximó para tenderle la mano y ella se incorporó, frotándose la espalda con gesto de fastidio. Regresó junto a sus amigas, que a duras penas lograron mantener expresiones serias. Darren dio un par de palmadas y empezó a señalarlos de dos en dos para que trabajaran por parejas.

Ryan miró a Ekekiela de arriba abajo al ver que les tocaba juntos.

—No sé qué será mejor, que tú me ataques o yo a ti —comentó—. Porque de las dos formas me veo por los suelos.

—Bueno, yo acabo de caer y no me ha pasado nada. Si prefieres lo hago yo, a ver si puedes conmigo.

Por el tono, Ryan dedujo que el hawaiano no estaba dispuesto a morder el polvo de nuevo, después de lo fácil que había parecido con Darren. Y no se equivocaba: Ekekiela sentía que su imagen ruda se había visto seriamente perjudicada después de aquello y no estaba dispuesto a que le ocurriera lo mismo con Ryan; aunque lo considerara un amigo, eso no significaba que lo viera como un rival débil.

Perder frente a él sería mucho peor que la llave del teniente. Como el chico no contestara, pensó que estaba de acuerdo, así que se lanzó a por él. Ryan lo esquivó por los pelos, pero al intentar cogerlo para aprovechar su impulso, no le salió como esperaba y lo que consiguió fue que chocaran y acabaran ambos en el suelo. Rápidamente, Eke-kiela aprovechó para ponerse sobre él e inmovilizarlo con un gesto de triunfo.

—¡Que me rompes el brazo! —exclamó Ryan.

—Ekekiela, esto no es lucha libre, ¿quieres soltar a tu presa?

El aludido se apartó al escuchar a Darren, mientras Ryan se sentaba tocándose el hombro. Darren se acercó y se agachó para examinar la zona.

—¿Qué ha pasado? —preguntó.

—He hecho la llave como nos ha enseñado —se defendió Eke-kiela al momento.

—Más o menos —dijo Ryan, con gesto de dolor.

—Será mejor que vayas a la enfermería —dijo Darren, ayudándolo a ponerse en pie—. Que te mire Angelina y te lo vende si lo ve necesario. Ekekiela, conmigo, vamos a probar otra vez a ver si eres capaz de tumbarme.

Ekekiela pensó en protestar, pero antes de hacerlo ya estaba de nuevo tirado en la colchoneta. Mierda, aquello parecía un chiste. Tendría que practicar esos reflejos que tenía o, más bien, no tenía. Siempre había confiado mucho en la fuerza bruta, pero al parecer aún le quedaban cosas por dominar, y tener que darse cuenta en público no es que le hiciera ilusión en exceso. Aunque, si lo pensaba… tampoco tenía tanta importancia, para eso estaban allí, ¿no? Para aprender y practicar, para dominar técnicas y no por fachada. Fue consciente de que si eso le hubiera sucedido durante el primer mes el enfado hubiera resultado catastrófico. ¿Qué había cambiado para que de pronto se sintiera un aspirante más del grupo al que aún le quedaban mil temas por cultivar?

Se incorporó otra vez, dispuesto a no dejarse vencer por la frustración.

Ryan se fue a la enfermería sujetándose el hombro. No le dolía tanto como para necesitar un vendaje, pero al menos así vería a Angelina. Apenas si se habían cruzado desde la última visita, en la que le había lanzado la indirecta-directa de que no quería salir con él. Dudaba que hubiera cambiado de opinión, pero también le había estado dando vueltas a la conversación y en aquel momento ni siquiera se le ocurrió preguntar por qué estaba tan ocupada, de ser cierta la excusa. Porque la química la sentía, estaba allí, así que quizá era otra cosa.

La puerta estaba abierta y la golpeó con los nudillos, asomándose. La enfermera estaba en su mesa, rellenando unos papeles, y levantó la vista al escucharlo.

—Me manda Darren —explicó él—. Me han hecho una llave y me duele el hombro.

Angelina tardó un par de segundos en reaccionar. No lo había vuelto a ver a solas desde que la invitara a salir y ella pusiera aquella patética excusa… Lo malo era que, al contrario de lo que había esperado, no se sintió aliviada al hacerlo. Incluso una parte de ella esperaba que insistiera y así tener una excusa para salir con él, pero Ryan no había vuelto a insistir.

—Siéntate en la camilla —indicó, al ver que esperaba.

Mientras el chico obedecía, Angelina aprovechó para recomponerse, pero le duró poco porque para cuando llegó a su altura, él se había quitado la camiseta. El duro entrenamiento diario había definido un poco más sus músculos, pero como siempre le ocurría, eran sus ojos los que la atraían como un imán. Para evitarlo, se puso tras él y le tocó el hombro.

—¿Aquí?

—Es el otro.

Angelina cambió las manos de sitio y palpó con cuidado. Ryan no se quejó, así que le cogió el brazo para levantárselo, comprobando el giro.

—No parece nada más que un tirón —le dijo—. No te lo voy a vendar.

—Menos mal, no querría perderme ningún entrenamiento.

Angelina cogió el espray calmante y entonces sí, se puso frente a él para aplicárselo.

—¿Te preocupa no aprobar si te pierdes alguno? —preguntó.

Porras. Ahí estaba, preocupándose cuando debería darle igual. Él la miró, dudando qué contestar. ¿Era una pregunta en serio o solo trataba de darle conversación?

—He trabajado mucho, no quiero estropearlo ahora.

—¿Y no habría otra cosa que preferirías hacer? Bombero no es lo que se dice la profesión más segura del mundo.

El chico sopesó aquellas palabras, ¿sería eso el fondo de todo? ¿No le gustarían los bomberos en general, más que él en particular?

—¿Si no fuera bombero estarías menos ocupada el fin de semana? —soltó, sin andarse por las ramas.

Ella dejó el espray y suspiró. Se cruzó de brazos delante de él, molesta porque la hubiera calado.

—Algo hay de eso, sí. ¿Te han dicho alguna vez que eres muy directo?

—Me queda poco tiempo en la academia, así que mejor no perderlo, ¿no te parece? Mira, quizá me equivoco pero… —La señaló y luego a sí mismo—. ¿No crees que aquí puede haber algo?

—Ese no es el tema.

—Entonces sí lo crees.

Sonrió a medias, y ella sacudió la cabeza.

—¿No me ves mayor para ti? Y además está eso, que vas a ser bombero, y sé lo que es esa vida. Lo he visto durante muchos años.

—Pero no lo has vivido en primera persona.

—No, aunque…

—Mira, no te pido nada complicado. Podemos probar una cita, salir un día a cenar. Conocernos un poco y si vemos que hay más, tener otra. Y si no, se acabó. ¿Qué puedes perder?

Angelina volvió a sacudir la cabeza. Ryan se bajó de la camilla y se acercó a ella, que no se movió.

—También podemos probar ahora mismo si la química existe o no.

La enfermera abrió la boca para decir que no, pero en lugar de eso se sorprendió a sí misma y a él cogiéndole la cara con las manos y poniéndose de puntillas para besarlo. Esperaba que aquello terminara la conversación, que demostrara que no había nada… Pero nada más lejos de la realidad, porque fue como sentir una descarga eléctrica recorrer todo su cuerpo. Había pensado en algo corto, pero entonces él la cogió por la cintura y profundizó el beso. Era mejor de lo que había imaginado, la forma en que acariciaba sus labios con los suyos, en que subía las manos por su espalda… Pero entonces, demasiado pronto, Ryan se apartó y la miró con una sonrisa.

—Creo que ha quedado claro —comentó.

Ella no pudo evitar sonreír. Afirmó con la cabeza, enrojeciendo ligeramente al darse cuenta de que la puerta estaba abierta y cualquiera podría haber entrado y pillarles.

—Está bien —le dijo, deshaciéndose de sus brazos y dando un paso atrás—. Una cita y después… ya veremos.

—Perfecto. —Cogió su camiseta y se la puso—. Ya busco un sitio para cenar y te digo.

Se acercó para darle otro beso antes de marcharse y no fue hasta mucho rato después cuando se dio cuenta de que el hombro no le dolía en absoluto.

El entrenamiento estaba a punto de terminar y Darren apenas si se había acercado a Talisa un par de veces. Estaba serio y profesional, como siempre, y aunque era lo que ella esperaba, también se sentía un poco decepcionada… porque una mirada o algo que indicara que lo del sábado no había sido un sueño no le habría venido mal. Si al menos no se hubieran quedado con la conversación a medias, sabría mejor a qué atenerse. Bueno, eso tenía fácil solución: le pediría una tutoría y así tenía excusa para ir a su despacho.

Un momento. ¿No había decidido acatar su decisión, fuera cual fuera? Darren había respondido con claridad meridiana que no deberían volver a verse y ella lo había comprendido. «Si se repite, genial, y si no, genial también». Ese fue su pensamiento justo antes de dormirse, ¿no? Podía aceptarlo, bla, bla, y todo ese rollo de estar protegida porque sabía cómo funcionaba el mundo.

Aunque no le parecía tan buena idea en ese momento, con él delante. Sí, lo de la tutoría sonaba mucho mejor, así podrían aclarar el tema del todo.

Estaba a punto de levantar la mano cuando escuchó su voz:

—Bien, hemos terminado por hoy —decía él—. Grady, a mi despacho.

—Huy, ¿qué has hecho? —le preguntó Camilla, con un guiño cómplice.

—¿Qué? —La miró, sacudiendo la cabeza—. Nada, no sé. Será por los entrenamientos extra. Os veo en el comedor, chicos.

Darren la estaba esperando en la puerta, así que Talisa apresuró el paso para llegar hasta su altura y lo siguió al despacho. No hablaron en todo el trayecto y, en cuanto entraron, él cerró la puerta tras ellos y se quedó con la espalda apoyada en la misma, mirándola.

—Esto no puede ser —murmuró, como si estuviera discutiendo consigo mismo.

La chica se cruzó de brazos, mosqueada.

—A ver, que no he hecho nada —explicó—. No le he contado a nadie lo del sábado, si es lo que temes.

Él levantó una ceja. Daba por hecho que no iría contándolo por ahí, pero quizá a alguna de sus compañeras…

—¿Pensabas que iba a ir con un cartel? —preguntó la rubia.

—No, eso no. Talisa, me preocupa que lo que hablamos…

—O más bien quedó a medias, que te recuerdo que te escapaste por la ventana.

Y tanto que lo recordaba. Y que no la había llamado ni enviado ningún mensaje, pero el domingo estuvo hecho un lío y sin saber qué hacer, justo como en aquel momento. Lograba mantener la profesionalidad durante la clase, a pesar de que sus ojos se iban tras ella cuando menos lo esperaba, pero cuando estaban a salvo de miradas ajenas, la cosa cambiaba.

Y había dejado claro que aquello no podía repetirse, pero su propio cuerpo no hacía más que recordar lo sucedido. Se había propuesto tratarla como al resto y no volver a quedarse a solas si no era por un motivo estrictamente profesional… y allí estaba, de pie frente a ella como un idiota.

—Tienes razón —contestó—. Pero todo pasó muy rápido.

—Bueno, no todo.

Talisa no había pretendido sonar insinuante, pero tampoco lo podía evitar. Estar ahí, sin nadie alrededor y a un milímetro de distancia, solo le hacía desear tenerlo aún más cerca. Y por la forma en que la miraba, dedujo que a él le pasaba lo mismo. Antes de pensar en lo que estaba haciendo, se acercó y lo miró directamente a los ojos.

—¿Quieres que hablemos o qué?

Darren optó por el «qué», visto que no conseguiría decir nada con la mente ocupada imaginando cosas. La cogió para elevarla a su altura y poder besarla, como llevaba deseando hacer desde que se quedaran a solas. En fin, podían hablar después, ¿no?

Talisa lo rodeó con sus piernas para engancharse y no caer, abrazándolo por el cuello. Si en algún momento había dudado de la química experimentada el sábado, aquello se lo recordó exponencialmente. Pero qué bien besaba el cabrón… Notó que se movían y se aferró más a él, mientras Darren la llevaba hasta la mesa para depositarla encima.

La joven metió las manos por debajo de la camiseta, pasando los dedos por su pecho y bajando a la cintura para desabrochar el pantalón. Él hizo lo mismo y, cuando consiguió librarse de los botones, metió la mano por dentro para acariciarla, haciendo que se retorciera sobre la mesa. Darren le mordisqueó el labio inferior, moviendo sus dedos mientras ella hundía la cara en su cuello para ahogar esos jadeos que parecían imposibles de controlar.

Entre gemidos, consiguió bajarle el pantalón y se movió para deshacerse del suyo, algo complicado teniendo en cuenta que seguía acariciándola y que apenas si sabía dónde tenía la cabeza. Escuchó el sonido de una de sus zapatillas caer al suelo y protestó cuando Darren se apartó un momento, hasta que se dio cuenta de que era para terminar de arrancar su ropa, que salió disparada junto con su otra zapatilla. En menos de un segundo lo tenía de nuevo contra su piel y penetrándola, suave pero firmemente. La mesa tembló bajo ellos, chirriando con cada movimiento que hacían, pero a ninguno le preocupó, ni que uno tras otro los objetos cayeran al suelo.

Darren la besó, silenciando así sus propios gemidos, y los movimientos se volvieron más rápidos, agitados, acordes a la forma en que Talisa lo cogía por detrás y lo instaba a seguir. No iba a poder aguantar mucho más, pero notó que ella estaba a punto, así que en cuanto la sintió estremecerse se dejó llevar y la estrechó contra él, sin aliento.

Talisa tragó saliva, sintiendo su corazón a mil por hora. Pero, ¿qué polvos eran aquellos? No recordaba haberse comportado así nunca, pero tampoco nadie la había excitado de esa manera, como para ver fuegos artificiales en cuestión de minutos. No era que el sexo practicado en el pasado no hubiera sido placentero, pero desde luego, lo que le sucedía con Darren no se parecía a nada anterior. ¿Y debía resignarse a que fuera esporádico o peor aún, que no fuera?

Se movió para esquivar un bolígrafo que había llegado junto a su muslo y, cuando iba a decir algo ambos escucharon un crujido.

—Vaya, creo que no va a aguantar mucho más —comentó la rubia, mirando la mesa con cierta pena.

—No está hecha para…

Un sonido más fuerte los hizo callar a ambos: el golpe de unos nudillos en la puerta. A la velocidad del rayo, Darren se subió los pantalones y corrió hacia allí, sujetándola por el borde justo cuando comenzaba a abrirse.

—Ah, hola, Duncan —saludó, elevando la voz.

—Voy a comer, ¿vienes?

—Eh…

—Si prefieres entro, hablamos ahora de los informes y comemos después, lo que prefieras. No tengo mucho tiempo antes de las clases y…

—No, entrar no. —Salió y cerró tras él—. Tengo hambre.

Talisa estaría deseando matarlo, estaba seguro, pero mejor eso a que la viera el teniente Levine. Ya hablarían en otro momento, seguro que habría más oportunidades sin ninguna interrupción.

La chica se bajó de la mesa de un salto y recuperó su ropa a toda prisa. Por un lado, le irritaba que él se hubiera largado así, algo que empezaba a ser una costumbre, pero por otro… ni imaginaba qué podía pasar si el teniente Levine la hubiera encontrado allí. Semidesnuda, para más señales.

Dios mío. Si aquello trascendía, Darren no sería el único en sufrir las consecuencias. No quería ni pensar en la cara que pondría su padre si se enteraba de algo así, sería la mayor decepción de su vida, sobre todo porque de ella no la esperaba.

Lo cual era un fastidio, ya puestos a pensar en el tema, porque ella también tenía derecho a cometer sus propios errores. ¡A ver si Gail había cubierto el cupo de disgustos y debía ser perfecta en todo!

Aprovechó el reflejo de un cuadro en la pared para corroborar que su cabello estaba en orden y los botones de la ropa en su sitio. Después, abrió la puerta unos milímetros, comprobó que fuera estaba vacío y se escurrió, cerrando tras de sí.

La suerte estaba de su lado, porque un segundo después Ekekiela dobló el pasillo y se aproximó hasta donde se encontraba.

—Eh, hola —saludó, una vez estuvo a su altura—. No sé si estás esperando a Shaw, pero justo lo acabo de ver con el teniente Levine. Supongo que te ha hecho venir para nada.

—Eso parece —murmuró Talisa.

Bueno, para nada tampoco, un orgasmo de los buenos no se conseguía así como así…

Ekekiela le dio un toque en el hombro que la sacó de aquel pensamiento nada útil.

—¿Podemos hablar?

—Sí… sí, claro.

—Vamos al comedor, que no estamos para desaprovechar la hora de la comida.

La joven lo siguió, sin tener la menor idea de lo que quería hablar Ekekiela, aunque suponía que era algo referente a los estudios. Hizo el esfuerzo de centrarse en clases y temarios: ya se comería la cabeza por la noche, en la intimidad de su habitación.

Camilla le hizo gestos desde su mesa habitual, pero la joven se encogió de hombros y siguió a Ekekiela a una vacía. Bueno, estaba claro que quería hablar a solas, algo que tampoco le resultaba extraño si era tema de libros. Ya se había dado cuenta de que le gustaba perpetuar esa imagen de musculitos que jamás tocaba un libro, justo como era al llegar. Sin embargo, Talisa sabía que no era así. Durante el último mes, lo había visto en la sala de estudio más que el primer trimestre entero, algo que la enorgullecía. Y también se traducía en los resultados de sus tests, muchísimo mejores de lo esperado. Al igual que en su deportividad, el hawaiano se mostraba más colaborativo y menos desdeñoso.

Vio la cara sorprendida de Camilla y los demás, y sacudió la cabeza con una sonrisa.

—Sabes que ahora cotillearán sobre nosotros, ¿verdad? —comentó, con una risita.

—Eres un poco bajita para mí, pero no me desagrada la idea.

—Vaya, vaya, conque tenemos sentido del humor. ¿Dónde estaba guardado, que has tardado tanto en sacarlo? —se burló la rubia.

Ekekiela no bromeaba, pero tampoco la sacó del error. Cuando había ido a buscarla para hablar con ella, no tenía la menor idea de lo que iba a decir. Lo habitual era que con un guiño fuera más que suficiente para que una chica se le acercara, y lo de que lo dejaran plantado no existía en su historial de vivencias amorosas. Había tardado un rato en ser consciente, hasta que apareció Jesse para dejárselo claro: lo de tomar el aire solía ser breve, si una chica no regresaba en cuestión de minutos, significaba que acababan de darte plantón.

Contra todo pronóstico, no se enfadó. Se limitó a dar vueltas al tema, pensando en por qué la chica había hecho eso, si acaso significaba que no se sentía atraída por él. No quería pedirle explicaciones tampoco porque no deseaba estropear la relación que tenían, que no se parecía a ninguna que hubiera tenido antes. De hecho, por mucho que hiciera memoria, no recordaba haber tenido amigas ni nada similar. Si eran chicas, siempre terminaba por acostarse con ellas al segundo de conocerlas, por lo que la amistad nunca cuajaba.

Pero con Talisa, esa fase estaba superada. Vale, era cierto que al principio no la soportaba, solo era una listilla que reclamaba un lugar que no le correspondía. Pero después de conocerla mejor, su opinión era muy distinta. No era listilla, la realidad era que estudiaba un montón, tanto que aún le costaba asimilar que alguien pudiera tener esa fuerza de voluntad, al igual que el entrenamiento. No le habían caído esos dones del cielo, trabajaba para conseguirlos, y eso le gustaba. Se sentía cómodo a su lado, incluso le apetecía charlar, y aquello era nuevo, tan nuevo como su intento de hacérselo ver.

No podía ser muy directo porque después del plantón no estaba seguro de que fuera a recibir la respuesta que quería, así que tendría que probar la sutileza. Palabra con la que no estaba muy familiarizado, la verdad.

—¿De qué querías hablar? —preguntó la chica.

—Verás, lo del sábado…

Talisa alzó la mirada, sorprendida. ¿El sábado? ¿Qué había pasado el sábado? No recordaba nada importante antes de las nueve, claro.

—¿El qué?

—Bueno, ya sabes, desapareciste sin más.

—¡Ah! Eso, ya. Sí, perdona. No me apetecía mucho estar de juerga. —Lo examinó con gesto crítico—. Si te refieres a que te dejé ahí en la barra, necesitaba tomar el aire y después no me apeteció volver.

—Soy un cretino cuando bebo, lo sé, pero…

—Bueno, por lo que ha llegado a mis oídos no te fuiste solo, ¿verdad? —Talisa sonrió.

Ekekiela pareció contrariado. Pues no, claro, aquellas dos chicas se habían puesto a darle conversación entre copas y caídas de pestañas y bueno, ¡tampoco era un santo! Si además coincidía en que ambas compartían un piso que estaba cerca, hubiera sido como rechazar un sándwich gigante, incomprensible para él.

Y eso, ¿cómo casaba con lo que intentaba explicar?

«Me gustas, creo que eres la primera chica con la que conecto más allá de la cama, aunque hace dos días estuviera retozando con dos tías en su apartamento».

No, imposible, no podía ser tan claro. Pero sus torpes intentos de ser sutil debían ser muy flojos, porque la rubia no parecía percatarse de lo que de verdad pretendía hacerle ver, incluso parecía vacilarle con el tema.

—¿Qué pasa, no tienes suficiente con una que necesitas dos? ¿O solo lo haces por presumir delante de los demás?

—A ver, que no quiero hablar de esa parte del sábado precisamente…

—¿Pues de qué parte quieres hablar? —preguntó ella, confusa.

—Verás, este último mes me siento diferente.

—A mejor —se apresuró a añadir Talisa.

—Sí, supongo que sí. Quiero decir que estoy muy contento por haber mejorado mis notas, y esto es gracias a ti.

—Solo soy buena compañera, tú también me ayudas a mí. Tenemos una relación simbiótica donde ambos salimos beneficiados.

A Ekekiela no le convencía la definición de su relación como «simbiótica», e hizo una mueca.

—Pensaba que éramos algo más cercano a amigos que a simbióticos.

—Oh —murmuró la rubia, sorprendida—. Pues claro que somos amigos, Jimmy, o al menos yo te considero como tal. Aunque no tenía claro si tú pensabas igual, no tienes pinta de haber tenido ninguna amiga en toda tu vida.

—¿Y eso por qué?

—Porque eres un ligón. Seguro que a todas las chicas las miras de manera sexual antes que cualquier otra cosa.

—Precisamente a eso me refiero, contigo es distinto.

—Claro que lo es, por una vez estás tratando con alguien a quien no pretendes llevarte a la cama, es lógico que te sientas distinto. Debe resultarte raro.

—Bueno, eso de la cama no es…

—Tranquilo, sé que lo del sábado fue porque habías bebido y es tu forma de actuar habitual, seguro que ni sabías que era yo. —Talisa le dio unas palmaditas amistosas en el hombro—. No te preocupes, no estropea nada. Podemos seguir con los libros y las pesas juntos, incluso cuando no estemos aquí puedes contar conmigo.

Ekekiela alzó una ceja.

—¿A qué te refieres?

—Podemos hablar por teléfono y esas cosas, ya sabes. Piensa que algún día encontrarás una chica con la que ir en serio y ese día vas a necesitar mi ayuda. —Le sacó la lengua.

Él negó con la cabeza.

—No, yo lo que quería decir era…

—Jimmy. —Ella lo miró con firmeza hasta que el hawaiano cerró la boca—. No tienes que seguir haciéndote el duro todo el tiempo, menos por tus amigos. Ryan pasa de todo y Jesse es como un viejo gruñón, así que preocúpate de ser tú mismo y estar feliz, que es lo que importa.

El chico se calló mientras procesaba sus palabras. Estaba claro que Talisa no se enteraba o no quería enterarse, una de dos. Pero fuera cual fuera, también había captado que no albergaba el menor interés romántico hacia él o ya le habría enviado alguna señal.

En fin, quizás así fuera mejor. Si ella era algo similar a una amiga, debía conservarla, cosa que podría irse al carajo si trataba de seducirla. Seguiría como hasta entonces: era posible que con tiempo y roce surgiera una respuesta más entusiasta por parte de la rubia, aunque algo le decía que no iba a ser así.

Bueno, si al final terminaban siendo solo amigos, también sería un logro para él. Y, como bien había señalado ella, podía serle de ayuda en múltiples temas, solo era cuestión de buscar las ventajas.

—¿Mejor? —preguntó Talisa.

—Sí, todo bien. —Él fijó la vista en sus bandejas—. ¿Te vas a comer el pan?

Ella se lo lanzó a la bandeja con una sonrisa. Apenas podía creer que el chico sentado ante ella fuera el mismo que había conocido al llegar, a veces las personas daban sorpresas inesperadas. Lo cual le daba la razón en que a veces había que dar una segunda oportunidad a los demás; por suerte, no había tenido que arrepentirse de su decisión ni una sola vez. Encima, sus marcas eran cada vez mejores y el asunto pintaba bien. Todo iba de maravilla, excepto lo que le quitaba el sueño. Parecía que en cuanto una preocupación se diluía, enseguida aparecía otra para ocupar su lugar y que nadie se relajara.

¿Cómo iba a arreglar su «problema»?

—¿Estás bien? Pareces distraída.

—Sí, un poco. Las clases, que me apetecen tanto como un cólico.

—Bueno, ya estamos en el cuarto mes. Nos queda poco.

Ekekiela tenía razón: quedaba poco tiempo. Y eso también la preocupaba.

CAPÍTULO 14

La semana final del cuarto mes solo quedaban quince aspirantes. Las pruebas tanto físicas como teóricas eran cada vez más complicadas, por lo que todos aprovechaban cualquier momento para estudiar, incluso a la hora de la comida como ese día. El teniente Levine llevaba tiempo avisando de que pronto les haría una prueba global, por si se les habían olvidado conceptos aprendidos en la primera semana, y temían el momento.

—¿Han cambiado los símbolos desde que empezamos? —protestó Leo—. ¡Alguno ni me suena!

—Pues los comentarios que hay al lado son tuyos así que no, nadie te ha cambiado el libro —le contestó Abby, con un guiño.

Y él tragó saliva, desarmado por lo que aquellas pequeñas muestras de camaradería le provocaban.

—Odio las ordenanzas —gruñó Ekekiela por su parte, mientras retorcía unos espaguetis con el tenedor—. Si no vamos a poner multas, ¿para qué demonios tenemos que conocerlas?

Desde el día en el que había hablado con Talisa a solas, la relación con los demás también había ido mejorando, por lo que acabar comiendo todos juntos había surgido de forma natural y se convirtió en una costumbre. Si había esperado alguna reticencia por parte de Ryan o Jesse, esta no tuvo lugar: Ryan no hizo ningún comentario y Jesse, que también se llevaba mejor con Camilla desde la salida, tampoco puso pegas. Tenía momentos en que se ponía gruñón y le gustaría volver a su rincón de amargura, pero también veía las ventajas de unirse al grupo en momentos como aquel: era más fácil repasar entre todos. Y también… tenía menos tiempo para estar enfadado.

—¿Por qué si un…? —empezó Camilla.

Pero, fuera cual fuera su pregunta, se quedó en el aire cuando se vio interrumpida por el sonido de la alarma. Ekekiela empezó a toser, medio atragantándose con los espaguetis.

—¿Simulacro? —Talisa verbalizó lo que todos estaban pensando.

—Joder, ¡si acabamos de comer! —Ekekiela consiguió hablar tras beber un buen trago de agua—. Ahora mismo no estoy como para subir seis pisos con una manguera a cuestas.

—Es lo que tiene ponerse a comer como si no hubiera un mañana —le dijo Jesse, palmeándole la espalda—. Vamos, arriba.

Dejaron los libros sobre las mesas y, algunos, sus bandejas de comida a medias, y salieron corriendo hacia la zona de simulacro.

El teniente Levine y Darren ya estaban allí, el segundo con un cronómetro en la mano que detuvo en cuanto estuvieron todos alineados.

—Habéis mejorado el tiempo en un minuto, bien —dijo Darren—. Como habréis supuesto, esto es un nuevo simulacro. Y puntúa. —Señaló tras él—. Tenemos dos focos: uno en la primera planta y otro en la parte de los garajes. Habrá un equipo de siete y otro de ocho. Vosotros. —Se colocó delante de Talisa y Ekekiela y les señaló—. Juntos. Quiero ver ese trabajo en equipo. Cook, Jacobi, Zhao, Cortez y Lassek; aquí también, conmigo.

Mientras enumeraba, el teniente Levine se fue hacia los demás y les comenzó a dar indicaciones. Darren sacó unas tarjetas que llevaba en el bolsillo.

—Este simulacro tiene varias diferencias con el anterior —explicó—. Primero, como veis no hay fuego visible. Sabemos que hay en alguna parte de esa planta por una llamada de una persona atrapada en su piso, que hoy será un muñeco. Tendréis que localizar tanto al fuego como al inquilino. Y segundo, os voy a entregar a cada uno una tarjeta con instrucciones y una alarma. No podéis decir lo que pone a vuestros compañeros y tenéis que seguirlas al pie de la letra. —Ellos se miraron, confusos—. La vida real está llena de imprevistos que, por mucha teoría y entrenamiento que tengáis, no se pueden aprender ni predecir. Así que de eso se trata esta vez. ¿Alguna pregunta?

Varios levantaron la mano, pero Darren los ignoró.

—Resulta que estoy de baja en casa y no puedo ayudaros en esta ocasión. —Sacó una de las tarjetas y se la colgó del cuello. En grandes letras ponía «Ausente». Repartió las demás con rapidez, concentrándose para no dedicar ningún segundo más a Talisa que al resto—. Levine tampoco está disponible, tiene el día libre, así que estáis solos. Tenéis treinta segundos para memorizar lo que pone en vuestras tarjetas y guardarlas. Solo las sacaréis de nuevo cuando os suene la alarma y las pondréis a la vista para que todos sepan qué ocurre.

Cada uno giró la suya y la leyó. Al momento se escucharon algunos sonidos, tanto de sorpresa como de protesta. Darren dio un par de palmadas para atraer su atención de nuevo.

—Vamos, tenéis vuestros equipos junto al camión. ¡Ya estáis tardando, que el otro equipo casi está listo!

Una mirada bastó para comprobar que aquello era cierto y que el otro equipo estaba terminando de prepararse. Corrieron hacia el camión y comenzaron a ponerse los equipos.

—¿Cómo entramos? —preguntó Leo.

—Es la primera planta, deberíamos intentar subir por fuera con la escalera —sugirió Abby.

Todos recordaron al instante el gran momento en el que no habían sido capaces de ponerse de acuerdo para levantarla.

—Hagamos dos entradas, para ir más rápido —propuso Talisa—. Cuatro por el portal, si está cerrado habrá que romper la puerta. El resto por la ventana. Llevaremos la escalera entre todos y la aseguraremos, una vez hayan subido los tres, los demás vamos por el portal.

A todos les pareció buena idea. En cuanto terminaron de prepararse y comprobar sus comunicaciones, Ekekiela y Jesse se subieron al camión para desenganchar la escalera. Leo y Camilla esperaban justo debajo para sujetarla y que no cayera al suelo. Una vez la hubieron cogido, todos se colocaron para ayudarlos a levantarla. Durante un segundo se miraron, sorprendidos al haberlo logrado sin que se les cayera. Pero no había tiempo que perder, así que Talisa marcó un ritmo y de ese modo, sin tropezarse, llegaron hasta el edificio. Una de las ventanas del primer piso estaba entornada, según señaló Ryan, así que colocaron la escalera debajo. No tenían ni idea de dónde estaría el incendio, así que esa les valía igual que cualquier otra.

Aseguraron la escalera y Ryan, Camilla y Abby subieron por ella.

—¡Aquí no es! —avisó Camilla, asomándose por la ventana poco después—. El piso parece libre de humos, echaremos un vistazo por si acaso hay alguien y pasaremos al de al lado.

—¡Bien, nosotros vamos por abajo! —contestó Talisa, levantando el pulgar.

Se dirigió a la puerta con el resto. Estaba cerrada, pero era de madera, así que Ekekiela sacó su hacha y con un par de golpes rompió la cerradura sin problemas para abrirla. Leo se asomó y husmeó.

—Pongámonos las máscaras —dijo—. Aquí no se ve humo todavía, pero lo huelo … y también creo que hay gas.

—Bien, entonces hay que tener cuidado —avisó Jesse—. Si hay gas, puede haber una explosión.

—Avisaré al resto —decidió Talisa.

Se colocaron las máscaras y avisó por radio a los otros tres para que hicieran lo mismo.

—Saliendo del piso —le contestó Ryan—. Sí, aquí también huele un poco a gas. Ya tenemos las máscaras.

Con ellas puestas, el equipo de cuatro entró en el portal y comenzó a subir las escaleras. Ya se veía algo más de humo, pero no tanto como para dificultarles la visión. Al otro extremo del pasillo, vieron a sus compañeros y levantaron la mano.

—El piso está limpio —indicó Abby—. Pasamos al siguiente.

—Nosotros haremos lo mismo por este lado —dijo Talisa.

Jesse tocó la puerta que tenía al lado.

—Creo que es esta —dijo—. Noto algo de calor.

Se pusieron a ambos lados y Ekekiela le dio una patada, echándose a un lado. La puerta se abrió y salió una bocanada de humo.

—Chicos, hemos encontrado el foco —informó Talisa a los demás.

—¿Necesitáis ayuda? —preguntó Ryan.

—No, de momento nos apañamos. Seguid con los pisos, por si hay alguien.

—De acuerdo.

—¿Entramos ya? —preguntó Jesse—. Antes de que se ponga peor.

—Sí, claro, vamos.

Ekekiela entró el primero, pero no había dado ni dos pasos cuando notó que su alarma vibraba. Maldiciendo, se sentó en una esquina.

—Pero, ¿qué demonios haces? —le gritó Talisa—. Mira, Jimmy, como te pongas en modo idiota te juro que…

El chico sacó la tarjeta y se la colocó sobre el pecho.

—Ay, ay, ay —dijo, en tono monótono—. Se ha caído esta pared y me he roto las piernas.

—¡Mierda, no jodas! —exclamó Leo, acercándose para mirar la tarjeta.

—Las dos piernas —repitió Ekekiela—. Así que aquí me quedo, que no puedo moverme.

Talisa se acercó también y se agachó a su altura.

—¿Algún síntoma más? —preguntó.

—¿Te parece poco?

—Bueno, tú quédate aquí, enseguida volvemos a por ti.

—Qué remedio.

—Sigamos con…

—Talisa, tenemos que salir. —Escuchó a Ryan hablar por la radio—. Camilla tiene la máscara estropeada y creo que Abby no debería quedarse sola.

—No, no, estoy de acuerdo. Salid con Camilla y conseguid una máscara nueva. Si no hay, que se quede fuera y volvéis Abby y tú a continuar con los pisos.

—De acuerdo.

Cortaron y Talisa miró a su alrededor. Joder con el puto simulacro, ¿habían convertido aquello en la ley de Murphy? Dio un par de pasos y entonces vibró su alarma. Lanzó todos los juramentos que conocía mientras apagaba su radio y se colgaba el cartel.

—Pero, ¿qué…? —le preguntó Leo.

Ella hizo gestos para enseñarle el cartel y él afirmó. Avisó a los demás de que ella tenía la radio rota.

—No te alejes de nosotros —le ordenó—. Con la máscara y sin radio, no te oiremos si gritas y cada vez hay más humo. Tenemos que darnos prisa.

Ella se colocó entre Jesse y él y comprobaron la primera habitación. Estaba vacía, pero en la segunda vieron un cuerpo en el suelo.

—Es nuestra víctima —dijo Jesse—. Tiene un cartel, pone que está inconsciente y sin heridas visibles. Tenemos que sacarlo.

Talisa les hizo gestos, aunque tuvo que esforzarse hasta que consiguió que la entendieran. Quería que ellos dos sacaran a la víctima y ella se mantendría junto a Ekekiela, de esa forma el chico no se quedaba solo ni tampoco ella, que no tenía radio. Leo pensó en que quizá fuera mejor que saliera también con la víctima y quedarse él, pero no tenían tiempo de discutir así que al final optaron por hacer lo que la chica indicaba. Entre Jesse y él cogieron al muñeco con cuidado y lo sacaron de la habitación. Talisa se quedó con Ekekiela mientras ellos se marchaban.

—Ryan y Abby han vuelto —informó el hawaiano—. Camilla no ha podido encontrar ninguna máscara que funcione, pero han encontrado un muñeco con forma de niño en otro piso.

Talisa se señaló el comunicador y se encogió de hombros.

—Genial, hablo solo. Piernas rotas y hablando solo —se quejó él.

—Subimos enseguida —informó Jesse—. No seas quejica, que acabo de perder mi hacha y dependo de Leo para romper algo.

—Me quedo fuera —refunfuñó Ryan por radio—. Se supone que me ha dado un ataque de pánico y no puedo volver a entrar.

Abby regresó al piso con Leo y Jesse. Llevaban una camilla para poder sacar a Ekekiela. Mientras Talisa y Leo lo colocaban, Jesse y ella fueron a revisar el resto de las habitaciones. No había nadie más, así que regresaron con los demás para ayudarlos con la camilla.

Y entonces vibró la alarma de Abby. Soltó la camilla y se puso a un lado, colocándose su cartel.

—Aquí me quedo —dijo.

Todos abrieron mucho los ojos al ver lo que ponía en su tarjeta: «muerte por impacto tras explosión». Talisa tragó saliva y negó con la cabeza. Se acercó a ella y se la echó al hombro, tarea nada sencilla que provocó la sorpresa de todos. Les hizo gestos para avanzar y todos se apresuraron a salir, con Ekekiela en la camilla.

En cuanto llegaron al exterior, el grupo se deshizo de las máscaras.

—¿Por qué me has cogido? —preguntó Abby a Talisa, en cuanto esta la dejó en el suelo.

—Me da igual lo que ponga ahí. A menos que tu cabeza haya salido rodando, puedes estar herida. Y no se deja a nadie detrás.

Abby la abrazó. Los demás, incluido Ekekiela, que dedujo que ya podía tener piernas, se unieron a las dos, hasta que un par de palmadas les interrumpió. Se separaron y vieron a Darren acercarse a ellos con, sorprendentemente, una enorme sonrisa en el rostro.

Y justo en ese momento comprendieron por qué al final todos los aspirantes terminaban adorando a su instructor. Conseguir aquella sonrisa de alguien tan exigente era el mejor premio que podían recibir, incluso antes de escuchar sus palabras.

—Felicidades, chicos —los felicitó, sincero—. Estoy muy orgulloso de vosotros. He tenido mis dudas cuando habéis ido a por la escalera… —Todos rieron—. Pero no podíais haberlo hecho mejor. Habéis actuado en concordancia a vuestras tarjetas, habéis rescatado a la víctima obvia y…

De repente, se escuchó un grito procedente del otro equipo y un cuerpo cayó a sus pies, provocando que todos pegaran un bote para apartarse, incluso Abby sintió como su corazón se detenía unos segundos. Observaron el maniquí, horrorizados, pensando que era otra víctima extra que habían olvidado en algún rincón. Ni siquiera lo habían visto venir, absolutamente concentrados en las palabras que Darren decía.

Este los recorrió con la mirada, sin abandonar la sonrisa, y después lanzó una mirada hacia una de las ventanas del edificio, desde donde el teniente Levine les dedicó un saludo.

Durante un instante, navegaron entre la perplejidad y la confusión. Si se habían olvidado de una víctima, ¿por qué no les reñían? Y entonces, incluso desde esa distancia, oyeron con total claridad las carcajadas del teniente Levine.

—¡Adoro las caras que ponen!

Y acto seguido, desapareció de la ventana. Los rostros confusos se giraron entonces hacia Darren, que ya no ocultaba su expresión divertida.

—Ah, no, tranquilos, eso ha sido una broma.

El grupo permaneció sin salir de su estado de estupor, sin terminar de creerse que los tenientes les hubieran tomado del pelo con aquella terrible muestra de humor negro.

—No tiene gracia —susurró Abby.

—Es una tradición para el teniente Levine, se lo hace a todos los equipos que mejor puntuación sacan, así que en realidad es un honor. Bueno, ¿por dónde iba?

—Eso, mejor sigue diciéndome cosas bonitas —se apresuró a decir Camilla—. Quiero decir, a todos, a todo el grupo, ejem.

Darren ignoró el hecho de que lo estaba tuteando, no iba a estropear la primera felicitación oficial que les dedicaba, que además esperaba que sirviera para animarlos un poco más.

—Habéis rescatado a la víctima obvia y a una más que no se sabía que estaba. Os habéis ayudado y, en resumen, habéis hecho un gran trabajo en equipo. Y efectivamente. —Miró a Talisa—. No se deja a nadie atrás. Me alegra ver que habéis superado vuestras diferencias y que sabéis aplicar todo lo aprendido. Muy bien hecho, chicos.

A Talisa le dieron ganas de lanzarse a su cuello, porque entre el reconocimiento y aquella sonrisa que le cambiaba por completo la expresión… pero tuvo que conformarse con abrazar de nuevo a sus compañeros y disfrutar del momento con ellos. Bien, por fin, lo habían hecho. ¡Cada vez estaban más cerca del final!

En medio de sus celebraciones, el teniente Levine regresó con el otro grupo, que no parecía tan contento.

—Perdonen la broma, es un pequeño clásico. Mañana tienen el día libre —explicó el hombre—. Sugiero que lo aprovechen, nos veremos el jueves. A todos, menos a ustedes dos. —Señaló a dos chicos del otro equipo—. Se vienen conmigo a mi despacho. Ah, y a ustedes, felicidades. Creo que ha sido uno de los simulacros mejor ejecutados que he visto. Y eso, teniendo en cuenta los años que llevo en esto, es mucho.

Les dedicó una sonrisa de satisfacción, que hizo que todos de nuevo corrieran a abrazarse.

—Ahora a descansar, os lo merecéis —dijo Darren.

Dejaron los equipos junto al camión y se fueron hacia sus habitaciones, felices. Al pasar por delante de la enfermería, Ryan se apartó sin que se dieran cuenta y se asomó con una sonrisa.

—¿Qué tal el simulacro? —preguntó Angelina, al verlo—. ¿Te has lesionado?

—No, estoy bien. Pero nos han dado el día libre, así que he pensado que podría ser una buena oportunidad para esa cita que teníamos pendiente. ¿Cenamos?

Ella sopesó la sugerencia. Cenar solía llevar a una copa después, a acompañarla a casa, y claro, si lo invitaba a subir… No, aunque le había dicho que sí, quería ir despacio. Mejor algo más neutral.

—¿Y una comida? Con el día que hace, podemos ir a algún sitio con terraza —sugirió.

—Vale, ¿te paso a buscar o…?

—Mándame un mensaje con el sitio y nos vemos allí.

—Perfecto.

Entró para darle un beso rápido y se fue trotando hasta la residencia. En la entrada estaba todavía todo el grupo, demasiado excitados y emocionados como para irse a dormir.

—¿Dónde te has metido? —le preguntó Jesse.

—Nada, una cosa. ¿Qué pasa?

—Estamos organizando para mañana una salida, vamos a ir todos a la playa en plan picnic —explicó Ekekiela.

—¿A comer?

—A pasar todo el día. Ya sabes, tumbarnos al sol, unas cervezas, comer, bañarnos, cuando anochezca hacemos una hoguera…

—Vale… Bueno, quizá me una por la noche, tengo algo que hacer a la hora de comer. Voy a ducharme, que no puedo con este olor a humo.

Y de esa forma se escurrió hasta su habitación, no fueran a avasallarlo a preguntas.

El día siguiente, como no podía ser menos en Pensacola, amaneció brillante y soleado, con una ligera brisa que hacía que la temperatura fuera muy agradable para un día de playa.

Ryan había buscado un restaurante que no fuera demasiado caro ni demasiado mediocre, y al final había optado por el Red Fish Blue Fish Pensacola Beach. No era muy exclusivo, tenía vistas y un ambiente agradable, así que esperaba que le gustara. Había quedado con ella en la puerta a la una, y cuando llegó puntual, Angelina ya estaba allí.

—¿Llevas mucho esperando? —le preguntó, mirando la hora.

—No, una media hora, es que me gusta llegar con tiempo a los sitios.

Él parpadeó sorprendido. Aquello era más que ser prevenida, unos minutos podía entenderlo, pero tanto tiempo… le hacía sentirse mal, como si hubiera llegado tarde él.

Entraron en el restaurante y el camarero los llevó hasta una mesa, dejándoles las cartas.

—He oído que el simulacro de ayer os fue bien —comentó ella—. Levine y Shaw estaban muy contentos.

—Sí, parece que lo conseguimos. Aunque fue muy complicado, nos dieron unas tarjetas que…

—Sí, suelen hacer eso. No es nuevo. ¿Qué vas a pedir?

—Un combinado con un poco de todo. Supongo que para ti no es nuevo, pero para mí es la primera vez.

—Sí, tienes razón. —Movió la cabeza—. No ha sonado muy bien. Llevo tantos años en ese sitio que ya sé todo lo que se hace y supongo que no me gusta estar hablando de ello.

Vale, eso Ryan podía entenderlo. El camarero se acercó y pidieron la comida.

—¿Qué te gusta hacer cuando no estás trabajando? —le preguntó, esperando así conocerla mejor.

—No soy de salir mucho. —Se encogió de hombros—. Una película, un libro… Mis días libres son tranquilos.

—¿No te gusta ir de excursión por ahí? —Ella negó—. ¿Acampada?

—No, no, ni loca. —Se echó a reír, pero dejó de hacerlo al ver que él la miraba—. Ah, ¿es en serio? ¿Tú vas de acampada?

—He tenido muchos trabajos y muchas… casas. —Mejor no entrar en el tema de que, a veces, no había tenido apenas opciones al respecto—. No me gusta estar quieto, supongo que es por eso. Me gusta ver sitios y la economía nunca me ha acompañado, así que una tienda de campaña es lo más barato.

—E incómodo.

—No creas, un buen saco te abriga y es mullido.

—Aparte de los bichos.

—Sí, bueno, en eso no te voy a llevar la contraria. —Se rio, aunque aquello no le parecía que fuera empezar con buen pie, precisamente—. Vale, has dicho que te gusta el cine. ¿Qué tipo?

—El independiente, sobre todo.

—No me digas más. ¿Películas extranjeras con subtítulos?

—Exacto, ¿y a ti?

—Me van más las de acción. Que no haya que pensar mucho, para evadirme. O sea, comercial.

Y otra cosa a tachar de la lista. Les llevaron la comida y durante unos minutos se entretuvieron con ella, como excusa para no hablar. Pero claro, no podían seguir así de forma indefinida.

—¿Qué vas a hacer si apruebas? —preguntó Angelina.

—Pues ir a la estación que me asignen, es para lo que me he apuntado. Ojalá me toque cerca de la playa, sé que es más caro ahí, pero espero compartir piso con alguno de mis amigos. Me encanta el mar y siempre he deseado tenerlo cerca, así que…

—¿No prefieres vivir solo?

Él negó, tomando un trago de su bebida.

—He estado mucho tiempo sin amigos, así que ahora que los tengo… —contestó—, quisiera mantenerlos.

—Ya veo. ¿Una infancia difícil, deduzco? —Él afirmó—. Yo ahí he tenido suerte, la verdad. Familia normal, vida normal. Aunque no me gusta compartir piso, soy un poco maniática para algunas cosas y además, soy mayor para eso.

Él frunció el ceño. ¿Le estaba llamando crío? Diez años no eran tantos, pero claro, en términos numéricos. Porque por lo demás… él estaba empezando una nueva etapa, y Angelina, sin embargo, tenía toda su vida formada. No tenían nada que ver, estaba claro.

Pidieron el postre y el café, hablando de temas banales como el tiempo (que no tenía mucha variedad) y, al terminar, a Ryan le dio la sensación de que aquello no iba a ninguna parte. No sabía si era solo una pésima primera cita o si de verdad no tenían nada en común.

—¿Qué te apetece hacer ahora? —preguntó ella.

Vaya, pues con lo bien que les iba, lo que menos le apetecía al chico era continuar hablando de lo mucho que brillaba el sol. Ya no se le ocurrían temas, pero entonces recordó que los demás estaban por la zona.

—¿Una vuelta por la playa? —propuso.

—No he traído bañador.

—Bueno, por el paseo.

Angelina se encogió de hombros. También se estaba aburriendo un poco, quizá si salían de allí se animaba la conversación. Pidieron la cuenta y la dividieron entre los dos antes de salir.

El lugar estaba lleno de gente paseando o corriendo, y ella suspiró.

—Esto cada vez está más lleno de turistas —comentó.

—Le dan ambiente. Bueno, y que de eso vive la mayoría de la gente, sin turismo no sé qué pasaría. Por lo menos no es como Miami y sus jubilados, aquí hay más juventud.

—Supongo.

Salieron al paseo que iba bordeando la playa. Ninguno habló, hasta que Ryan vio a su grupo sentados en la arena y los señaló.

—Anda, mira, mis compañeros —dijo, fingiendo tono de sorpresa—. ¿Vamos a saludarlos?

Sin esperar a ver si le parecía bien, la cogió de la mano y tiró hacia las escaleras que bajaban a la playa para ir directo hacia ellos, agitando el brazo para saludar.

—Eh, chicos —saludó—. ¿Qué tal?

—Bi… —empezó Ekekiela, mirando entonces a Angelina sin entender—… en.

Ryan se sentó a su lado y le dio un codazo.

—Ya te contaré —susurró.

Pero no era el único que miraba a Angelina de ese modo, aunque la saludaron sin hacer ningún comentario. Ella se sentó junto a Ryan, devolviendo los saludos, pero al minuto se dio cuenta de que aquello no había sido una buena idea. No tenía nada en común con ellos y, como se había demostrado en la comida, tampoco con Ryan. A ver cómo se largaba de allí sin llamar mucho la atención…

—¿Quieres una cerveza? —Abby le alargó una, sonriendo para evitar la incomodidad que percibía en su expresión.

La comprendía. Jesse y ella eran los mayores del grupo, ambos con veintinueve años, y aunque Angelina les sacaba ocho, se hacía una idea de los pensamientos de la enfermera. Cosas como el hecho de no pintar nada ahí, entre gente claramente más joven y con otros intereses que estaban muy lejanos a los suyos. Ekekiela tenía veintiocho, si no recordaba mal. Camilla y Ryan, veintisiete. Talisa tan solo veinticuatro. Era lógico que Angelina se sintiera desconectada de ellos, pero, ¿qué hacía saliendo con Ryan? ¿Y por qué ninguno sabía nada sobre el tema? ¿Un romance en el aire que podía haberlos entretenido horas y horas y se lo callaba?

—No, gracias, no bebo —respondió Angelina, amable pero firme. Y miró el reloj—. De hecho, tengo que marcharme.

Ryan permaneció pasmado y sin saber cómo reaccionar. Vale, quizá no había sido la mejor idea del mundo mezclarla con sus compañeros, pero la cita había sido un desastre y estaba convencido de que un rato de charla distendida podía hacer que ella se soltara.

—Es muy pronto —repuso, sin saber qué otra objeción poner.

«No te vayas, mujer, si nos estamos divirtiendo mucho».

No, eso no, obvio. No encontraba motivos para retenerla; es más, tenía la sombría sensación de que iba a sentirse tanto o más aliviado que ella cuando se marchara. ¿Qué había pasado con la química que parecía existir entre ellos? ¿Quizá solo se sostenía alimentada por el morbo de ser algo secreto reducido a la enfermería?

—Lo sé, pero mañana trabajo y tengo que madrugar.

Se escuchó una risita, pero Ryan lanzó una mirada fulminante hacia los demás y el sonido se convirtió a toda prisa en una tos.

—¿Tienes que preparar el botiquín? —bromeó Ekekiela, y recibió un codazo de Talisa—. ¡Ay! Solo era una broma, calma.

—A lo mejor es porque se convierte en calabaza a las cinco de la tarde —siguió Jesse, con su ya famosa e impertinente sonrisa.

—Callaos de una vez —gruñó Ryan, incorporándose a la altura de Angelina—. Oye, lo siento. Han tomado unas cuantas cervezas y son gilipollas en general.

—No, lo entiendo. Son las cosas que hace la gente en esa etapa… y yo ya la he pasado, me temo —dijo la mujer—. No te preocupes y diviértete, nunca tenéis el día libre y hay que aprovecharlo.

—¿Quieres que…?

Se detuvo, sin saber bien qué pretendía decir. ¿Deseaba intentarlo otra vez, o solo era un gesto para quedar bien ante ella?

—Me parece que no tenemos demasiado en común. —Angelina no se anduvo con rodeos—. Y no es nada malo, Ryan, solo… vamos a destiempo.

El chico asintió con gesto distraído, sin dejar de contemplarla con aquellos hermosos ojos azules que seguían siendo magnéticos. Pero el magnetismo no era suficiente, como había podido comprobar.

—Nos veremos por la academia —dijo Angelina, a modo de despedida, y después se giró a los demás—. Encantada de veros, tened cuidado con el sol que la piel se quema enseguida.

—Gracias, enfermera —bromeó Leo—. Tendremos la crema solar a mano.

Ryan se cruzó de brazos mientras la veía alejarse. Después sacudió la cabeza y regresó junto a los demás para dejarse caer sobre la arena.

—Uhhhhhh. —Camilla le puso una cerveza en una mano y un brazo en el hombro—. ¿De qué va todo este rollito y por qué no nos has contado nada? ¡Con lo aburridos que estamos y tú ligando con la enfermera sin soltar prenda!

—¿Te ha tumbado en su camilla? —se burló Ekekiela.

Ryan puso los ojos en blanco, al parecer no tenían la menor intención de darle tregua. Así que hizo un relato breve de lo sucedido, relato que todos escucharon como si estuvieran ante una telenovela.

—Joder —repuso Leo al final—. Treinta y siete tacos y se porta como una abuela. Solo le faltan los gatos para tener el lote completo.

—Igual es una persona tranquila. —Abby no parecía conforme con ese comentario—. Tampoco hace falta meterse con ella. No tienen nada en común y ya está, que a veces sois de lo más simples.

Jesse y Ekekiela chocaron sus cervezas entre risas, pero Leo se dio cuenta de que tenía razón. Vale, cada persona tenía sus aficiones y no por ello merecían ser considerados aburridos.

—Retiro mi comentario —repuso.

—¡Qué mono eres! —exclamó Talisa, con una carcajada—. Además, deberías hacerle caso en lo de la crema, que te estás poniendo un poco rojo.

—Gracias, ya tengo una mamá —refunfuñó él con una mueca.

—Pero entonces, ¿no la has invitado a comer? —Jesse volvió a la carga—. Tío, has quedado muy mal, lo menos que podías hacer era pagar tú y así la compensabas por el rato aburrido que le has proporcionado.

A pesar de todo, de nuevo hubo risas generales. Ryan no lo tomó a malas, empezaba a conocer a Jesse y su resentimiento crónico, esos comentarios siempre tenían más que ver con él mismo que con la persona a la que iban dirigidos.

—Hemos pagado a medias —explicó, y escuchó un murmullo que procedía de las chicas—. ¿Qué, os parece mal? Pensaba que estabais a favor de la igualdad.

Ellas tres intercambiaron una mirada, para después sentarse rodeando al chico.

—Yo no creo que el hombre deba invitar a la mujer —aclaró Abby.

—Exacto —asintió Camilla—. Es el hecho de invitar en sí, tanto por parte de uno como por parte de otro. Que uno de los dos quiera pagar significa algo.

—¿Qué? —preguntó Jesse.

Ella hizo un gesto como si fuera obvio y él un atolondrado por no saberlo.

—¡Pues que hay un interés común! No se trata de que el machito de turno venga a pagarnos la comida, sino del deseo de los dos presentes de querer tener un detalle respecto al otro.

Ekekiela buscó entonces la reacción de Talisa, que afirmó.

—Viene a ser como… «vale, genial, yo invito la próxima vez». O sea, que habrá próxima vez, que es lo que no va a haber entre Ryan y Angelina.

Ryan se quedó pensativo, pero si analizaba las palabras de las chicas no le quedaba otro remedio que darles la razón. Lo que decían tenía sentido, sin tener nada que ver con una postura machista en sí.

—A ver, Ryan, ¿vas a fiarte de estas tres? —Jesse prorrumpió en carcajadas, tanto que se derrumbó sobre la arena—. Ninguna tiene novio, ¿eso no te dice nada?

—Huy, perdona, *latin lover*. —Camilla le pegó con la mano en la cabeza—. Tienes razón, sí, he tenido que atravesar una fila de mujeres haciendo cola para salir contigo.

Jesse le lanzó un poco de arena y ella contratacó con pequeños toques hasta que logró que su cerveza terminara semienterrada en la arena. Jesse pegó un salto y Camilla, al intuir que iba a perseguirla, echó a correr dirección a la orilla.

—No te preocupes. —Talisa le dio una palmadita de ánimo a Ryan mientras observaba con cara divertida cómo Jesse trataba de atrapar a Camilla—. Solo ha sido una mala cita, nada más.

—Y yo que pensaba que teníamos química… —se quejó él.

Ella iba a añadir algo, pero entonces se calló de golpe. Se estremeció, como si quisiera alejar de sí la mala sensación que acababa de recorrer su cuerpo. Miró otra vez hacia la orilla, donde su amiga continuaba correteando con Jesse entre risas y chillidos, pero era como si el sol hubiera dejado de brillar. Vio el cielo cubierto de nubes y la opresión en su pecho se repitió.

—¿Qué pasa? —preguntó Ryan—. Ibas a decir algo y menuda cara se te ha quedado.

—Nada, no sé. Una mala sensación —murmuró la joven.

—Bueno, mientras no llegue un huracán de pronto y nos lleve por delante… —intentó bromear Ryan para ver si la rubia cambiaba de expresión.

Ella lo miró sin escucharlo. Abby trataba de que Leo se pusiera la crema solar, Camilla corría en círculos para evitar ser atrapada,

Ekekiela escuchaba música en su Ipod mientras absorbía el sol con los ojos cerrados…

—Enseguida vuelvo —dijo de pronto.

Se levantó, cogiendo su ropa ante la cara sorprendida de Ryan.

—¿Va todo bien?

—Sí, solo voy a comprobar una cosa. Os veo después.

Echó a andar al mismo tiempo que se metía el vestido por la cabeza, dejando a Ryan extrañado. Ekekiela la vio pasar y se quitó los auriculares, girándose hacia él.

—¿Qué pasa?

—No tengo la menor idea. Ha dicho que tenía que comprobar una cosa y que nos veía después. No sé, no tenía buena cara, se ha puesto pálida de repente.

—¿Y no la has acompañado, tontaina? —Ekekiela le arrojó la gorra a la cara.

—¡Yo que sé! Hoy no es mi día con las mujeres, no quería tentar al destino… bueno, ya volverá. Ha dicho que no tardaría.

Ekekiela movió la cabeza, como si no lograra entender su comportamiento por no acompañar a la chica. Ryan estaba perplejo, porque apenas si reconocía al chico que tenía delante. Qué cosas, quién le iba a decir que aquel idiota prepotente terminaría tumbado junto a él en la playa preocupado porque una de sus amigas se hubiera encontrado mal de manera repentina.

Lo cual le hacía pensar que la idea de compartir piso le pareciera cada vez mejor. Tendría que proponerlo para ver si alguno de ellos opinaba igual, no era razonable pensar que estarían todos en la misma estación, pero con suerte coincidirían cerca. Y dado que los bomberos no pasaban demasiado tiempo en sus casas, la idea de compartir era muy popular. O eso esperaba, porque en algo no había mentido a Angelina: amaba el mar, siempre había deseado vivir frente a él, y no quería perder a ese grupo al que ya consideraba sus amigos.

CAPITULO 15

Talisa abandonó la playa y permaneció inmóvil unos segundos, valorando qué hacer a continuación. Podía regresar a la academia y dar vueltas en su habitación como un león enjaulado mientras se repetía a sí misma lo estúpida que era.

Pero no, no era estúpida, y aquella no era la primera vez que tenía esa sensación.

Ryan parecía sincero al preguntar si se encontraba bien y durante un minuto valoró la opción de hablar con él, pero al final había desistido. No por falta de ganas, sino porque la gente tendía a burlarse de las cosas que no entendía, y explicar a otra persona una conexión que nunca había vivido resultaba complicado.

Quería conectar su Ipod y escuchar en bucle a Sunset Rubdown susurrando *Shut up I am dreaming of places where lovers have wings*, una canción que siempre había compartido con Gail y que la hacía sentirse cerca de ella.

«Llámame, Gail, necesito saber qué está pasando por tu mente en este momento».

¿Qué podía decirle a Ryan, o a Camilla? ¿Qué sentía cierto malestar que no sabía a qué era debido, aunque esa sensación solo la percibía cuando estaba relacionada con su hermana? Camilla era divertida y comprensiva, pero no tenía todas consigo respecto a que fuera a comprender eso. A veces ni ella lo hacía. Lo mismo podía decirse de Ekekiela, o de cualquier otro. Pero Talisa sabía que algo iba mal.

Sacó su móvil y llamó a Gail, dejando sonar tono tras tono hasta que la señal se cortó. Aquello solo avivó la angustia en su corazón: el hecho de que su hermana pudiera necesitarla sin tener idea de cómo localizarla empezó a martillear en su cabeza.

Decidió entonces telefonear a su padre, pero él tampoco contestó, y lo mismo pasó con el de su madre. Nadie le cogía, motivo suficiente para empezar a preocuparse en serio, pero ¿qué podía hacer? No sabía dónde ir, ni siquiera si pasaba algo. Quizá sus padres estuvieran en el cine, disfrutando de una película con los móviles desconectados. Su hermana estaría tirada en la cama, con su bolsa gigante de piruletas y la música a todo volumen, como siempre había hecho.

Llamó a su padre otra vez, y otra. Y otra, hasta que, desesperada, estuvo a punto de lanzar el móvil contra el asfalto. Cogió aire y se repitió que no era nada, que exageraba. Que en un rato se avergonzaría de ser tan histérica, de preocuparse sin motivo.

Vio una parada de taxis y corrió a meterse en uno, sin siquiera tener la menor idea de a dónde encaminarse.

—¿A dónde la llevo? —preguntó el conductor, echando un vistazo por el espejo retrovisor al ver que nadie le daba indicaciones.

—No lo sé.

—¿Perdón?

El teléfono vibró entre las manos de la rubia, haciendo que casi lo lanzara por los aires del sobresalto.

—Espere un segundo —pidió, al tiempo que descolgaba al ver que era su padre—. ¿Papá?

—Hola, hija número dos —respondió la voz de su padre, fatigada.

—¿Dónde estáis?

—En el Baptist —contestó él, sin molestarse en añadir nada más.

—Voy para allá.

—No sé, cariño.

—Sí, sí que voy. No tardo. —Ella cortó la llamada y se dirigió al conductor—. Al Baptist.

—¿El hospital? —Ella asintió—. Muy bien.

Arrancó el coche y ella se acomodó en el asiento, apretando el móvil contra el pecho. Era obvio que la conexión que sentía con su hermana melliza no había desaparecido: siempre percibía y sentía cuando algo le sucedía. Podía ser una simple molestia de la que no conseguías localizar el motivo o algo más agudo como lo que había sentido esa tarde en la playa, pero no fallaba. Cuando algo les dolía, o se sentían heridas, o amenazadas… el martilleo aparecía. Y era muy real, bien lo sabía ella. Solo que en su caso no sucedía casi nunca y en el de Gail no era nuevo en absoluto. Se frotó las sienes, tratando de mantener a raya la angustia y la preocupación. Su padre no había dado detalles y no sabía cómo tomarse eso.

El viaje, aunque corto, resultó una agonía. Pagó al taxista sin apenas mirar los billetes que le entregaba y después entró como una exhalación por la zona de urgencias. Miró de sala en sala hasta que encontró a sus padres en una de ellas, ambos sentados con expresión ausente, y se acercó hasta ellos a toda velocidad.

—¿Qué ha pasado? ¿Dónde está? —preguntó.

John, su padre, era un hombre alto y aún imponente de cabello blanco y ojos azules como los heredados por sus dos hijas, ambas su vivo reflejo. Olivia, la madre, era de complexión pequeña y cabello rizado, y con los años parecía encogerse cada vez más.

—¿Cómo has llegado tan pronto? —Su madre le apretó la mano y entonces Talisa observó las profundas ojeras que compartían.

—Estaba en un taxi cuando me ha llamado papá. ¿Qué ha pasado?

Observó a su madre, que negaba con la cabeza.

—Gail estaba pasando unos días malos, ya sabes, nada fuera de lo normal. Y esta mañana hemos discutido por una tontería. —Se frotó los ojos—. Ha sido por mi culpa, quería salir a no sé qué sitio de zumos tropicales nuevo y yo le he dicho que no, que todavía era pronto.

—No es culpa tuya —se apresuró a decir John.

—Por supuesto que no —asintió Talisa—. Tú solo hacías lo que debías.

—Se ha enfadado y se ha marchado. —Olivia escondió la cara entre las manos—. Debería haberla dejado salir, hasta podía haber ido con ella, pero…

John le frotó el brazo para tratar de calmarla.

—¿Por qué no me llamaste? Sabes que hubiera podido hablar con ella. —Talisa resopló, frustrada.

—Lo siento, no se me ocurrió. Pensé que regresaría enseguida, que solo me estaba castigando con su silencio, como hace a veces… No creí que…

Talisa se debatía entre la tristeza y los deseos de matar a su hermana, algo que no podía hacer porque ya se preocupaba ella de matarse sola, o al menos intentarlo. Dos meses limpia que acababan de caer en saco roto y de vuelta al inicio del proceso: unos días de hospital, el rostro compungido de Gail al darse cuenta de que, de nuevo, había decepcionado a toda su familia, un nuevo ingreso en rehabilitación y… aquella maldita rueda que siempre volvía a girar hasta el principio, desgastando su vida y la de sus padres, haciendo que todos saltaran cada vez que sonaba el teléfono por temor a una mala noticia.

—¿Qué han dicho los médicos? —preguntó, con voz helada.

—Todavía no hemos podido hablar con ellos, ni siquiera la hemos visto aún. —John la miró, aturdido, y entonces pareció recordar algo—. ¿Tú no deberías estar en la academia?

—Teníamos el día libre y estaba en la playa.

—Anda, ven aquí. —Su padre extendió el brazo para que se refugiara contra él—. Lamento que hayamos estropeado tu tiempo libre, cariño. Sé que no tienes demasiado.

—Hubiera venido de todas formas, papá, esto es más importante. —Talisa hizo una mueca—. Aunque se haya vuelto una costumbre.

Olivia se frotó las sienes con un suspiro, pero antes de que pudiera decir nada, el médico salió de una sala y se aproximó a ellos, con una tablilla entre las manos. Ambos progenitores se incorporaron al momento, mientras la rubia permanecía sentada oyendo retazos de la conversación. Nada nuevo bajo el sol: al verse libre, Gail había acudido en busca de uno de sus múltiples camellos para conseguir un par de dosis de heroína. Dado que su aspecto no era el habitual entre la zona, alguien había llamado a una ambulancia al encontrarla semisentada contra un muro de piedra, con la cabeza ladeada y babeando como un perro ante la proximidad de un chuletón.

Dios, era peor de lo habitual. Hasta ese momento, Gail siempre había usado las drogas en apartamentos o casas de amigos, pero ¿en plena calle? Podía haberle pasado cualquier cosa, aparte de la sobredosis. Pensaba abofetearla muy fuerte en cuanto estuviera lo suficiente entera para aguantarlo.

—¿Podemos verla? —preguntó, interrumpiendo al médico.

John la miró de manera reprobatoria, como si le echara en cara que fuera tan maleducada, pero no le importó en absoluto. A esas alturas sabía que el doctor no iba a decirles nada nuevo, ¿para qué perder el tiempo?

—Está sedada, no creo que pueda hablar con nadie —indicó el médico.

—Me quedaré con ella —dijo Talisa, dirigiendo su mirada a sus padres—. ¿Por qué no vais a tomar un café y así os tranquilizáis? Os avisaré si despierta.

Ambos se miraron, para terminar por asentir. Los dos confiaban en la única hija seria que tenían, además de que mientras Gail permaneciera sedada ni se enteraría de su presencia. Y un café les iría de maravilla para calmar los nervios.

Talisa los despidió con un gesto de cabeza y fue a buscar la habitación una vez el doctor le dio la información. Era privada, así que no había nadie más cuando entró, solo su hermana, que parecía aún más demacrada y escuálida tumbada en esa cama de hospital. Se acercó hasta quedar a su altura, estudiando su rostro y sin terminar de entender cómo Gail terminaba de ese modo una y otra vez, como si fuera incapaz de salir del bucle.

El enfado se disipó como la bruma al notar su fragilidad. Su cara estaba macilenta e, incluso dormida, triste. No tenía sentido dejarse dominar por la ira: Gail no podía evitarlo, solo luchar contra ello una y otra vez. Debía enfocar sus esfuerzos en convencerla para volver a intentarlo, cuando volviera a despertar.

Talisa sacó el Ipod de su bolso, soplando encima para eliminar los granos de arena rebelde que se habían colado en su interior. Localizó la canción de Sunset Rubdown y después le puso los auriculares a su hermana para acomodarse en el sillón de visitas inmediatamente después. Seguro que no servía de mucho, pero a lo mejor el subconsciente de Gail la escuchaba y sabría así que Talisa estaba junto a ella, esperando a que despertara.

Abrió los ojos cuando sintió una mano en el hombro que la movía con suavidad, y al alzar la vista vio el rostro amable de su padre.

—¿Me he dormido? ¿Por qué no me has despertado?

—No te preocupes, Gail sigue sedada —la tranquilizó él, sentándose a su lado—. Son más de las diez, ¿no tienes que volver a la academia?

—Pero quiero quedarme.

—Ya lo sé, pero por lo que ha dicho el doctor, es probable que tarde en recuperar la conciencia, así que sería una tontería. No puedes perder clase por esto y lo sabes. —Talisa afirmó despacio—. Tu madre dormirá esta noche aquí, y yo te llamaré en cuanto esté despierta para que puedas hablar con ella. O puedes venir el fin de semana a casa, ¿qué te parece?

—Vale —aceptó finalmente la rubia, levantándose—. Voy a llamar a un taxi.

—Te acerco en un momento, vamos.

Se despidió de su padre con un abrazo en la entrada de la academia, y observó inquieta cómo las luces del coche se alejaban. No estaba convencida de que dejar a su familia en aquellos momentos fuera la mejor idea, pero él tenía razón: debía centrarse en seguir adelante con lo suyo. Tendría que batallar con la molestia como pudiera, lo que siempre había hecho. Gail era esa espina clavada de forma permanente que no lograba sacarse, por mucho que lo intentara. Y no parecía tener solución, al menos a corto plazo.

Empujó la verja, aliviada de ver que seguía abierta. Sabía que las diez era el tope para permanecer fuera del edificio entre semana, pero no le apetecía nada tener que dar explicaciones al respecto.

Entonces vio a Camilla sentada en las escaleras de la entrada y cruzada de brazos. Al verla pareció aliviada y enfadada al mismo tiempo.

—¿Qué haces aquí fuera tan tarde? —preguntó, al llegar a su altura.

—¿Se puede saber dónde coño estabas? ¡Estaba muy preocupada! ¡Desde el mediodía que has desaparecido y sin contestar llamadas ni mensajes!

Talisa recordó entonces la existencia de su móvil, relegado al olvido durante la tarde. Seguro que ahí estaban esas llamadas y mensajes, no lo dudaba, y se sintió fatal por no haberse acordado de avisar a su amiga. Era lo último que necesitaba para terminar de perder los nervios, una reprimenda de Camilla.

—Lo siento, no he tocado el móvil, de verdad —murmuró.

Camilla mantenía el ceño fruncido, pero al oír su tono se dio cuenta de que algo grave debía haber ocurrido y suavizó su expresión. Alargó el brazo para obligarla a sentarse a su lado en la escalera.

—Cuéntame qué ha pasado, ¿estás bien?

—Sí, es mi hermana.

—¿El holograma zomb…? —Camilla cerró la boca, avergonzada—. Lo siento, lo siento. ¿Ha pasado algo malo?

—Lo de siempre.

Camilla no conocía la vida de la melliza de Talisa al dedillo, pero sabía lo suficiente para adivinar a qué podía referirse. La rodeó con el brazo para animarla, aunque sin encontrar las palabras mágicas que pudieran ayudarla de verdad. Tratar con personas adictas siempre era difícil, pero cuando esas personas eran familia a la que querías, el asunto se complicaba.

Iba a añadir algo cuando la puerta principal se abrió tras ellas y apareció Darren.

—Bueno, veo que ya ha vuelto —comentó, haciendo un gesto a Camilla.

—Sí, sí, teniente, muchas gracias por mantener la verja abierta.

—De nada. Es hora de dormir, así que ya podéis enfilar a vuestra habitación, señoritas —ordenó él, después de lanzar una mirada a Talisa que ella no supo interpretar.

Esperó a que las dos entraran para cerrar la puerta. Después desapareció por el pasillo, seguramente camino a hablar con Tim para que cerrara del todo una vez sacara su coche. La rubia lo vio alejarse con el corazón en un puño, sin saber en realidad por qué.

—¿Es que has ido a hablar con él?

—¡Estaba preocupada! No sabía si te había pasado algo, como no me cogías el móvil no tenía la menor idea de qué hacer. Lo pillé en su despacho justo antes de que se fuera.

Talisa arqueó una ceja, como si no la conociera…

—A ver, no te voy a negar que ya puestos esperaba ganar puntos o algo. Y no se me ha dado mal, creo que nunca había estado tan amable conmigo… Me daba miedo que te cerraran la verja y no pudieras entrar, pero me ha dicho que estuviera tranquila, que él se quedaba hasta que llegaras para que no hubiera problemas. Qué majo, hemos hablado un rato.

—¿De qué?

Camilla parpadeó ante su tono, que no había sonado precisamente amable, y Talisa se obligó a recordar que su amiga vivía en la más feliz de las ignorancias respecto a su relación con Darren, si es que podía llamarse así. No veía nada raro en que hubiera recurrido antes a él que al teniente Levine, y tampoco dudaba de que la preocupación de Camilla por ella fuera real, pero el hecho de imaginarlos solos en el despacho charlando no le hacía la menor gracia. Porque, como bien había aventurado la chica tiempo atrás, solo era necesario conocerla para quererla, y su belleza exótica tampoco pasaba desapercibida. No, no quería ni pensarlo.

—De nada en concreto, ya sabes. De la academia, las pruebas, el grupo… Me ha preguntado cómo estamos, que tal llevamos la recta final y cosas así. No te preocupes, no le he contado nada importante.

La examinó, consciente de que aún parecía sombría.

—Venga, estate tranquila. Seguro que mañana Gail está mucho mejor. —La empujó hacia el pasillo que conducía a sus habitaciones—. Necesitas dormir, vámonos ya.

Talisa decidió que tenía razón. Había sido un día de mierda y lo mejor sería una ducha y a la cama, aunque después de haberse quedado frita en el hospital no tenía tanto sueño como cabría esperar.

Cerró la puerta y se recogió el pelo antes de ducharse, tampoco era plan usar el secador a aquellas horas. Solo le faltaba que se acercara alguien a llamarle la atención por hacer ruido: sería la forma perfecta de finalizar ese día horrible.

Salió de la ducha envuelta en una toalla y sintiéndose un poco mejor, como si el agua pudiera arrastrar por el desagüe las malas vibraciones. Cogió el móvil para comprobar los mensajes y sí, en efecto, Camilla la había acribillado a llamadas. Y mensajes instantáneos preguntando si se encontraba bien, dónde estaba, por qué no respondía, si la habían abducido los extraterrestres, si necesitaba algo y una retahíla de frases por el estilo.

Pero no fueron las mil llamadas de Camilla las que hicieron que su corazón diera un brinco, sino una única que había al final de la lista: Darren.

La había llamado, cosa que nunca hacía, ¿estaría preocupado, preocupado de verdad? Si se había quedado hasta esas horas solo para que pudiera entrar en el edificio sería por algo, pero…

Y entonces, en mitad de sus elucubraciones, oyó un par de tenues golpes en la puerta. Se acercó, con la absurda idea de que sería él, y no se equivocó. Allí estaba, con su camiseta, sus vaqueros y las llaves del coche en la mano, como si estuviera a punto de irse y hubiera cambiado de opinión en el último momento.

En realidad, era exactamente lo que había sucedido, aunque ella no podía saberlo.

—Solo quería asegurarme de que estabas bien antes de marcharme —dijo él.

Talisa se hizo a un lado y Darren pareció dudar. No había nadie fuera que pudiera verlo, se había asegurado a conciencia, pero aun así, meterse en el cuarto de una alumna en mitad de la noche era arriesgado. Y, como venía siendo habitual las últimas semanas, en lugar de escuchar a la parte sensata de su cerebro, decidió ignorarla y entró.

La chica cerró al momento.

—No he podido mirar el teléfono —se excusó.

—Bueno, en realidad no estaba preocupado hasta que apareció tu amiga dispuesta a contagiarme su inquietud.

—Sí, Camilla es muy intensa para todo.

—La cara que traías al llegar no era la de haber pasado el mejor día del mundo —comentó Darren—. ¿Quieres hablar de algo?

Talisa se dio cuenta de que seguía parada en la puerta, así que fue a sentarse sobre la cama. Y vaya, llevaba una simple toalla en lugar de alguno de sus conjuntos bonitos para dormir, cómo no. Bueno, ya estaba acostumbrada a que siempre la pillara hecha un desastre, así que no era nuevo.

—¿Quieres que me vaya? —preguntó él, al ver que no respondía.

La rubia no sabía si quería hablar del tema de Gail, pero ni loca quería que se fuera. Así que negó con la cabeza.

—Vale. —Darren se apoyó en el escritorio.

—He estado en el hospital —explicó, sintiéndose lejana y extraña, como si el tema no fuera con ella—. Bueno, es que tengo una hermana melliza. Nació un minuto antes, así que ella es la hija número uno. Yo soy la dos.

—¿Y está en el hospital? Espero que no sea nada grave.

—Le gusta la heroína. ¿Sugerencias sobre cómo puedo ayudarla para que deje de sufrir una sobredosis tras otra?

Darren parpadeó ante lo hiriente de su voz, aunque sabía de sobra que no iba dedicado a su persona. Dudaba sobre si acercarse a ella o no, a todos los niveles. Pero ya que había ido hasta allí por si podía ayudarla en algo, al menos decidió escuchar.

—A lo mejor no puedes.

—¿Ayudarla? ¿Insinúas que la deje sola?

—Bueno, no es eso lo que he dicho. Pero, hasta donde yo sé, lo primero para que un adicto se recupere es que ese adicto quiera dejar de serlo… y es una decisión que tiene que tomar ella, por mucho que te pese.

Talisa ladeó la cabeza.

—Vaya, suena muy duro expresado de esa manera. Pero sé que tienes razón.

—¿Sabes que cuando seas bombero te vas a encontrar con muchos casos así? A veces solo como espectadora, otras como soporte de los paramédicos. Te verás en el hospital, porque te ha tocado acompañar a la víctima de turno, vas a tener que dar explicaciones a esas familias que son como la tuya. ¿Serás capaz?

—Sí, seré capaz. Soy más fuerte de lo que parece, es solo que esta vez la veía diferente, como si de verdad estuviera en el buen camino. Por norma general, el primer mes cuando salen de rehabilitación es el peor y ya lo había superado.

—¿Así que es algo habitual?

—Dos sobredosis y tres centros de desintoxicación, cuarto en camino. —La chica sonrió sin ganas—. Ya somos unos auténticos expertos en mi familia.

Suspiró con tristeza. Vuelta a empezar en aquella rueda que solo giraba y giraba, sin terminar de llegar a ninguna parte. ¿Se detendría alguna vez en algún punto que no significara el final de Gail, o toda su vida sería así, siempre temiendo sentir aquella alarma especial entre ellas? Con lo convencida que había estado de que esa vez sería la buena…

Notó que la cama se hundía ligeramente a su lado y se dio cuenta de que Darren se había sentado junto a ella. Sin decir nada, le rodeó los hombros con el brazo y la acercó hasta su pecho. Talisa agradeció el silencio, no quería escuchar la típica frase de que todo iría bien, aunque por los comentarios que le había hecho, sabía que Darren nunca utilizaría ese tipo de frases cliché. Era más directo que eso.

—No te voy a decir que sé lo duro que debe ser para ti —dijo, en voz baja—. Solo puedo imaginármelo, pero sé que eres fuerte.

—No sé si podré serlo siempre.

Darren le cogió la barbilla y se la levantó para que lo mirara.

—Sabes que sí. Y que mañana te despertarás y bajarás a entrenar al cien por cien, porque no vas a dejar que todo por lo que has trabajado se pierda.

Talisa no contestó, pero sabía que tenía razón, igual que su padre. Por mucho que le doliera, debía seguir su vida. Gail estaba en buenas manos, no había nada que pudiera hacer para ayudarla que no se estuviera haciendo ya. Notó que el pulgar de Darren le acariciaba la barbilla de forma suave y movió un poco la cabeza para acercarlo a sus labios, rozándolo. Cogió la mano con la suya y lo miró a los ojos.

—Talisa… —Él suspiró—. No sé si esto…

—¿Es buena idea? —Se acercó más—. Ya me lo has dicho otras veces, pero, ¿sabes? Ahora mismo, sí me lo parece.

—Estás afectada por lo de tu hermana y…

—Si lo que piensas es que te aprovecharías de mí, olvídalo. Igual que las otras veces, es algo que deseamos los dos. Pero una cosa, eso sí, esta vez no salgas por la ventana.

Sonrió a medias y Darren la besó. Volvía a tener dudas, como siempre que estaba con ella, pero no quería alejarse. En aquel momento deseaba estar a su lado, apoyándola y demostrando que sentía… ¿qué? No estaba seguro, pero sí de que le importaba, más de lo que quería admitir.

Talisa le sacó la camiseta y, al hacerlo su toalla se desprendió, pero no fue algo que importara a ninguno. Enredó las manos en su pelo mientras Darren se inclinaba sobre ella y la tumbaba en la cama. A diferencia de los otros encuentros, que habían sido más pasionales y rápidos, esa vez él se tomó su tiempo para acariciar y besar su piel.

Poco a poco, centímetro a centímetro, aquellos labios dibujaron cada curva de su cuerpo mientras acariciaba sus muslos por dentro, rozando la piel sensible del interior. Talisa pensaba que se volvería loca con aquella tortura sensual, necesitaba que fuera más rápido, pero también que no terminara nunca. Se retorció bajo su peso con un jadeo, acariciándole a su vez la espalda. Bajó las manos hasta la parte trasera del pantalón para meterlas dentro e hizo presión, acercándolo todo lo posible a ella. No supo cuánto tiempo pasó ni cómo acabó él también desnudo, pero cuando estaba a punto de explotar, Darren la besó para ahogar sus gemidos mientras entraba en ella y todo su cuerpo se sacudió con un intenso orgasmo.

No le dio tiempo a recuperarse, porque el chico no dejó de moverse, sin dejar de acariciarla para prepararla de nuevo. Su piel se erizó, mientras pequeñas descargas eléctricas la recorrían, una tras otra, hasta que de nuevo todo se nubló a su alrededor.

Lo abrazó con fuerza, reacia a dejarlo marchar mientras su corazón recuperaba el ritmo normal, aunque no fue necesario, puesto que Darren no se separó de su lado. Estaban tan cerca que incluso notaba su corazón, cómo se iba calmando, y entonces vio con claridad que no quería dejar de sentir aquello. De tenerlo cerca, de tocar su piel, aquellos besos, ese calor que desprendían juntos… Y no solo por el sexo, que desde luego era increíble, sino por algo más profundo. Lo estrechó aún más contra ella, si acaso era posible, y por fin lo entendió.

«Estoy enamorada de él», pensó.

Tras unos segundos, Darren se incorporó un poco, apoyando los codos a ambos lados de su cuerpo para acariciarle las mejillas con los pulgares. Le dio un par de besos de forma perezosa y la miró a los ojos, sin ninguna gana de marcharse.

—Creo que paso de la ventana —murmuró, antes de volver a besarla.

Comenzó a moverse de nuevo y Talisa sintió que volvía a ponerse duro en su interior. Durante un segundo se preguntó si su propio cuerpo reaccionaría cuando apenas se había recuperado del placer anterior, pero no estaba tan agotada como creía, porque pronto estaba moviéndose bajo él y adaptándose a su ritmo, más rápido esta vez, aunque igual de intenso. Parecía como si sus sentidos se hubieran agudizado, en sus manos era como una bomba de relojería y ambos se sincronizaban a la perfección. Pronto, sus gemidos se hicieron uno y Darren la estrechó con fuerza al terminar. Sin separarse del todo, se movió hacia un lado, lo justo para liberarla de su peso. Le apartó el pelo que se había enredado sobre la cara, y después delineó el contorno de su rostro, la punta de la nariz, los labios… con un caricia suave y ligera que la relajó aún más de lo que ya estaba. Después de semejante sesión de sexo, no solo era un bálsamo para el cuerpo… también ayudaba a mitigar la inquietud.

—Si sigues así me voy a quedar dormida —murmuró, mientras sus párpados caían, cansados.

—Pues adelante.

Talisa consiguió abrir los ojos para mirarlo, a pesar de que el sueño la vencía.

—¿Te quedarás conmigo? —preguntó.

—Sí, no te preocupes.

Satisfecha, la rubia se dejó llevar por el cansancio y quedó sumida en un profundo sueño del que no despertó hasta unas horas después. Sobresaltada por una pesadilla que no recordaba, se sentó en la cama y miró a su alrededor. La habitación seguía a oscuras, por lo que debía faltar tiempo para que amaneciera. Notó algo en la cintura y entonces, en la penumbra, vio que Darren aún estaba en su cama y la rodeaba con el brazo. Soñoliento, el teniente entreabrió los ojos.

—¿Pasa algo? —preguntó.

—No, nada, nada.

Se acostó de nuevo acomodándose contra él, que la estrechó entre sus brazos volviendo a dormirse. A Talisa, en cambio, le costó volver a conciliar el sueño. Repasaba lo sucedido, y no podía evitar preguntarse si para él había sido tan diferente como para ella. Suponía que sí, que algo debía sentir, el hecho de interesarse por sus problemas y brindarle apoyo era revelador.

Aquello la hizo pensar en Gail, en cómo se encontraría, pero también se dio cuenta de que tener a Darren a su lado la reconfortaba de un modo que hacía tiempo no sentía. La hacía sentir segura, no necesitaba que dijera nada, sin palabras le demostraba su apoyo.

Cerró los ojos, cayendo de nuevo en los brazos de Morfeo, mientras en su mente se confirmaba el pensamiento de unas horas antes.

No sabía ni cuándo ni cómo, pero se había enamorado como una tonta.

CAPÍTULO 16

—¡Bueno, bueno, bueno! ¡Dichosos los ojos!

Leona saltó de su escritorio cual gacela para ir a abrazar a Abby, que acababa de asomarse por la puerta. Esta la recibió con una sonrisa de cariño, y es que la echaba mucho de menos, a pesar de estar ocupada casi todo el tiempo. Eran cuatro meses sin apenas verse y se notaba, aunque en parte lo paliaba con Talisa y Camilla, con quienes había hecho tan buenas migas que le iba a doler separarse de ambas cuando repartieran los destinos. Eso si tenía suerte y lograba una plaza, cosa que veía factible.

—Pero mírate. —Leona se alejó para echarle un vistazo—. ¡Madre mía, estás muy…! No encuentro la palabra.

—¿Cachas? —se burló Abby, divertida, flexionando el brazo ante ella.

—Eso es, cachas. No llegas a mi nivel, nunca podrás porque eres una flacucha, pero no está nada mal… ¿Cómo es que has venido, te ha llamado Finn?

—Exacto, ayer me dijo que quería hablar conmigo, así que he venido en cuanto han acabado las clases de teórica —explicó la morena.

—¿Le has enviado el borrador definitivo? —Abby asintió—. Seguro que lo leyó del tirón y ahora querrá comentarlo contigo. ¿Nos tomamos un café?

Abby iba a responder que nada la haría más feliz cuando la puerta del despacho de Finn se abrió y apareció el susodicho. Sonrió al verla y le hizo un gesto con el brazo para que pasara.

—Vamos, Abby, tenemos mucho de qué hablar tú y yo —invitó—. Luego os tomáis ese café —añadió, guiñando un ojo a Leona, que le devolvió una sonrisa.

Abby le pegó con la carpeta en el culo al pasar para que se le quitara aquella sonrisa atolondrada y entró en el despacho de Finn. Cerró tras de sí y regresó a la misma silla sobre la que había estado negociando por su trabajo cuatro meses atrás. Qué cosas, aquel día recordaba la angustia y desazón que sentía por no saber qué iba a ser de su vida, pero en ese momento las cosas habían cambiado. Y mucho.

—Tienes buen aspecto —comentó su jefe, acomodándose en la silla.

—No puedo estar mejor —corroboró Abby, en tono orgulloso—. Es duro, para qué negarlo, pero he avanzado un montón a nivel físico. El entrenamiento me ha fortalecido tanto que creo que podría pegar una paliza a un cincuenta por ciento de la población.

—Mientras no me pegues a mí… —bromeó el chico. Puso una carpeta ante los dos—. Bien, aquí está el borrador completo. Lo leí según lo enviaste y, aunque había ido viendo los borradores quincenales… Bueno, la visión conjunta es muchísimo mejor.

—¿De verdad? —Abby estaba emocionada.

—Es un trabajo impecable. A pesar de estar escrito en primera persona has conseguido darle un aire novelesco que tendrá enganchados a todos los lectores.

—Pero no es ficción, que conste. Todo lo que sale ahí es real.

—Lo sé, y también que ha sido un recorrido duro. Los entrenamientos, esos instructores tan exigentes, los problemas de machismo… La gente lo va a disfrutar, créeme. No hay otra cosa que guste más que los obstáculos en el camino hacia el éxito. ¿Lo de tus compañeras también es real? Ya sabes, la chica mona con pinta de modelo a la que hacen la vida imposible y la exótica que trata de ligar con su superior.

Abby carraspeó.

—Sí, todo es verdad, tal y como lo cuento ahí. Pero verás, Finn… —Abby permaneció pensativa unos segundos hasta que encontró las palabras—. Hay algunas cosas que no estoy segura de querer que salgan.

—¿Qué dices? —Finn agitó el fajo de papeles ante ella—. ¡Esto es genial! Interesante, intrigante, divertido. Lo tiene todo para triunfar.

—Lo sé, lo sé. Pero verás, son mis compañeras, ¿sabes? A lo mejor se molestan si leen según qué partes, no sé.

—Para eso tenemos la figura del editor, Abby, y, además, podemos cambiar los nombres para que mantengan el anonimato. Podemos darle un repaso y reducir esas partes que crees que pueden molestar y potenciar otras, ¿tienes algún ejemplo?

—Pues los que acabas de comentar, sin ir más lejos. No quiero que los lectores se queden con la idea de que Talisa solo es una chica mona, si destaca allí es porque trabaja más que nadie, aparte de las notas que saca… y Camilla, bueno, no estoy segura de que publicar que trata de ligar con un superior le haga mucha gracia. Cambiar los nombres me parece buena idea, aunque teniendo en cuenta que no hay más mujeres en las pruebas… Se podrá adivinar quiénes son fácilmente.

—Vale, lo comprendo, pero es lo que hay con las chicas, poco más podemos hacer.

—Bueno, lo mismo que Ekekiela. Que antes era un capullo integral, pero ha evolucionado de una forma que no lo creerías.

Finn asintió.

—Por eso no te preocupes —dijo—. Puedes marcar todo lo que quieras que revisemos. De cualquier modo, te enviaríamos el artículo final antes de publicarlo para que le dieras el visto bueno.

Abby se tranquilizó al escuchar aquello, pese a que aún tenía dudas.

—¿Cuándo quieres sacarlo? —siguió Finn—. Ya no queda mucho para terminar la academia, ¿qué te parece justo para cuando os den los destinos, os graduéis o lo que sea que os hagan allí?

—Sí, graduarnos —corrigió la chica, divertida.

—Sería un momento perfecto.

—Había pensado seguir un poco más.

—¿Qué? —Finn se cruzó de brazos, sorprendido—. ¿A qué te refieres, después de graduarte?

—Ajá —Abby asintió—. Esto puede ir mucho más allá, Finn, solo piénsalo. Si la academia te ha resultado interesante, ¿imaginas una estación?

Él guardó silencio mientras asimilaba la idea. Por su expresión parecía que fuera a negarse, pero finalmente la contempló.

—¿Hablamos de otro artículo o del mismo extendido?

—La verdad es que no he llegado a pensarlo bien, era una idea. Pero me parece factible. Verás, ahí fuera es la vida real, ya no estamos protegidos en la academia —explicó ella—. Se acabaron los maniquís, a partir de ahora serán personas de verdad. Habrá peligro. ¿No crees que puede ser emocionante como mínimo?

—Pues… —Volvió a escrutarla, pensativo—. Entonces, ¿no lo dejarías para ir a la redacción de Secret?

—No, claro, tendría que seguir. Aceptar la estación a la que me destinen y, una vez allí, seguir relatando mis experiencias, solo que como bombera.

—¿Es que quieres hacerlo?

—No me importaría conocer el trabajo desde dentro. Hasta ahora, en la academia solo he observado actitudes machistas por parte de los compañeros, no de los instructores, pero claro, es una academia. Saben ser neutrales. Pero en las estaciones habrá de todo y será sencillo verlo, ¿no crees?

Finn recolocó la carpeta varias veces.

—Así que sería un artículo a largo plazo.

—Bueno, no mucho tampoco, ¿qué te parecen otros seis meses? ¿Crees que Secret me esperaría ese tiempo?

—Sí, si yo se lo pido.

—¿Y tú qué opinas? —Lo miró, expectante.

—¿Podríamos publicar este mientras tanto?

—No, si algo no les gusta y estoy trabajando podría tener problemas. Hay que publicarlo todo junto, mejor cuando ya no esté en el cuerpo. —El tono de voz de Abby fue inflexible.

El joven se frotó la frente unos segundos.

—Vale, a ver si lo he entendido. Quieres probar cómo es el trabajo de bombero, así que me pides otros seis meses y hasta entonces no puedo hacer nada con el material. ¿Es así?

—Te prometo que merecerá pena.

—No lo dudo, pero…

—¿No es un buen trabajo esto? —Ella tocó la carpeta.

—Sí, lo es. De lo mejor que te he leído, si soy sincero.

—Pues entonces confía en mí. Déjame seguir a ver qué más encuentro —pidió Abby, tratando de poner un mohín que ayudara a convencer a Finn.

Él lo valoró durante unos segundos.

—De acuerdo —decidió—. Guardaré esto hasta el plazo señalado. Pero tiene que ser un material de primera, Abby, lo digo en serio, Secret ya tenían pensada la fecha de publicación y todo. Si les hacemos esperar, más vale que sea para que me traigas algo inflamable.

Ella se apresuró a afirmar con la cabeza.

—Lo será, te lo garantizo.

—Vale. Ahora puedes ir a tomarte ese café con Leona. —Él se recostó sobre el respaldo—. Nos veremos el día de tu graduación.

Abby meneó la cabeza, incorporándose. ¿Acaso pensaba acudir? En fin, no podía decirle que no lo hiciera, menos cuando acababa de aceptar su idea, de forma que se despidió con una sonrisa y cerró la puerta.

Regresó hasta la mesa de Leona, que la observó con curiosidad.

—¿Ha aceptado?

—Parece que lo estás volviendo blando —bromeó Abby.

—No sueñes, si lo hace es porque conoce el potencial. —Leona le alargó el vasito de café—. Y la idea es cojonuda, aunque eso quiere decir que te veré poquísimo, ¿no?

—Tendré días libres.

—Y turnos de cuarenta y ocho horas.

—Si consigo una plaza —le recordó Abby—. No es seguro, aún somos dieciocho y no sé si habrá plazas para tantos, de forma que…

Leona se bebió el café de un trago.

—Chica, vete haciéndote a la idea de que vas a dormir entre maromos. —Se echó a reír—. Me gusta, los tíos manchados de hollín y todo eso, mmm…

—Igualitos a tu novio, sí.

—Ese no es mi novio —se quejó Leona, mirando hacia la puerta del despacho.

—Lo que tu digas.

Después de un rato de charla banal con Leona, Abby cogió el autobús para regresar a la academia. Una vez con la idea de dedicarse a ser bombero, tendría que plantearse la idea de comprar un coche, sobre todo dependiendo del destino que le tocara. Los últimos días no hacía otra cosa que pensar en eso, en cómo sería el trabajo, si coincidiría con alguno de sus amigos… y en que no le apetecía abandonar ese mundo de momento. Al fin y al cabo, sabía lo que le esperaba en una redacción, pero lo otro era una incógnita. Y hasta ese momento la experiencia le había gustado, a pesar de la dureza.

Lo del artículo extenso y realista solo había sido una especie de cebo para no confesarle a Finn la realidad: que no estaba preparada para dejarlo. Necesitaba tiempo para decidir si deseaba regresar a su antiguo trabajo o le apetecía seguir en el nuevo, pero con aquella pequeña estrategia había ganado unos meses para pensarlo. Podía escribir el material sin problemas hasta que lo tuviera claro, mientras, quería seguir explorando.

Al día siguiente, a las ocho en punto, el grupo permanecía en el campo de entrenamiento mientras aguardaban a que el teniente Shaw llegara. A todos les había sorprendido no encontrarlo allí, pues siempre estaba antes que ellos, y a cada minuto que pasaba más extraño les parecía. En una semana plagada de exámenes por parte del teniente Levine, lo último que necesitaban era desconcentrarse en el entrenamiento, pero él no llegaba y la inquietud impregnaba en el ambiente.

Leo, que se había retrasado cinco minutos remoloneando en la cama y justo había conseguido desayunar algo, llegó jadeando y ocupó su sitio junto a Abby, recorriendo la zona con la mirada.

—Tarde —comentó ella—. Pero no pasa nada, Shaw no ha llegado aún. ¿No es raro?

—Bueno…

Se calló al ver a un hombre uniformado que ninguno conocía cruzaba el campo hasta llegar a su altura. Su edad se acercaba más a la del teniente Levine que a la de Darren, aunque ni de lejos poseía la forma física de ninguno de los anteriores. Aquel hombre tenía aspecto de haberse pasado los últimos diez años sentado en un despacho.

La estupefacción se reflejó en los rostros de los alumnos, nadie entendía nada. ¿Quién era aquel hombre y qué hacía allí?

—Ustedes son el grupo que se gradúa dentro de un mes y tres semanas, ¿verdad? Me presento, soy el teniente Anthony Miller y voy a entrenarlos el tiempo que queda.

La respuesta a sus palabras fue un montón de caras desconcertadas. ¿Otro instructor? A menos de dos meses de acabar, ninguno podía imaginar el entrenamiento con otra persona que no fuera Darren. Estaban acostumbrados a sus métodos, y tener que resetear para adaptarse a alguien nuevo no hacía feliz a nadie, fuera aparte del aprecio que todos pudieran sentir en mayor o menor medida por su instructor.

El descontento general debió reflejarse de alguna forma, porque el teniente Miller carraspeó.

—Se estarán preguntando donde está el teniente Shaw y por qué ocupo yo su lugar, pero lamento mucho no poder ofrecer información al respecto. Solo diré que intentaré estar a la altura.

Ekekiela lo observó, sin poder evitar alzar una ceja. ¿Estar a la altura? No lo veía muy probable. No imaginaba a aquel hombre haciendo flexiones o subiendo por una escalera, ¿cómo iba a entrenarlos en condiciones si parecía completamente oxidado?

Miró de reojo a Talisa, cuyo rostro aparecía ligeramente pálido. Miraba al desconocido aturdida, como si no creyera en sus palabras, y le dio un toque en el hombro para que reaccionara.

—Bien, voy a pasar lista para que cada uno me diga su nombre y marca. —Se miró las manos, consciente de que no había nada en ellas—. Vaya, me he olvidado la tablilla dentro. No se muevan, regreso en unos minutos.

Dio la vuelta para regresar al edificio central, a un ritmo que presagiaba un rato más largo de los minutos prometidos. Todos parecían haberse quedado sin palabras por lo ocurrido y Camilla fue la primera en reaccionar.

—Pero, ¿qué coño? —masculló, sin alzar la voz por si acaso el hombre aún podía escucharla—. ¿Quién es ese y qué pinta aquí?

El equipo rompió la fila para acercarse, todos hablando al mismo tiempo.

—Os digo lo que sé —comentó Leo, atrayendo la atención de todos—. Como llegaba tarde no me he parado, pero al pasar he visto al teniente Shaw hablando con el teniente Levine. Estaban junto al coche del primero y me ha parecido que cargando equipaje o algo así. Está justo ahí mismo, en la entrada, pero no me he atrevido a preguntarle.

—Pero tenemos que saber qué está pasando —protestó Camilla, de brazos cruzados—. ¿Cómo van a cambiarnos de instructor a estas alturas? ¡Es injusto!

Pese a que todos allí sabían que la predilección de la chica por Darren iba más allá del mero entrenamiento, no dejaban de estar de acuerdo con ella. Durante unos segundos permanecieron en silencio mientras asimilaban la información. Resultaba desagradable aquella situación cuando ya habían forjado una relación con su instructor y no sabían cómo gestionarlo, por no hablar de Talisa. Estaba muda, sin terminar de creérselo, y sin poder demostrar ninguna emoción muy evidente.

—¿Alguien se atreve a ir a hablar con él? —sugirió Ekekiela a sus compañeros.

—Tú —Abby se dirigió a Talisa sin dudar—. Siempre te has ofrecido voluntaria para todo, no le sorprenderá. No tardes más de quince minutos.

La rubia echó a andar como en sueños, pero sin la menor vacilación. No tenía ni idea de lo que iba a encontrarse, pero… Darren no podía irse sin decir nada, ¿no? No después de todo lo que había ocurrido entre ellos.

Como había señalado Leo, este se hallaba junto a su coche, aparcado frente al edificio central, y con el maletero abierto. No había rastro del teniente Levine, lo que alivió un poco a Talisa, ya que una charla con él delante hubiera resultado muy incómoda.

Darren pareció sorprendido y al momento echó un vistazo a su alrededor para asegurarse de que nadie podía verlos o escucharlos.

—No deberías estar aquí —dijo.

—Vengo de parte de todos —murmuró ella—. Y de la mía, claro. ¿Es que te marchas a alguna parte?

—Sí, eso parece.

—¿Es por algo…?

—Ese hombre que habéis conocido es el dueño de la plaza oficial, el teniente al que estaba sustituyendo. No ha pasado nada malo, solo ha vuelto, así que me envían de regreso al trabajo.

—¿Qué? —balbuceó ella, aun sin dar crédito a lo que oía.

Siempre había sido una chica muy segura de sí misma y con las cosas claras, pero en ese momento sintió que el suelo se movía bajo sus pies. Lo miró a los ojos, sin terminar de creer que aquello fuera una despedida.

—Vuelvo a mi antiguo puesto —aclaró Darren, en tono neutral.

Que sí, era lo que había deseado los dos últimos años, pero esa buena noticia también tenía un regusto amargo. Además podía leer en Talisa como en un libro abierto, era tan transparente… No estaba alejada de lo que sentía él, solo que lo disimulaba mejor. Era lo que tenía ser unos años mayor, aunque solo fueran cinco o seis.

Darren cerró el capo, observando que la chica parecía reacia a marcharse. Entendía el motivo y hubiera dado cualquier cosa por ahorrarse ese momento, dado que no podía hablar con ella como en realidad quería: estaban a la vista de todos y cinco minutos de más podían parecer raros, más allá del interés del equipo por perder a su teniente. Por no hablar del contacto físico, descartado por completo.

—Pero, ¿a dónde vas? —preguntó Talisa, empezando a desesperarse—. ¿No pensabas decirme nada?

—Acabo de enterarme. —Darren se defendió de manera inconsciente.

—¿Podemos hablar luego?

Talisa sabía que no debería insistir, pero no podía evitarlo. Hacía demasiado tiempo que no sentía nada parecido por otra persona, ¿debía resignarse a perderlo sin más? ¿Solo por un traslado?

—Ni siquiera sé dónde voy a estar luego. Tengo que ir a la central a arreglar papeles y después tienen que destinarme otra vez, esto es un caos.

—Pero…

—Tienes que volver a la fila, el teniente está a punto de regresar y no creo que le haga mucha gracia que no estés. Llevas aquí demasiado tiempo.

—¿Cómo es posible que pensaras marcharte sin decírmelo?

Darren se dio cuenta de que no parecía importarle el hecho de recibir una bronca de su nuevo instructor, o que alguien pudiera sospechar si los veía allí.

Y así se sentía ella. Estaba enfadada y dolida, como si alguien estuviera haciendo presión entre el pecho y la espalda, estrujando todo lo que había por el medio. La simple idea de no verlo más se le antojaba…

—Te repito que me acabo de enterar. No podía sacarte del entrenamiento así como así, Talisa, sé razonable.

Ella retrocedió un par de pasos, aún con la misma expresión, y Darren se sintió fatal. Él también estaba molesto, no quería que dejaran de verse, pero tenía las manos atadas. Sus horarios eran incompatibles y su destino una incógnita, igual que el de la chica. Talisa pensaba con el corazón, de modo que uno de los dos tenía que hacerlo con el cerebro.

—Escucha —dijo, sin acercarse—. Siento que las cosas terminen así, pero se ha puesto muy difícil. ¿No ves que no hay nada que podamos hacer, yo sin destino y tú igual?

Talisa lo tenía claro. Por no poder, no podía ni tocarlo, aunque no fuera a verlo más. Bueno, era más que probable que se cruzaran en alguna actuación conjunta, si sus turnos coincidían, como mucho. Sí, sabía que sus horarios serían de locos, pero no concederle siquiera una llamada de teléfono para estudiar la situación con calma le parecía muy frío. ¿Acaso lo había imaginado todo? ¿La forma en que la había abrazado y escuchado? ¿No tenía nada de especial? Quizá todo había sido cosa suya, que había proyectado en él sus propios sentimientos, deseando que le correspondiera, y en realidad no había nada detrás de sus palabras o gestos hacia ella.

Menuda despedida de mierda. ¿Eso que notaba resquebrajarse era su corazón? Debía serlo, sí, la misma sensación que comparaba con la nube de avispas que la habían acribillado sin piedad meses antes.

—Vuelve a la fila, por favor, antes de que regrese Miller.

La rubia se sentía impotente, pero sabía que no podría hacer nada. Cualquier cosa que dijera caería en saco roto porque él había tomado la decisión por los dos.

Porque no la tomaba en serio, como de costumbre. Sentirse atraído por ella sí, quizá hasta gustarle un poco, pero eso era todo. El resto, ya estaba segura, era cosa de su imaginación, o no la estaría dejando de esa forma tan poco delicada. Y porque gracias a Leo y Abby había ido a preguntar, de lo contrario se hubiera enterado al comunicarlo Miller y sin posibilidad de poder hablar con él.

—Vale —murmuró—. Que te vaya bien, pues.

Se dio la vuelta y atravesó el campo para regresar a la fila, decidida a no dedicarle una sola mirada más, mucho menos lágrimas. Sabía que las derramaría tarde o temprano, pero tendría que ser después, cuando estuviera sola. No podía llorar a gusto, ni consolarse con sus amigas, nada. Iba a tener que tragárselo hasta el final, igual que llevaba haciendo desde el nefasto día que había posado sus ojos en Darren.

—¿Qué ha dicho? ¡Has tardado una eternidad! —Camilla la interpeló nada más llegar a la fila.

—No mucho —respondió—. Que tenía que irse y que buena suerte.

—¿Nada más? Pero si has estado ahí mucho tiempo —protestó Camilla.

—Pues eso es lo que ha dicho. —Talisa ocupó su sitio, decidida a no volver a abrir la boca en toda la mañana, por miedo a lo que podía salir de ella.

Camilla no parecía convencida en absoluto, pero al ver que el teniente Miller regresaba a paso lento con la tablilla en las manos no tuvo otro remedio que callarse.

—Bueno —comentó, deteniéndose frente a ellos—, ya tengo los nombres y las marcas de todos. Parecen que van bien encaminados, así que no les cambiaré los circuitos establecidos por el teniente Shaw. Si algo funciona no tiene sentido modificarlo, así que vamos a empezar.

Dio unas palmadas para que se pusieran en movimiento. Una vez los vio en la pista, concentrados en los circuitos, el teniente Miller sacó el móvil y se puso a leer la prensa con total tranquilidad.

La tarde mejoró un poco el humor de los alumnos cuando el teniente Levine comenzó a hablar de los exámenes corregidos en tono positivo.

—¿Nerviosos? —preguntó, sin conseguir disimular una sonrisa—. Bien, pues no tienen motivo, porque los exámenes han sido excelentes. Pueden comprobarlos ustedes mismos.

Abandonó la mesa para ir mesa tras mesa depositando papeles. Se detuvo un instante junto a Ekekiela y este alzó la mirada, preocupado. Jamás hubiera pensado que el resultado de un examen llegara a angustiarlo tanto, pero así era. El teniente Levine le dio unas palmaditas en el hombro antes de entregarle la hoja y después siguió su camino.

Ekekiela estiró el examen y lo contempló, anonadado: una perfecta e inmaculada A, en la parte superior derecha de la hoja, que hasta brillaba. Durante unos segundos se quedó sin palabras, sin terminar de creer que semejante nota fuera suya.

Se había esforzado mucho para conseguirla, y aun así, le costaba creer que suyo era el mérito.

Al ver su cara de tonto, Jesse se inclinó para echar un vistazo al examen. Leyó la nota con una sonrisa y le palmeó los hombros.

—¡Vaya, tío, una A! —exclamó—. Muy bien, musculitos, parece que tienes algo ahí dentro después de todo. —Y señaló su cabeza, divertido.

Ekekiela, aún anonadado, le dio un golpecito a Talisa en el brazo. La chica llevaba toda la mañana ausente, pero giró la cabeza al notar el toque.

—¿Qué ocurre? ¿Has sacado una B, al menos?

—Míralo tú misma —respondió él, colocando el papel en su escritorio.

Talisa tuvo que examinar el examen dos veces al ver aquella A y después le dedicó un esbozo de sonrisa. Era mejor que nada, se dijo Ekekiela, que a la rubia parecía mucho costarle sonreír ese día.

—Lo sabía, Jimmy, ¿ves cómo eres capaz? Ya no tienes excusa.

—No lo habría conseguido sin tu ayuda y lo sabes.

—Yo no estaría tan segura —replicó Talisa, y le mostró su examen—. Solo he sacado una B, así que…

El teniente dio un par de palmadas para volver a captar su atención. Sabía que todos se morían de ganas de comentar los exámenes entre ellos, pero eso tendría que esperar.

—Ya basta de murmullos —ordenó—. En general, estoy muy satisfecho de los resultados. Este examen era la mitad de la nota global, seguiremos con las pruebas diarios hasta llegar a los finales. No les engaño si digo que serán duros, pero saben que tienen la puerta de mi despacho abierta y pueden venir con total libertad a pedirme ayuda. Creo que todos los que quedan están en igualdad de condiciones, así que solo puedo recomendar que estudien, mucho, todo lo que puedan. ¿Alguna pregunta sobre los exámenes?

Camilla alzó la mano al momento. La B brillaba en su hoja, pero no pensaba preguntar sobre eso.

—Teniente, ¿qué ha pasado con el teniente Shaw? Es decir, hoy en el entrenamiento…

El teniente Levine se sentó.

—Sobre los exámenes he dicho, señorita Zhao —comentó.

—No pretendo ser maleducada, pero creo que merecemos saberlo.

—De acuerdo, de acuerdo, los entiendo. Es excepcional que un teniente abandone un curso de este modo, tan próximo el final, pero en realidad la plaza pertenecía al teniente Miller. Solicitó la reincorporación hace una semana y se la han concedido, algo que hemos sabido esta mañana a primera hora.

—¿Y dónde está ahora el teniente Shaw? —preguntó Ryan.

—Ha sido destinado para trabajar, eso es todo. —Los observó unos segundos—. Escuchen, sé que estaban acostumbrados a él y que el cambio no les agrada, pero deben hacer un esfuerzo. Ahora el teniente Miller se hará cargo de su adiestramiento. ¿Alguna pregunta más sobre los exámenes?

Con aquello, el teniente Levine daba por finalizada la información y los dejaba relativamente conformes, aunque Ekekiela seguía preguntándose como iba a ser buen instructor un hombre que dedicaba las clases a leer el periódico digital en el móvil. En fin, tendrían que espabilarse por su cuenta, no veía otra, y lo único bueno es que al no ser tan estricto no había le menor duda en que sacaría una de las notas más altas.

—Sigue sin parecerme justo —protestó Camilla, una vez fuera del aula—. ¿Cómo han podido darnos semejante cambiazo? ¿Alguien cree que ese señor tan bonachón puede darnos clase como dios manda?

—Por mucho que protestes la situación no va a cambiar —le dijo Jesse—. A ver, no hagas tanto drama, chica. Tampoco es que te lo fueras a ligar ni nada por el estilo.

—Huy, qué sabrás tú. Iba bien encaminada.

—No seas exagerada, en alguna estación estará trabajando. ¿Por qué no pones unas velitas blancas y le rezas a algún dios chino raro para que te toque en la misma estación que él y así puedas seguir acosándolo a gusto? Que esto parece una película de terror —se burló él.

Camilla le dio un manotazo en el cuello.

—¿Ya vuelve el señor amargado?

—Nos vemos en el comedor, señorita dramas. —Él se marchó con los otros, sin dejar de reírse.

La chica miró como se alejaba con el ceño fruncido.

—Este chico es tonto, ¡de verdad! En lugar de darme un poco de consuelo se porta como un imbécil.

—Nosotras te daremos consuelo. —Abby la rodeó con el brazo y le frotó el hombro—. ¿Verdad, Talisa?

La rubia asintió a regañadientes, haciendo lo mismo por el lado contrario a Abby.

—A ver, ya sé que no éramos nada —protestaba Camilla—. Pero me siento frustrada, porque justo cuando parecía que habíamos empezado a congeniar, va y se marcha.

Abby hizo una serie de ruiditos tranquilizadores, intentando no echarse a reír ante la cara de pena que tenía Camilla. Cruzó una mirada con Talisa, esperando que esta tuviera una expresión similar a la suya, pero la rubia tampoco se veía muy animada.

—Mira, Camilla, es mejor así —comentó—. De todas formas, en un par de meses te hubieras tenido que ir a trabajar. Vaya, que tarde o temprano habría salido de tu vida.

—En eso tienes razón, pero yo qué sé, hay momentos para verse, ¿no? Tenemos días libres y esas cosas, todo es cuestión de planificarlo.

En efecto, Talisa estaba de acuerdo. Camilla y ella compartían sentimientos similares, no en el mismo nivel, obvio. Pero en lo básico coincidían, mientras que Abby parecía ser igual de práctica que Darren.

—Así que —intervino, mirando a Abby—, ¿qué le recomiendas que haga?

—Olvídate de él, cariño. —Abby besó a Camilla en la mejilla para darle ánimos—. Pronto conocerás a otro chico que te haga suspirar, y este te corresponderá como debe ser. Lo otro no era más que una fantasía.

—Buen consejo… —Talisa se lo guardó en un rincón de su mente, para rescatarlo cada vez que el maldito teniente se apareciera en sus pensamientos.

—No sé qué haría sin vosotras —suspiró Camilla, agarrándose a las dos—. Ojalá coincidamos en alguna de las estaciones, en serio. Os voy a echar muchísimo de menos a las dos.

—Venga, que aún nos queda mes y medio juntas. —Abby se detuvo delante de su cuarto—. Dejad los libros y en media hora nos vemos en el comedor.

Cerró la puerta, dejándolas allí en el pasillo.

—Abby no es nada sentimental —observó Camilla, poniendo los ojos en blanco—. Hasta la hora de la cena —dijo, antes de abrir su propia habitación.

Talisa se metió en la suya con un suspiro. Por fin, después de un día interminable, tenía un rato para estar a solas y dejar que todo lo malo fluyera en libertad. No tenía la menor intención de bajar a la cena: si alguien le preguntaba diría que se había quedado adormilada y listo, era una excusa que siempre colaba porque a todos les sucedía a menudo con el ritmo que llevaban.

Se dejó caer en la cama, dispuesta a tratar de reorganizar sus emociones con algo de raciocinio y no de manera visceral, pero qué difícil resultaba. El día se había convertido en una pesadilla, le había costado un mundo disimular y encima sin conseguirlo del todo, que un par de veces había pillado a Ekekiela mirándola como si sospechara algo.

Pero la realidad era que no se podía creer que todo se hubiera venido abajo de repente, sin más, como una bofetada que aparecía para romper una situación idílica.

Su móvil sonó para sacarla de aquellos pensamientos tan negativos y se apresuró a cogerlo, pensando que tal vez fuera Darren. Pero no, era su hermana, y al mirar las llamadas perdidas comprobó que era la sexta vez que la telefoneaba. En circunstancias normales no hubiera contestado, pero la posibilidad de nuevos problemas en su familia hizo que descolgara.

—¿Gail?

—Hola, T. Llamaba para hablar un rato contigo, si ya no estás enfadada.

Una vez despierta de la sedación, Gail había recibido un buen rapapolvo por parte de su hermana. Había llorado, después lo habían hecho sus padres, y una semana después estaba de regreso en casa, preparando de nuevo el cuarto ingreso en rehabilitación.

—He pensado que te gustaría, ya que en unos días me marcho otra vez al centro de desintoxicación, y como no podré estar en tu graduación…

«¿Y de quién es la culpa?»

Pero se lo calló. No conseguiría nada, excepto herir a su hermana, y eso no era necesario.

—¿Qué tal estás? —preguntó, en cambio.

—Pues me duele todo —dijo Gail, en voz baja.

Talisa se estiró en la cama, cerró los ojos y se frotó la frente.

—Es normal, Gail —contestó—. Tuviste una sobredosis y la reanimación ya sabes cómo te deja, como si te hubieran dado una paliza.

—No son mis golpes.

—¿Qué?

—Eres tú. Me duele todo porque a ti te duele. —Gail hizo una pausa—. Esta mañana te ha pasado algo malo, yo también lo he sentido. Te he llamado varias veces, ¿quieres hablar de ello?

—No, creo que no.

—Bueno, pero… ¿y si solo hablamos, sin más? —propuso su hermana, cuya voz somnolienta ejercía un efecto tranquilizante en Talisa—. A las dos nos vendría bien distraernos, ¿no? Solo una hora, o dos, hablemos de cualquier tontería. Utilizaremos la «maniobra Grady» con nosotras mismas. ¿Qué dices?

La rubia se acomodó mejor en la cama, encajando el móvil entre ella y la almohada. ¿Por qué no? Siempre se les había dado bien consolarse la una a la otra, al fin y al cabo, nadie podía entenderlas mejor.

—Vale —murmuró—. Empieza tú.

—Mamá está venga a mirar recetas para hacer una tarta en forma de camión de bombero, ¿lo sabías? Haz como si no te hubiera dicho nada, pero te están preparando una fiesta genial para cuando apruebes. Yo les dije que tú ya no eras una niña pequeña, y en el fondo lo saben, pero se niegan a aceptarlo… Están muy orgullosos, así que la tarta va a ser muy grande. Mamá se está volviendo loca buscando un recipiente que le sirva y no hace otra cosa que mirar en YouTube cómo decorarla.

Talisa desconectó de la conversación, dejando que la voz suave y relajante de Gail calmara sus nervios. El dolor seguía ahí, en su pecho, quieto y a la espera, y sabía que saldría en cualquier momento, pero al menos mientras escuchaba a su hermana estaba amortiguado. Oír su voz haciendo planes, aunque no los estuviera escuchando realmente, la ayudaba a abstraerse de lo ocurrido. Y como ocurriera cuando su hermana tuvo la sobredosis, no podía dejar que un corazón roto la afectara, ni aunque fuera el suyo propio.

No. Seguiría adelante, hasta el final.

CAPÍTULO 17

—Hoy es un gran día para nosotros. —La voz del teniente Levine se escuchó con claridad gracias al micrófono instalado delante de él—. Se cierra un ciclo de nuestras vidas al terminar el curso de formación de bomberos de Pensacola, pero también es el inicio de un camino largo que, estoy convencido, ayudará a perpetuar el buen nombre del cuerpo.

Abby se permitió mirar a su alrededor, emocionada. Jamás había pensado que pudiera sentir el remolino de mariposas que notaba en su estómago en ese momento, que algo como aquello pudiera hacerle tantísima ilusión.

Ni siquiera podía creer que llevara seis meses allí sin darse por vencida, pero así era.

Toda la zona de entrenamiento al aire libre había sido acondicionada para ese día: desde la tarima y el micrófono para el discurso de Levine hasta las hileras interminables de bancos para asistentes y graduados, pasando por la decoración y mesas donde después se servirían los aperitivos y la tarta de graduación en forma de extintor. Todo estaba precioso, y le resultaba casi imposible reconocerlo como el lugar donde todos habían sido machacados físicamente sin piedad, una etapa a la que nunca volvería. Porque ya era bombero oficial.

O bueno, aún no, le faltaba el título, pero eso era una nimiedad sin importancia. Todos los que habían aguantado hasta el final, quince en total, solo debían esperar a recibir destino. Ya formaban parte del cuerpo de bomberos de Pensacola, entre ellos, las tres primeras mujeres en muchos años. ¡Y era una de ellas! No podía describir lo que sentía en esos momentos.

Se quitó un par de pelusas imaginarias de su traje oficial, ese que dudaba que volvieran a ponerse, y que aparecía impecable, ¡con lo bonito que era!

—Estate quiera —susurró Camilla, con un golpecito en la pierna.

—Es que estoy emocionada…

—Chist… solo falta que Levine nos riña hoy. —Leo frunció el ceño.

Abby cerró el pico, decidida a no estropear el día.

—Para mí es todo un honor estar el frente de ustedes y ser la persona que, en nombre del curso, dirija unas palabras de agradecimiento a la noble labor del grupo de oficiales que ha hecho posible que este día tenga lugar.

Ekekiela asimiló las palabras del teniente Levine y se acordó del teniente Shaw, que no estaba allí para celebrar que lo habían conseguido. Hizo un gesto con la cabeza a Talisa, sentada a su lado, pero ella permanecía atenta al discurso de Levine. Siempre había imaginado que la vería mucho más emocionada el día de la graduación… y sí, sonreía, pero allí fallaba algo. Miró hacia las filas de atrás, donde se encontraban los familiares de todos. Quizás ver a su familia la animaría un poco, ya que él no sabía cómo. Bastante tenía con gestionar su propia felicidad, que se decía rápido, porque había cubierto cualquier expectativa posible. Hasta sus padres parecían sorprendidos de que hubiera conseguido llegar hasta el final.

—Existen tres objetivos simples para los bomberos —continuó Levine—. En primer lugar, que estén bien cualificados. También que tengan el equipo que necesitan, y que puedan responder a las emergencias lo más rápido posible. Como responsable de parte del primer punto, estoy muy, muy orgulloso de las quince personas que se gradúan hoy y aquí, bajo mi mando. —Los señaló con una sonrisa—. No miento si digo que al principio tuve mis dudas… —Se oyeron risas—. Pero, hoy por hoy, confiaría mi vida a cualquiera de ellos sin la menor vacilación. Han demostrado valor, decisión, resistencia, empatía y ganas de trabajar.

Se oyeron unos aplausos y silbidos en una fila lejana y Camilla se giró.

—¿No es tu madre, Jesse? —preguntó, burlona.

Él se encogió en el asiento.

—Calla, calla, qué vergüenza —murmuró.

La chica soltó una risita al ver su apuro y volvió a mirar hacia el frente.

—¿Quieren ponerse en pie, por favor? —pidió el teniente Levine—. Les entregaré el diploma y el sobre con sus destinos de uno en uno, después podremos sacar la clásica tarta que todo el mundo espera.

Ekekiela se incorporó el primero, decidido, pero se quedó quieto al escuchar los aplausos, ya compartidos por el resto. No recordaba que nadie hubiera aplaudido ninguna decisión suya nunca, de manera que estaba más que dispuesto a disfrutar de su momento de gloria. Se sentía tan orgulloso de sí mismo que hasta se le reflejaba en la cara.

—Venga, zoquete, muévete. —Ryan le pegó un manotazo en el hombro—. Que estás haciendo cola.

—Deja que me regodee en mi momento de fama, joder, que eres un pesado. Qué ganas de que te vayas a una estación bien alejada de mí —bromeó.

—Tú no bromees con estas cosas, que el karma es sabio.

Lo empujó de nuevo, siguiéndolo hacia la tarima donde el teniente Levine, flanqueado por el director adjunto y el resto del personal de la academia, los esperaban. Angelina se encontraba entre el público, y Ryan lamentó una vez más cómo había salido su única cita. Después de ese día no habían vuelto a hablar, excepto un «hola» si coincidían por los pasillos.

En fin, así era la vida a veces: al menos podía estar feliz por tener un trabajo y un grupo de gente con la que se llevaba muy bien, dos cosas que hasta ese momento jamás había tenido, y menos al mismo tiempo.

—Jimmy Ekekiela —saludó el teniente Levine, entregándole el diploma y el sobre—. Quédese después de que reparta todo, tengo que comentarle una cosa.

—Sí, claro.

—Ha sido usted todo un desafío, señor Ekekiela, y no miento si digo que muchas veces pensé que no llegaría hasta el final. Pero es la prueba de que quien quiere, puede, y su batalla con los libros la ha ganado con creces. Mi enhorabuena.

Ekekiela no era amigo de mostrar emociones en público, pero en aquel momento se le hizo un nudo en la garganta. Él tampoco podía creer las notas que tenía, pero así era, y las había conseguido solito y a base de estudiar. Bueno, Talisa lo había ayudado mucho al encontrar el método perfecto para él, pero… era su tiempo y esfuerzo, y se sentía feliz.

Cogió el sobre, intrigado por las palabras del teniente, pero Ryan ya estaba ocupando su lugar, de manera que se apartó, decidido a esperar.

—Ryan Lassek, usted también tiene que quedarse un momento cuando termine —comentó el teniente Levine—. Es el ejemplo perfecto de cómo combinar cerebro y esfuerzo. Esto sin duda será un nuevo inicio en su vida e historia, ¿cierto? Enhorabuena. —Y le tendió el diploma y el sobre, al igual que un momento antes había hecho con Ekekiela.

Ryan lo cogió todo con la misma expresión que este, exaltado por haberlo conseguido, y al mismo tiempo confuso por tener que quedarse a hablar después. ¿Qué sucedía allí?

No pudo averiguar más porque Camilla lo empujó con la cadera, ansiosa por recibir su parte.

—Señorita Zhao, debo decir que pocas personas he visto que mantengan una actitud tan buena como la suya. Y aunque hable mucho en clase… —Ella soltó una risita—. Está claro que es una privilegiada, no solo por sus buenas notas en general, sino por haber sabido mantener esa línea durante el curso. Muchas felicidades.

La chica cogió el sobre y después el diploma. Con una sonrisa, se alejó para abrir lo primero y leer el papel con cara expectante. Una vez leído, se cruzó de brazos para esperar a que Talisa recibiera su destino. Era lo que más le importaba, la posibilidad de no tener que separarse de su amiga, y a ella le había tocado la estación número dos. ¡Dos, qué bonito número!

—Señorita Grady. —El teniente Levine alargó el diploma y sobres correspondientes—. Es usted el mejor ejemplo que existe sobre la vocación y la constancia, la prueba de que todo se puede lograr con esfuerzo. Nunca deje que nadie le diga que no sirve para algo, porque ha llegado hasta aquí sin ayuda y yo estoy muy orgulloso. Mi más sincera enhorabuena.

La rubia sonrió, cogiendo el ansiado diploma. Hubiera podido explotar de felicidad, de no ser por aquella molestia que martilleaba en su interior. Se concentró en apartarlo para poder disfrutar de ese día, que al fin había llegado.

Se alejó para que Leo ocupara su lugar, acercándose a Camilla. Esta la esperaba cambiando el peso de su cuerpo de un pie a otro.

—Venga, abre el sobre —instó, cuando llegó a su altura.

—Vale, vale… —Talisa obedeció mientras su amiga cruzaba los dedos, y sacó el papel que puso frente a ella—. Número dos. ¿Dónde estás tú?

Camilla le enseñó el suyo con una sonrisa, antes de estrujarla.

—Señor Jacobi. —El teniente sonrió—. Tiene usted el temple perfecto para dedicarse a esta profesión. Es paciente, comprensivo, de buen carácter… Necesitamos muchas personas así en el cuerpo, que se preocupen por los demás. Creo que va a ser un excelente bombero y me alegraré mucho de haber tenido parte de culpa al respecto. —Alargó los papeles—. Mi enhorabuena.

Leo lo cogió todo, buscando a sus padres con la mirada. No tenía todas consigo de que asistieran, pero sí, allí estaban, incluido su hermano Brandon, ¡qué sorpresa! Estaba deseando ir a pasar un raro con ellos, pero justo le tocaba a Abby y decidió esperarla mientras abría su sobre. Estación número uno.

—Señorita Cook… ha encarado usted la academia como si de una especie de misión se tratara, siempre con ese gesto de determinación suyo tan característico. Es una persona muy luchadora y cualquier estación será afortunada por tenerla entre su personal, sin duda, porque es muy capaz. Estoy convencido de que volveré a escuchar su nombre. —Sonrió—. Muchísimas felicidades.

Abby apretó la mano del teniente antes de recoger el diploma, notando como sus ojos se volvían brillantes. Levine pareció sorprendido ante el contacto, pero le devolvió la sonrisa y ella lo liberó.

—Muchas gracias por todo, teniente —susurró la morena—. Ha sido un profesor increíble. Dele las gracias de nuestra parte también al teniente Shaw, si lo ve.

Él pareció complacido por sus palabras, pero rápidamente se repuso para girarse hacia Jesse, que aguarda con rostro paciente su turno.

Abby rasgó el sobre a toda prisa y le enseñó el papel a Leo.

—¡Estación uno! ¿Y tú?

—Parece que seguiremos siendo compañeros —sonrió él, pensando en su buena suerte.

Trabajar juntos era la mejor forma de estar unidos, no le cabía la menor duda. Porque le gustaba Abby, muchísimo, y la idea de no verla más se le hacía muy dura. Pero aquello era perfecto, claro que sí, trabajar, dormir, comer juntos. Perfecto.

—Bueno, bueno, señor Cortez… No puedo decir que sea usted la alegría personificada, pero sea lo que sea lo que lo mueve hacia adelante, funciona. La dedicación y entrega también son formas de vida muy satisfactorias, y seguro que hará usted un gran papel como bombero.

Jesse cogió su diploma, arqueando una ceja. ¿Que no era la alegría personificada? Bueno, lo que le faltaba por escuchar…

Se reunió con las chicas, rasgando el sobre para leer su destino.

—Por favor, dime que te han destinado a la otra punta —se burló Camilla—. Aunque seguro que nos llegaría tu humor fúnebre desde donde estés.

—Oh, por favor, para, conseguirás que me duela el cuerpo de tanto reírme —gruñó Jesse, y echó un vistazo al papel—. La estación dos. Hasta el número es feo, oye.

—Eres idiota. —Camilla le pegó en la cabeza—. ¡Estás con nosotras!

—Bah. —Jesse se dio la vuelta. En el fondo se alegraba de estar con ellas, siempre era mejor que no conocer a nadie, pero no quería que vieran que la noticia lo alegraba. Prefería guardar su reputación de gruñón—. Lo que me faltaba, aguantaros a diario.

—No te quejes tanto, que bien que quieres compartir piso.

Abby y Leo se aproximaron a ellos para mostrarles sus respectivos destinos.

—Anda, juntitos —dijo Camilla—. Al final vuestra amistad acabará siendo a prueba de bombas, como la nuestra. —Rodeó a Talisa con el brazo de manera cariñosa—. ¿Verdad, rubita?

—Sin dudar —respondió esta.

—¿Quiénes vais a compartir piso? —preguntó Abby, que había escuchado la frase de Jesse—. Yo aún tengo el mío, que no está muy lejos de la estación uno, y como está recién acondicionado no me merece la pena cambiar.

—El mío no está cerca, pero para eso está el coche, así que yo tampoco cambio —comentó Leo.

—No habléis de esto ahora —se metió Ekekiela a toda prisa, señalando a Ryan y a él mismo—. ¡Que aún no sabemos qué va a ser de nosotros! Esperad a después, con los tequilas de celebración.

Talisa lo empujó hacia el teniente Levine, que ya terminaba de entregar diplomas.

—Vete, pesado —murmuró, sin lograr que se moviera ni un milímetro—. ¡Nunca mejor dicho!

Ekekiela soltó una carcajada y regresó junto a Ryan, ambos dispuestos a ver qué era aquello que tenía que comentarles el teniente Levine.

Una vez los quince graduados tuvieron sus diplomas y destinos, el teniente aguardó a que se dispersaran para quedarse a solas con Ekekiela y Ryan, que lo observaban con curiosidad.

—Está bien —dijo—. La razón de que les haya pedido que hablen conmigo es respecto a sus destinos, y es que no son como el resto de sus compañeros.

Ambos chicos se miraron, sin entender a qué se refería.

—Verán, siempre que se reparten destinos existen excepciones y puestos un poco en el aire o que no se ajustan con exactitud a la idea que tienen los graduados —explicó—. En este caso, además, no había plazas suficientes para todos en las estaciones. —Vio la alarma en sus caras—. A ver, no se preocupen porque es algo temporal y pronto tendrán su plaza en propiedad, faltan un par de jubilaciones que se han alargado un tiempo pero llegarán. Mientras tanto, hay dos puestos que se tienen que cubrir: el correturnos y el de paramédico. Como ustedes están empatados en su media de nota, les corresponden.

Los dos lo miraron como si hablara en un idioma extranjero.

—¿Correturnos? —quiso saber Ekekiela—. ¿Eso qué significa?

—Significa alguien que trabaja en todas las estaciones, pero en ninguna de forma oficial. Una semana aquí, otra allá… y el paramédico es un bombero especializado y con conocimientos médicos. Eso sí, quien quiera este puesto debe seguir formándose un poco más.

—Huy, no, no —se apresuró a decir Ekekiela—. He tenido libros para el resto de mi vida, gracias. Me quedo con el puesto ese de correcaminos.

—Correturnos —corrigió Ryan con el ceño fruncido—. Pero, ¿y entonces tengo que aceptar eso de paramédico porque sí? Porque no creo tener vocación medicinal…

—Piense que si rechaza esto pueden pasar meses hasta que salga una plaza para usted, durante ese tiempo estaría parado. ¿No será mejor formarse mientras en algo útil? Quién sabe, quizá hasta le guste, y si no, siempre podrá dejarlo más adelante.

Ryan se cruzó de brazos, indeciso, pero no parecía tener demasiadas opciones.

—¿Y cuál sería mi destino?

—Estación tres, muy cerca de la estación dos. Seguro que coincide con sus compañeros destinados allí un montón de veces.

El puñetero teniente Levine sabía cómo vender plazas, aunque estas no fueran ni de lejos las soñadas por sus alumnos. Ryan terminó por asentir, aunque sin dejar de refunfuñar.

—De acuerdo, de acuerdo, acepto.

El teniente Levine les estrechó la mano, satisfecho.

—No dejen de venir a verme de vez en cuando —comentó, sonriendo—. Me encantará saber de ustedes. Nos vemos después en el corte de la tarta.

Se alejó para comenzar a charlar con los asistentes y ellos dos se miraron.

—¿Paramédico? Tío, eso es otro nivel.

—Qué demonios, si no me has dado tiempo a pensarlo…

Se reunieron con el resto del grupo, al que explicaron con brevedad la propuesta del teniente Levine y qué habían aceptado cada uno. Les apetecía compartir impresiones, pero tuvieron que dejarlo para después, porque primero debían posar para la foto oficial de la promoción, y después tenían que atender a sus familias.

Abby cogió una copa de champán, pensativa.

—¿Qué te preocupa? —preguntó Leo, que estaba a su lado.

—Nada, los nervios —dijo ella—. ¡Estoy tan excitada! Todo es nuevo y emocionante, ¿no te parece? ¡En una semana estaremos en nuestra nueva estación! ¿No sientes curiosidad por cómo serán nuestros compañeros, el capitán, el teniente, todo?

—Sí, claro. Me da pena acabar esto también, ha sido toda una experiencia, ¿no crees?

—¡Dinamita! —bromeó Abby, haciendo que Leo se echara a reír—. Pero, por muy duro que haya sido, la verdad es que me lo he pasado bien. Y eso que al principio…

Ladeó la cabeza hacia la zona donde Ekekiela charlaba animadamente con los padres de Talisa, al parecer tenía encandilados a los progenitores de la rubia.

—Sí, pensábamos que había obstáculos insalvables —acabó Leo por ella.

—Eran tan gilipollas… nos trataban como flores delicadas.

—Y a mí de gay, no te quejes.

—Pero eso no se lo creía nadie, vamos. Si lo sabré yo. —Y le guiñó un ojo, con una sonrisa que venía a decir que recordaba a la perfección la noche que habían pasado juntos.

Leo dudó unos segundos. ¿Era un buen momento para lanzar alguna indirecta? Necesitaba que Abby supiera que él tampoco lo había olvidado. Que, de hecho, pensaba muchas veces en esa noche, y en ella. Quizá podrían plantearse salir, la veía receptiva, pero algo lo frenaba. Y no entendía qué, siempre había sido un chico con éxito en el terreno femenino, pero en ese caso no las tenía todas consigo.

—Abby, escucha… —empezó, dando vueltas a cómo plasmar sus pensamientos en una frase que no sonara cursi, ridícula o empalagosa.

La chica lo miró, pero entonces sus ojos se desviaron hacia un punto a la derecha de Leo.

—¿Sucede algo…?

—¡Madre mía! —exclamó ella.

Leo se apartó cuando ella salió disparada hacia adelante. Se cruzó de brazos al ver a un hombre alto con un niño que rondaría los ocho años: iba vestido con un traje impoluto, llevaba gafas y ese aire de hombre de negocios palpable, y el niño parecía una réplica exacta, vestido con camisa, chaleco, pantalón de pinzas y cabello peinado en exceso.

Abby llegó hasta su altura y se detuvo con un jadeo, recorriéndolos con la mirada.

—¿De verdad estáis aquí? —preguntó.

—Claro, no podíamos perdernos tu gran día —contestó él, sonriendo.

—Muchas gracias, Scott. —Se arrodilló frente al niño—. Pero, ¿cuánto has crecido? ¿No piensas darme un abrazo de los tuyos?

—Papá dice que ahora eres bombera oficial —contestó el niño—. ¿Te dejan abrazar niños con ese uniforme?

—Pues claro que sí… —Y lo estrechó contra sí, feliz de que estuvieran allí.

Leo se cruzó de brazos, consciente de que el momento de hablar con Abby se le acababa de escurrir. Porque la morena ya acudía hacia él, dispuesta a que conociera a su familia.

La salida de la enorme tarta en forma de extintor anunció el final de la celebración oficial, y tras eso, todos se despidieron de sus familiares.

—Agotada estoy —murmuró Camilla, una vez se hubo vaciado el campo de entrenamiento.

—¿Eso quiere decir que se pospone la noche de los tequilas o algo? —quiso saber Leo.

—Qué dices, ni de broma. Todos a cambiarse y nos vemos en la entrada en quince minutos —respondió ella—. Pensad que es la última noche que vamos a dormir aquí, mañana tenemos que hacer las maletas y marcharnos. ¡Eso merece una despedida!

—¡El que llegue antes bebe gratis! —exclamó Ekekiela, echando a correr hacia el edificio.

Por supuesto, fue el primero en estar listo. Como no querían coger coches, habían decidido ir a un pub cercano, al fin y al cabo, no era una noche de fiesta, sino una despedida regada con un poco de alcohol para celebrar que se habían graduado.

—Menuda facha tiene tu padre —dijo Camilla a Talisa, después de servir una ronda para todos—. Si ese era tu ejemplo, normal que hayas querido ser como él.

—Y era muy bueno, sí.

—A ver, hablemos primero de lo importante y después si eso nos dedicamos a las chorradas —cortó Jesse, tan delicado como siempre—. Vivienda.

—¿Cómo queréis hacer? —preguntó Abby—. Porque estáis un poco desperdigados. ¿No es mejor que cada uno se quede en su piso?

—Pero es que es ridículo pagar tantos alquileres cuando vamos a estar tan poco tiempo en casa… —objetó Ekekiela—. Todos somos bomberos, todos trabajaremos por turnos. Y si tenemos el turno contrario, algunos ni siquiera nos veremos las caras.

Leo se tragó un tequila y después chupó el limón con una mueca.

—¿Y cuál es la idea?

—Voto por buscar un piso grande —propuso Talisa—. ¡Al lado de la playa! O al menos, en segunda fila.

—Muy caro.

—Pero somos… —La rubia hizo memoria—. Cuatro como poco, y lo que decida Ryan. ¿Qué dices, ojazos?

—Según Levine, la estación tres está cerca de la dos. Además, antes tengo que hacer formación de paramédico, mis horarios tampoco serán como los vuestros, pero… ¡qué demonios! Prefiero compartir piso que vivir solo. Además, Ekekiela tiene razón, seguro que la mayor parte de las veces no coincidimos.

Abby meneó la cabeza, divertida. Miró a Leo, que estaba echando sal en el dorso de su mano, y le guiñó el ojo, extendiendo la suya para que hiciera lo mismo.

—¿Vais a tener un piso en multipropiedad? —preguntó, divertida.

Recogió la sal con la lengua al mismo tiempo que Leo y los dos bebieron, perfectamente sincronizados.

—Odio la parte del limón —se quejó él.

—Tampoco es obligatoria —se burló Ekekiela.

—No veo el problema —comentó Talisa—. Buscamos uno grande, que tenga cinco habitaciones. No será barato, pero también somos cinco para pagarlo, yo creo que nos lo podemos permitir.

Ryan asintió, entusiasmado con la idea.

—Y vivir junto a la playa no tiene precio —añadió.

—Más vale que pongáis normas —advirtió Abby—. Porque ahora todo es muy genial, pero luego empiezan los roces. Por no hablar de vuestras parejas y eso, porque intimidad, poca vais a tener.

—Las habitaciones de cada uno son privadas, chicos —Camilla se rio —. Si alguien se trae un rollo, que salga por la ventana y listo. Mientras los espacios comunes estén en condiciones, a mí me vale.

Talisa la miró de reojo. Acababa de tomarse dos tequilas e iba a por el tercero, pero aquel comentario hacía que se le atragantaran las ganas. No tenía humor para recordar a los que se escapaban a escondidas por las ventanas, gracias. Si había conseguido pasar esos dos meses con un aura de normalidad era porque, día a día, se obligaba a ponerse la careta. Solo se permitía estar triste cuando se quedaba sola, en general a la hora de dormir, y primero se dedicaba a echar de menos a Darren para acto seguido odiarlo a muerte por haberla borrado de su vida. De haberse presentado a la graduación, hubiera dudado entre besarle o pegarle.

Decidió beberse el tequila de todos modos, total…Había tenido un comportamiento intachable durante los seis meses, una pequeña borrachera no echaría a perder su trayectoria.

—Entonces, ¿quedamos así? —preguntó Ekekiela—. Porque tendría que ir hablando con mi casero para avisarlo cuanto antes.

—Sí —asintió Camilla—. Yo no tengo problema, mi contrato vence en un mes, con no renovar suficiente. ¿Vosotros qué?

—Sin problema —dijo Ryan.

Ni siquiera tenía piso, ni de alquiler ni de nada. Es más, tendría que tirar de hotel hasta que encontraran el piso, pero como era previsor ya había reservado en uno en el que se instalaría al día siguiente, según dejaran la academia.

—¿Tardaremos mucho en encontrar un sitio? —preguntó Jesse—. Yo es que dejé mi apartamento al ingresar aquí. Puedo quedarme en casa de mi madre unos días, pero muchos no, que mi salud mental peligraría.

—Exagerado —se burló Talisa—. Con lo que te quiere tu madre, mira cómo se ha acercado a peinarte para la foto.

Jesse frunció el ceño y todos prorrumpieron en carcajadas.

—Pasas demasiado tiempo con esa, Grady. —Señaló a Camilla.

—Pues claro, somos como hermanas —replicó la morena al momento.

—En una semana tendremos piso —se metió Ekekiela—. Mi madre trabaja en una inmobiliaria, así que no nos preocupemos. Nos conseguirá algo bonito.

Chocó su vaso de tequila con el de Talisa, emocionado por el abanico de posibilidades que se desplegaba ante sí. Lo de ser un correturnos tenía inconvenientes, pero también algunas ventajas, por ejemplo, no aburrirse. Conocer a gente nueva, el hecho de poder trabajar con un montón de equipos diferentes. Y tampoco perdería de vista a Talisa, ya que iba a compartir piso con ella y tal vez estrechar lazos, aunque se sentiría igualmente feliz si solo fueran amigos.

Abby miró con pena a sus compañeros, suspirando.

—Me da mucha pena que vayamos a dejar de vernos… Ya sé que no estaremos lejos, pero…

—Podemos quedar —propuso Camilla—. ¿Una vez al mes?

—Si los turnos acompañan —terminó Leo.

—Si los turnos acompañan —repitió Ryan, tragándose un tequila de golpe.

Abby sonrió al escucharlos, y terminó por asentir, alzando su cuarto tequila.

—Si los turnos acompañan —dijo, brindando con todos.

Eva M. Soler, nacida en Cruces, Vizcaya, un 7 de junio de 1976, empezó a escribir desde muy pequeña, tras desarrollar un fuerte interés por la lectura alimentado por una extensa imaginación. Siempre dando prioridad al género de suspense y terror, también se mueve en género romántico *new adult* o *chick lit*. Está felizmente casada y vive en Castro Urdiales.

Idoia Amo, nacida en 1976 en Santurce, con quince años se mudó a Sopuerta, donde se ha establecido de forma definitiva con su marido y sus hijos tras pasar varios períodos en el extranjero. Durante toda su vida ha escrito relatos, pero siempre de forma personal y para su círculo más cercano. En solitario tiene publicada una novela romántica titulada «Acordes de una melodía desenfrenada».

Ambas autoras se conocieron a los catorce años, volviéndose amigas y lectoras de sus propios escritos, pero hace un par de años decidieron que sus estilos podían complementarse bien, lo cual ha dado como resultado varios libros. todos ellos disponibles en Amazon y en su web.

Han recibido el premio Hemendik que otorga el periódico Deia por su labor como difusión de la literatura romántica.

Para más información: www.idoiaevaautoras.com

¡La segunda parte de la bilogía "Inflamable"!

¿Qué futuro aguarda a nuestros aspirantes una vez han abandonado la academia?

Abby pretende continuar con su artículo secreto y en la estación a la que ha sido destinada tiene un montón de material con el que hacerse famosa, empezando por el irascible capitán Pearson, ¿podrá seguir adelante hasta el final?

A Talisa tampoco se le presentan bien las cosas, pues en su nuevo destino encuentra una sorpresa que, lejos de facilitarle la existencia, le impide disfrutar del trabajo de sus sueños.

Y Camilla quizá esté a punto de descubrir que la amistad no siempre es lo que parece.

La vida real es muy complicada, más allá de aulas y simulacros, como todos ellos están a punto de comprobar...

«Esta es la lección más importante y que parece que tanto os cuesta entender: los bomberos son una unidad.»

En todo grupo de amigas existe esa que se alegra de que las cosas te salgan mal. Esa incapaz de disimular su sonrisa cuando apareces con unos kilos de más. Esa que se regocija cuando te despiden de tu último trabajo. Esa que sonríe cuando tu corte de pelo se descontrola y acabas pareciendo un crestado chino. Esa cuyos piropos son, en realidad, insultos. «Me encanta tu maquillaje, disimula tu enorme nariz».

Una invitación de boda pone patas arriba el mundo de Audrey y Briana, dos chicas adineradas acostumbradas a tenerlo todo. Audrey tiene una cuenta pendiente con el novio y no dudará en planear la manera de estropear la celebración con la ayuda de Briana, aunque arrastren al resto de sus amigas durante el proceso.

Érase una vez un plan maquiavélico y una venganza salpicada de romance. Una historia donde, ni los buenos son tan buenos, ni las villanas tan villanas...

Alexandra es la oveja negra de la familia. Profesora de instituto, divorciada y de aspecto común, nunca ha conseguido estar a la altura de lo que su madre esperaba de ella. Y tampoco va a lograrlo en esta ocasión... ¡todo lo contrario!

En la boda de su estúpida perfecta hermana menor con el guapísimo senador Ethan Lewis, a quien Alex ama en secreto, se monta tal follón que el enlace acaba por no celebrarse. Y Alex decide que es un buen momento para aprovechar ese viaje de novios a la Riviera Maya que tiene pinta de quedar relegado al cajón de «cosas para devolver».

Ni corta ni perezosa, se embarca en un vuelo con su mejor amiga Skye, dispuesta a desconectar y divertirse durante cuatro maravillosas semanas. Quieren playa, sol, excursiones y margaritas, pero cuando llegan allí les espera una gran sorpresa: el senador, su jefe de campaña y una sola suite que compartir...

¡La esperada continuación de "Luna sin miel"!

Skye no está en el mejor momento de su vida. Un año después de las vacaciones en México con Alex, su carrera como fotógrafa se ha estancado, tiene ciertos problemas económicos y su vida sentimental es un desierto desde que abandonó a Owen sin darle ninguna explicación.

Alex le pone en bandeja de plata la oportunidad de dar una vuelta de tuerca a eso con una oferta muy tentadora: el puesto de fotógrafa oficial en la gira de campaña a la presidencia de Ethan, su ahora prometido. para Skye significa recuperar el amor por su trabajo y olvidarse del dinero durante un tiempo, pero también está la parte difícil: lidiar con Owen y los sentimientos que aún tiene por él.

Owen es un adicto al trabajo, Skye es un espíritu libre.

Entre kilómetros y gasolina, ciudades de Estados Unidos y discursos de campaña, equipos revoltosos y tabletas de chocolate, ¿podrán dos personas tan diferentes reencontrarse en el punto donde lo dejaron un año atrás?

Alexander Green es un joven cirujano plástico que vive en Los Ángeles, entre fiestas y surf, hasta que es testigo de un crimen que lo obliga a entrar en protección de testigos. Para su asombro, es enviado a Sutton, un pequeño pueblo de Alaska, todo lo contrario a lo que está acostumbrado. Un lugar tan lejano como el corazón de la jefa de policía local, Rylee Scott, una treintañera que ha renunciado al amor, y que pronto despertará el interés de Alex.

Romance, comedia y nieve, juntos en una sola historia...

Cosas que haces cuando tu novia te deja:

1) Odiar a su nuevo novio, como corresponde.
2) Evitar coincidir con ella.
3) Refugiarte en tu familia y tus amigos.
4) Pensar que de buena te has librado.
5) Plantearte si quieres seguir trabajando para su padre.
6) Tragar bilis cuando se dedica a restregarte a ese puñetero musculitos.
7) Buscar a una chica que te deba un favor y hacerla pasar por tu pareja, aunque tengas que refinarla antes.
8) Espera... borra eso...

En los planes de Liam no entra que su novia actual, Sarah, le abandone tras enamorarse de otro durante sus vacaciones en Australia. Tampoco que peligre su posible ascenso en el bufete donde trabaja, que su hermana se ponga a salir con un guaperas que a todas luces le partirá el corazón, y mucho menos que su atractiva, aunque plebeya vecina, Summer, le destroce el coche durante un accidente en el aparcamiento.

Harto de que Sarah se dedique a amargarle la vida paseando a su nuevo ligue ante sus ojos, este abogado estirado decide seguir un consejo poco sensato: convencer a Summer de que se haga pasar por su novia ante ciertos eventos del bufete. Para que todo salga bien solo necesita refinarla un poco, pero lo que en principio parecía algo sencillo acaba derivando en un giro inesperado...

Bienvenidos a Kiltarlity. Un pequeño pueblo escocés donde no faltan los hombres rudos, los dialectos imposibles, la tradición de los clanes milenarios y, por supuesto, la persistente lluvia.

A sus treinta y dos años, Leslie Ferguson ha logrado alcanzar el éxito en el trabajo y posee un alto nivel económico, pese a que su carácter avinagrado no despierta demasiadas simpatías en sus relaciones sociales. Cuando es enviada a un pequeño pueblo de Escocia por motivos laborales, la estirada joven no tiene más remedio que viajar hasta allí acompañada por su ayudante personal, Shane. Pronto, Leslie descubrirá que su refinado estilo de vida no es compatible con este lugar: sus empleadas no la respetan, no tiene centros comerciales donde satisfacer su vena consumista, y el encargado de ayudarla en su proyecto es un atractivo *highlander* que no para de burlarse de ella.

Pero lo que parecía ser una pesadilla compuesta por niebla, humedad y gente tosca, no solo pondrá a prueba su paciencia durante un año, sino que cambiará su vida de forma radical...

Hay parejas que se casan porque la llama del amor es tan fuerte que solo quieren pasar el resto de su vida juntos. Otras, porque desean formar una familia llena de cariño y respeto.

Y luego están Callum y Alissa.

Callum y Alissa trabajan juntos, pero no se llevan bien.

Callum y Alissa no tienen nada en común, y nada es nada.

Callum pasa de Alissa porque es seria, controladora y mandona. Alissa desprecia a Callum porque es vago, mujeriego y cuentista.

Callum y Alissa cometen el error de beber más de la cuenta durante la fiesta de fin de año del trabajo. Lo que podía haber quedado como una terrorífica anécdota pronto se complica al darse cuenta de que durante la borrachera se han casado.

Sí, exacto, has leído bien: casado.

Por circunstancias que no vamos a revelar aquí, ambos van a tener que aprender a convivir el uno con el otro, una tarea ardua y difícil porque son polos opuestos. Y ya sabemos lo que sucede con los polos opuestos…

A veces, el destino se ríe de ti en tu propia cara.

Aisha, psicóloga del departamento de policía en Las Vegas, se dedica día tras día a unir los pedazos rotos de sus compañeros de profesión, además de asesorar a víctimas de todo tipo de violencia. En este entorno, se presenta ante ella un nuevo y difícil reto: tratar a Jackson, un sargento que ha sido degradado y trasladado tras ciertos comportamientos agresivos en el trabajo.

Pese a su carácter hosco, la doctora no puede evitar sentir una fuerte atracción por este hombre tan complicado, lo que la lleva a investigar su pasado. Convencida de que tiene que haber una experiencia traumática que le haga comportarse así, no duda en localizar a una persona que arroje cierta luz sobre él, algo que complicará todavía más las cosas.

¡Sumérgete en esta saga de novelas New adult que exploran la vida de un grupo de universitarios en un exclusivo internado de Montreal!

En lo alto de una montaña de Montreal se encuentra el lujoso internado Sharidan. Un lugar selecto y elitista donde las familias adineradas envían a sus hijos para que cursen sus carreras universitarias. No es solo el dinero lo que le da su buena reputación, sino el alto rendimiento de la universidad y la vigilancia a la que someten a los polluelos de los millonarios.

En ese marco nevado tenemos a nuestros protagonistas: JD, un americano de clase media que ha conseguido una beca para estudiar audiovisuales y Syd, una británica cuya posición social es tan alta como fría es su relación con su progenitor. Ambos simpatizarán desde el primer momento, desarrollando una amistad que poco a poco se irá transformando en algo más, mientras son secundados por otros personajes. Como Dennis, líder del grupo musical Black Legend, o los mellizos Gauthier, los chicos más populares de la universidad. Sin olvidar al equipo de profesores, cuya tarea va más allá de la simple enseñanza.

Todos ellos se darán cita en un ambiente diferente lleno de líos amorosos, mucha música, hockey sobre hielo, clases, profesores, carreras y las siempre difíciles relaciones entre padres e hijos.

Little Falls es un pequeño y tranquilo pueblo de Minnesota donde nunca sucede nada.

Los habitantes de este idílico lugar desconocen los turbios asuntos que se gestan en Camp Ripley, la base militar afincada a unos kilómetros, donde se están llevando a cabo una serie de peligrosas pruebas virales.

La desaparición de una joven del lugar pone sobre aviso a la jefa de policía Emma Jefferson, quien no tarda en descubrir que se ha propagado un virus, resultado de un proyecto llamado Anxious: un virus que produce infectados rabiosos y que pronto se convertirá en pandemia con consecuencias catastróficas.

Drama, supervivencia, miedo… ¿estás preparado para que tu mundo cambie por completo?

Me dirijo a todos los supervivientes del desastre que está asolando nuestra querida nación para darles un mensaje de esperanza. Me he visto obligado a declarar el estado de excepción, pero el ejército está ahí para ayudarles. Si se encuentran con algún soldado, no huyan: identifíquense y serán evacuados a un lugar seguro.

No todo está perdido.

Nuestro país se encuentra inmerso en una lucha por la supervivencia y pasarán años antes de que sea habitable de nuevo. Nuestro ejército y científicos se están encargando de ello. Hasta entonces, estamos organizando varios lugares donde poder reinstaurar nuestra sociedad y modo de vida americano.

Aquellos que se encuentren en la costa Oeste, diríjanse a los puertos de Seattle, San Francisco y San Diego.

En la Costa Este, a los puertos de Jacksonville, Nueva York, Boston y Portland.

La frontera con México se encuentra cerrada y Canadá está en la misma situación que nosotros, por lo que las únicas salidas son por mar.

Unidos, lo lograremos.

Buena suerte.

Imagina un concurso televisivo dispuesto a todo con tal de subir la audiencia.

Imagina que alguien desaparece sin dejar rastro en un área de servicio.

Imagina que tu deseo más preciado se cumple, y debes pagar el precio.

Imagina que un reflejo hace aflorar tu lado más perverso.

Imagina que el mundo llegara a su fin, y solo tuvieras un último día.

Imagina un túnel de terror en vivo, cuyo macabro recorrido se convertirá en una experiencia aterradora.

Imagina…

Adolescentes sin escrúpulos, lugares de pesadilla, desapariciones misteriosas, padres perversos, demonios internos, rituales de iniciación, una pizca de amor, y sangre… mucha sangre.

«He trazado un círculo, hecho con sangre. Un círculo que delimita Salvación de principio a fin. Nadie puede salir de aquí, y el que lo intente, morirá. Vais a pagar... un sacrificio cada doce meses. Uno por año, como ofrenda por mi sufrimiento.»

Si te gustan nuestros libros, te pedimos que apoyes nuestra carrera de forma legal y rechaces el pirateo. Es la forma de que podáis seguir disfrutando de cómo escribimos, ya que sin ventas es muy difícil seguir publicando, tanto en Amazon como en editorial.

Apoya a tus escritores de la manera correcta.

¡Gracias!